6

Author Gensho
[原初]

illustration
へいろー

ソロ神官のVRMMO冒険記
～どこから見ても狂戦士です本当にありがとうございました～

CONTENTS

Solo priest's
VRMMO

「確かに二人がやっていることは、
恋する乙女のアピールとしては
正しいモノなんすが……相手が先輩じゃ、
『こうかは いまひとつのようだ』どころか、
うご』なんすよ」
マオ
先崎万桜《さきざきまお》
リューの後輩。
アポロが代表のギルドの
古参メンバー。

「……ははっ、随分と
殺《や》る気まんまんじゃねぇか。
俺、お前とは初対面のハズだが？」
リュー
（新城《しんじょう》 流《りゅう》）
ソロプレイを極めた神官戦士。
戦いへの熱意が高く、
戦闘中に不敵な笑みがこぼれる。

ダッシュエックス文庫

ソロ神官のVRMMO冒険記6

～どこから見ても狂戦士です本当にありがとうございました～

原初

プロローグ

石造りの広大な空間。上が見えないほど高く、三十人ほどが手を伸ばしても届くかどうかといった太さの柱が何本も立っている。わずかな照明しか存在せず、薄暗い、不気味な雰囲気が漂っている。

『ガァアアアアアアアアアアアアアアアアアアアアアアアアアアアアアッ‼』

そこに、部屋全体を震えさせるほど大きな咆哮《ほうこう》が響き渡る。殺意と敵意がたっぷりとのったそれに、俺は顔をしかめつつ、紅戦棍《こうせんこん》を構えた。

「うるせぇなぁ。そんなに大声上げなくても聞こえてるっての」

俺の文句に対する返答は、頭上から降ってくる大きな影だった。それは、硬質な鱗《うろこ》に覆《おお》われ、鋭い五本の爪が生えた腕。

爪一本が俺の身長ほどあると言えば、その巨大さが分かるだろうか？　ただ単純に上から下へ振り下ろすだけで、必殺の威力になる。

付与魔法で強化しているとはいえ、俺の耐久などあってないものだろう。すぐさま回避行動に移る。

発動するアーツは【バックステップ】。初期より多用している回避アーツは、俺の体を攻撃の及ぶ範囲内から見事に離脱させた。

ズドンッ、俺が立っていた場所に腕が叩《たた》きつけられる。

割と紙一重《かみひとえ》だったな。まったく、デカいくせしてスピードもあるとか……ハハッ！　最ッ高だな！

床を砕き、破片を飛び散らせ、土埃《つちぼこり》を盛大に巻き上げた腕に向かって、内心の歓喜をそのまま笑みという形で表しながら突貫。

アーツ【クイックステップ】で距離を詰め、今にも床から離れていきそうな腕に飛び乗り、そのまま駆け上がっていく。

巨大な腕を、坂道を踏破するように昇っていき、肩の付近、翼の付け根がある辺りで足元に向かって【インパクトシュート】と【ハイジャンプ】を同時発動。衝撃でダメージを与えつつ、高所へと跳躍した。

空中に身を躍《おど》らせた俺の眼下に現れたのは――怪物。

トカゲや蛇に似た顔は暗灰色《あんかいしょく》の鱗で覆われ、両の瞳は深い青色に染まっている。大きく裂けた口には震え上がるほど鋭利な牙がずらりと並び、漆黒《しっこく》の炎がチロチロと顔を覗《のぞ》かせていた。

側頭部からは螺旋《らせん》を描く太い角が生えており、その先端をこちらに向けていた。

体の方に視線を転じれば、こちらも顔同様、暗灰色の鱗が鎧《よろい》のように全身を覆《おお》い、どっしりとした四肢が巨体を支えている。首から尻尾の先まで、一〇〇メートルを超えていてもおかしくない。

そして、その背に生える一対《いっつい》の翼。蝙蝠《こうもり》に似ていながら、その何百倍も大きく強靭《きょうじん》そうなそれは、羽ばたくだけで嵐を起こせそうだった。

『脆弱《ぜいじゃく》さ』を微塵《みじん》も感じさせないその佇《たたず》まいは、まさしく王。絶対の強者だけが持つ風格を自然体で発する姿に、思わず笑みが深まった。

それは、悪の化身《けしん》にして最強の魔物。英雄譚《たん》の敵役にして財宝の番人たる存在。

其《そ》の名は――――ドラゴン。

『死ね、矮小《わいしょう》なる人間よ！【アイファズフト・フォイア・シュバルツ】！』

ドラゴンがガバリとその顎《あご》を開く。赤い口内と生えそろう牙が見えたと思えば、膨大《ぼうだい》な魔力がそこに集束していく。

「おっと、そいつは聞けない相談だなぁ。【ソードオブフェイス】」

ドラゴンの攻撃が放たれるよりも早く聖なる魔力の剣を手元に創り出し、それを摑《つか》んで下方へと降下する。

刹那《せつな》、ドラゴンが集束していた魔力が解放され、漆黒の閃光となって俺のいた場所を貫《つらぬ》いた。

ドラゴンが口から放つものといえば炎のブレス。今の攻撃も属性は炎とはいえ、見てくれはレーザービーム以外の何物でもない。命中すれば、途端に蒸発してしまいそうだ。

だが、当たらなければどうということもない。俺は手元の剣を操作して接近し、片手に構えた紅戦棍を、落下の勢いをそのままにドラゴンの鼻っ面《つら》へと振り下ろした。

「【フォースジェノサイド】ォ‼」

『ガァアアッ⁉』

確かな手応《てごた》え。開かれたドラゴンの顎を強制的に閉じさせた。

だが、相手もやられるばかりではない。攻撃の反動で宙を泳いだ俺の体に、横合いから前腕での薙《な》ぎ払いが放たれる。

まるで壁が高速で迫ってくるかのような一撃を、【クイックステップ】の強制移動で下方向に回避し、【ソードオブフェイス】の剣を操って飛行し、ドラゴンから離れたところに着地した。

『グルゥウウ……、小癪《こしゃく》な真似をッ！　おとなしく潰されてしまえッ‼』

心底忌々《いまいま》しいといった瞳で睨《にら》みつけてくるドラゴン。俺は紅戦棍をくるくると弄《もてあそ》びながら真っ直ぐな視線を向け、口の端を吊り上げる。

「断る。そんなつまらない幕切れは御免だな。もっともっと楽しませてくれよ」

弄んでいた紅戦棍をぴたりと止める。そして、俺の言葉でさらに敵意を滾《たぎ》らせたドラゴンへと凶悪なヘッドを突き付け、俺は喜色の隠せない声を上げた。

「さぁ、覚悟しろよアホドラゴン。お前を倒して貰《もら》っていくぞ――――エンゲージリング‼」

一章　引っ越してきた少女

「あぁあああああああああああああああッ‼」

「うにゅぅうううううううううううううッ‼」

……何やってんだ、こいつら？

リビングの床をゴロゴロと転がる二つの物体……太陽《たいよう》と蒼《あお》の二人に呆《あき》れ一〇〇パーセントの視線を注ぎながら、俺は内心で盛大に首を傾《かし》げた。

今日は、八月三十一日。つまるところ、夏休みの最終日である。これで高校一年生の夏休みが終わるとなると感慨《かんがい》深いものがあるな。

明日、九月一日からは二学期が始まる。うちの高校はイベント事に力を入れる校風なので、体育祭やら文化祭、その他諸々《もろもろ》のイベントが目白押しな二学期は実に楽しみである。

その前に夏休み明けの学力テストがあったっけ？　まぁ、夏休みの宿題は早い段階で終わらせているし、日々の勉強もこつこつやってきたし、焦《あせ》ることもないか。

それにしても、今年の夏休みはやけに長かったなぁ……。だいたい一カ月と二週間くらいなのに、体感は二年くらいあったような……？

いやまぁ、FEO《ファンタジック・エポック・オンライン》を始めたことでいろんなことがあったし、いつもよりも濃密な日々を過ごしたってことだろう。たぶん。

閑話休題《かんわきゅうだい》。

今日は快晴で湿度もあまり高くなかったので、ここぞとばかりに布団を干した。ついでに二階の掃除を終わらせ、さーて一階も掃除するかーと降りてきた俺は、最初に足を踏み入れたリビングで素《す》っ頓狂《とんきょう》な声を上げて奇行に走るアホ二人を発見した。

いやほんとうに、何をトチ狂っているんだか……。俺が来たのにも気づいてないっぽいな。

とりあえず、まだ十時にもなっていない時間だ。普通に近所迷惑なので、即刻やめさせよう。

「おーい、アホどもー。静かになさーい」

「ぬぉおおおおおおおおおおおおおおおおおおおッ⁉」

「にゅあああああああああああああああああああッ⁉」

……ほーん、無視かぁ。そうかそうか、なるほどねぇ。

よっぽど、お仕置きを喰らいたいと見える。くくっ、お望みとあらば仕方がない。

さぁ、俺の手刀が火を噴くぜ……！　と、右手を掲《かか》げると、テーブルの上に置かれている物が目に入ってくる。

それは、リビングの壁に掛けていたはずのカレンダーだった。月ごとにめくるタイプで、毎回、月終わりに次の月の予定を書き込んでいる。今日中にやる予定だったのだが……外した覚えはないな。はて……？

俺が外していないということは、下手人《げしゅにん》候補は二人。未《いま》だに床をゴロゴロしているアホどもだ。ただ、太陽も蒼もカレンダーに触れるような用事はないはずだ。昔から予定の管理をなぜか俺がやっていたし……。そろそろ、自分でやらせた方がいいのかね。

それはさておき、あのカレンダーに二人が奇行に走っている理由があると見て間違いないだろう。カレンダー……予定……日付……ん？　日付？

きゅぴーん！　という感じの音が頭の中で鳴り（気のせい）、俺の頭脳が瞬《また》く間に答えを導き出す。それと同時に、そのあまりにアホらしい理由に脱力しそうになった。

二人が奇行に走った理由……。そして、それを止めるたった一つの冴《さ》えた方法……それは……！

「そんなことしても、夏休みは延びないぞー。ちゃんと現実を見なさい！」

「「いやぁあああああああああっ！　俺（わたし）の夏休みぃいいいいいいいいいいっ‼」」

大絶叫。悲痛さを感じさせる叫び声を上げたアホどもは、「カハッ」と喀血《かっけつ》したような声を出して、ぱたりと動きを止めた。太陽はうつ伏せになって伸ばした左腕の人差し指を立てており、蒼は右腕を下にして体を丸めていた。どちらも妙に見覚えのあるポーズだ。詳細は分からないが、ネタに走っていることだけは分かる。

けどまぁ、精神的ショックで泣いているという可能性も……。

「おーい、大丈夫かー？」

「俺の……！　夏休み……！　終わるんじゃ、ねぇ……ぞ……！」

「……くっ！　何が……起こっている……？」

余裕たっぷりじゃねぇか。心配して損したわ。

とりあえず、騒いだ罰として両者に手刀を一発ずつ叩《たた》き込んでおく。

せいっ、とりゃっ。

ぽこんっ、ズガッ！

「あうっ」

「痛いッ！　えっ？　ちょっ……威力ぅ！　なんか俺だけ高くなかった⁉」

気のせい気のせい。もしくは、ちょっと手が滑っただけだから。

「そんなことより、リビング掃除するから、手伝……うのは無理だから、部屋に戻ってろ。あと、絶望するのは勝手だけど、ご近所迷惑にならないようにしろよ？」

「流《りゅう》が冷たい！　俺は今、失意のど真ん中にいるんだぞ⁉　可哀想だとは思わないのか⁉」

「ああ、可哀想だな。頭が」

「酷《ひど》い！　シンプルに酷い！　くぅ……足りない……圧倒的に……優しさが足りない……！」

血涙《けつるい》を流しそうな勢いで、そんなことをのたまう太陽。挙げ句の果てに、蒼に向かって「お前もそう思うよな！　なぁ⁉」と援護要請を出していた。恥ずかしくないのだろうか？

妹に縋《すが》りつく兄の姿は、何というか、そう……哀《あわ》れだった。

なお、情けない兄のSOSを受け取った蒼はというと……。

「……ん。掃除、手伝う」

「おっ、さんきゅ。じゃあ、棚の上を頼めるか？」

「ん。拭《ふ》き掃除は？」

「やってくれるなら、お願いしていいか？」

「まかせて」

いつの間にか俺の隣に立っていた蒼は、パタパタと足音を立てながら掃除道具を取りにリビングから出ていった。もう一カ月以上この家に寝泊まりしているだけあって、その足取りに迷いはない。

いや、以前からこの家をよく訪れていたが、蒼は掃除道具の場所なんて知るわけなかったし、知ろうともしなかった。

そうじゃなくなったのは、この夏休みに入ってから。正確には、『あの夜』の後からだ。

蒼は、変わった。成長したといってもいいだろう。こうして手伝いを進んで行ってくれたり、自分のことは自分でやろうと頑張ったり。……まぁ、料理は未だにキッチンが使用不可になる可能性があるし、片づけとかの簡単な仕事も危なっかしい。

それでも、頑張ろうという気持ちは痛いほど伝わってくるし、そんな変化を喜ばしく思う。

すべてが覆《くつがえ》った『あの夜』は、蒼に大きな変化をもたらし、同時に俺にも影響を及ぼした……んだと思う。

曖昧《あいまい》なのは、俺がまだまだ自覚できていないからだろう。あの時に教えてもらったこと。それまで知らなかった感情は、確かに俺の心に宿っている。

ただ、それはまだ種のようなモノ。芽吹きがいつになるのかは、俺にも分からない。

……焦《あせ》らないといけないのだろう。俺はいまだに、蒼の告白に答えを返せていないのだから。けれど、焦った結果、変な結論にたどり着くのも何か間違っている気がして、やっぱり慎重になってしまう。

蒼があの時言っていたことが解《わか》れば……と、『あの夜』のことを思い出そうとすると、付随《ふずい》して思考を邪魔するモノまで思い出してしまい、そのたびに頭が真っ白になって……なんてことになってるうちは、ちょっと難しそうだ。蒼には本当に申し訳ないけど、もうしばらく待ってもらおう。

「なっ⁉　バカな！　裏切ったのか、蒼ォ‼」

「味方がいなくって残念だったたな。ほれっ、とっとと動く！　掃除機で吸っちまうぞ？」

「うぅ……うわぁあああん！　流と蒼のバカァアアアアッ‼」

そう叫び、目元を腕で隠しながらリビングを出ていく。あっ、そっちには掃除道具を取りに行った蒼が……。

「……バカにバカと言われる謂《いわ》れはない。成敗《せいばい》」

「ひでぶッ⁉」

ゴンッ、と大きな音が響き、直後にドサッと重いものが倒れる音が聞こえた。どうやら制裁を受けてしまったらしい。太陽、安らかに眠れよ……。

蒼が、はたきと雑巾《ぞうきん》を手にリビングに戻ってきた。その表情はどこか満足げだった。

「太陽は？」

「床ペロしてる。悪は滅びた」

「ゆかぺろ」

「……せんとーふのーのこと」

「ああ、なるほど」

『床を舐《な》めている』って意味ね。蒼は難しい言葉を知ってるなぁ。

納得したところで、俺も掃除道具を取りにリビングの外へ。蒼はすでにはたきをパタパタして棚の埃《ほこり》を駆逐《くちく》する作業を始めている。俺もさっさとゴミを駆逐せねば……。

がちゃり、と廊下に出るドアを開け、一歩踏み出し……ぐにっ、と何かを踏んだ。

それが何なのかは見なくても分かるが、ほっとくわけにもいかない。盛大にため息をついた俺は、ゆっくりと視線を下に向けた。

「ぐぉおお……あ、頭が……割れ……る……」

ゴミのように転がる太陽の姿に、ため息追加で入ります。なんて情けない……。

「……太陽？　その、床ペロ？　楽しいのか？」

「楽しくない……頭痛い……」

「自業自得《じごうじとく》だ。てか、邪魔」

ズバッと切り捨ててやれば、酷い！　と勢いよく起き上がりながら文句を言ってくる。やっぱり元気じゃないか。

三度目のため息をつき、足元に縋りついてギャーギャー文句を言っている太陽を手刀で沈めた俺は、さっさと掃除を始めるのだった。

◇　◇　◇

「買い物行ってくるけど、なんか欲しいモノあるかー？」

「アイスー」

「アイ○ユーンカードー」

「チョコアイスでいいな？　太陽は草でも食ってろ」

「ちょっ、俺もアイス！　バニラ！」

「最初からそう言えや」

掃除も一通り終わり、昼食を素麵《そうめん》でささっと終えた俺は、財布とエコバッグを手に玄関に立っていた。リビングに向かって声をかけると、気の抜けた返事が聞こえてくる。

いつもなら速攻で部屋に戻ってＦＥＯを始める二人が残っているのは珍しいが、それには理由がある。今日はＦＥＯのメンテ日なのだ。

なんというか、夏休み最終日にメンテナンスが入ると、運営の意図したものを感じてしまう。

ゲームに夢中になって夏休みの宿題を終わらせてない中高生たちへの配慮……みたいな？

ちなみにだが、俺たちの中で一番それをやらかす確率の高いのは太陽だ。中学生の時は毎回のように、長い休みの最終日になると手つかずの宿題を手に俺のもとに助けを求めに来ていた。

なお、今年の夏はそんなことがないように、こまめにチェックしたから問題ない。昨日の時点で、すでに宿題が全部終わっていることを確認している。なお、問題の正答率は……それなり、とだけ言っておこう。

蒼に関しては八月に入ってすぐぐらいに終えていたので、こちらも心配はない。家だとぐーたらしてることが多いが、学校では優等生で通ってるからなぁ。猫かぶりが上手《うま》いというか……。

俺？　七月中に全部終わらせたわ。

まぁ、俺たちの宿題事情はともかく、さっさと買い物に出かけますか。日用品類は……特になくなりそうなのはないから、食料品だけかな？

頭の中で買い物リストを組み立てながら靴を履《は》き、玄関の扉を開ける。途端に差し込んでくる猛烈な光。むわっ、とした熱気が肌を撫《な》で、すぐにじんわりと汗が滲《にじ》んでくる。明日から九月とはいえ、夏の暑さはまだまだ続きそうだな。

スーパーまでの道のりを考えると憂鬱《ゆううつ》になるが……嘆《なげ》いていても仕方がない。さっと行ってさっと帰ってくるとしますか。

家の敷地から道路に出て、スーパーの方へと足を向けた時、見慣れぬものが視界に飛び込んできた。

猫のマークが描かれたトラックが、隣の家の前に停まっていた。お隣は確か、結構前に引っ越していったっきり、誰も住んでいなかったと思うのだが……誰かが新しく引っ越してきたのかな？

「あのー、この棚はどこに置きますか？」

「あ、はい。それはこっちにお願いしますー！」

不思議に思いつつも、隣の家の前を通り過ぎた時、引っ越し業者と住人のやり取りらしき声が聞こえてきた。年若い女性の声。だいたい、同年代くらいかな？　と、当たりをつける。

しかし……なんか、聞き覚えのある声だったような？　うーん、気のせいかね？

少しひっかかるモノを覚えつつ、俺はスーパーへの道を進んでいく。

新しいお隣さんはどんな人なのだろうか？　せっかくだし、仲良くしたいもんだな。

そんなふうに、これからのご近所付き合いに思いを馳《は》せながら。

その後、さくさくと買い物を終わらせて帰ってくる頃には、トラックはいなくなっていた。

◇　◇　◇

時が過ぎるのは早いもので、開け放した窓からヒグラシの鳴き声が聞こえてくる。空は綺麗なオレンジ色に染まっていた。この分だと、明日も晴れてくれそうだ。新学期の始まり。できることならいい天気で迎えたいしな。

帰宅した俺は、明日学校に行く準備を終わらせ、いつもより早い時間に夕飯の支度を開始していた。

買い物中にふと思い出したのだが、明日には太陽と蒼の両親である千代原《ちよはら》夫妻が旅行から帰ってくる。つまり、二人がこの家で寝泊まりするのも今日が最後なのだ。

二人は居候《いそうろう》生活を始める前から、しょっちゅう泊まりに来たり夕飯を食べに来ていたし、居候がいなくなったところで何かしらの変化があるわけでも……ああいや、家事が若干《じゃっかん》楽になるか。まぁ、そのくらいだ。……そういえば、二人の面倒を見ると決めた時に、二人の生活能力をどうにかしようとか考えていたような……？　蒼の方はそれなりになったが、太陽は……なんも変わっちゃいねぇな、うん。

それはさておき、一つの区切りが来たことには変わりないし、今日の夕飯は二人の好物にして、さらにちょっと豪華にしようかと思ったわけである。

太陽と蒼は双子の兄妹でありながら、外見はそんなに似ていない。けれど、味覚の方は割と共通点が多い。

二人の好物は、カレー。辛《から》さはちょっと甘めの中辛。ルーはとろみがあるのが好きで、野菜は形が残っているのがいい。肉は日によって違うのだが、今日はハンバーグを載《の》せてハンバーグカレーにしようと思っている。

デザートには柑橘《かんきつ》系のフルーツをふんだんに使ったタルトを用意。生地《きじ》は市販のものを使っているので、時間はそんなにかかっていない。

「お隣さん？」

「そ。右隣ってずっと空き家だっただろ？　そこに誰か引っ越してきたらしい。てか、気づかなかったのか？」

「……ずっと、リビングで読書してたから」

「ああ……一回集中するとすごいもんな、お前」

調理の傍《かたわ》ら、何をするわけでもなく、ただダイニングテーブルでボーっとしていた蒼に、買い物に行く時に知った新たなお隣さんの話をした。

「それで、どんな人たち？」

ご近所さんが増えるという割と大きな変化に興味をひかれたのか、蒼が訊《き》いてくる。

「顔は見てない。けど、声は聞いたぞ。多分だが、俺らと同い年くらいの女の人がいる」

「……若い、女？」

「お、おう……。あの、蒼？　その警戒心マックスな瞳はいったい……？」

「……別に、何にも」

いや、標的を狙《ねら》う殺し屋みたいな目してたぞ？　何もないってことはないだろ。

何か気になることでも？　と視線で問いかけるも、「……危険？」「……また、増える？」「注意が必要……」と、よく分からないことをブツブツと呟《つぶや》いている蒼には届かなかった。危険って……何が？

俺が首を傾《かし》げていると、考え事が終わったらしい蒼が、ジトォとした目を向けてきた。その妙な迫力に、ちょっと身を引いてしまう。

「……流くん」

「な、何だ？」

「新しいお隣さんに、いつもの調子で親切しちゃ、ダメ」

「いや、引っ越してきたばかりだし、困ってたら少しの親切くらいするだろ？」

「流くんの『少し』は過剰《かじょう》。やりすぎると様々な問題が生じる」

いや、なんで親切にしただけで問題が起こるんだよ？　わけが分からんぞ。

どういう意味だと聞いても、「分からないなら、いい。とにかく、やり過ぎはダメ」と曖昧な答えが返ってくるだけで、詳しいことは教えてくれなかった。

親切にしすぎると生じる問題、ねぇ……？　便利屋みたく頼りっきりにされたりとか？　って、そんなワケないか。

まぁ、過度な親切はウザいと思われるからやめとけとか、そんなカンジだろう。確かに構いすぎはよくないと聞くしな。

「……あれ、絶対に分かってねぇな。間違いない」

「くっ……流くんの超絶鈍感唐変木《とうへんぼく》マンめ……！」

リビングのソファでゴロゴロしていた太陽からは呆れたような、蒼からは不満げな視線を向けられていたが、自分で出した結論に納得してうんうんと頷《うなず》いていた俺は、それにまったく気づかないのだった。

そんなこんなで夕飯作りも進み、カレーが完成。サラダの盛り付けも終わっており、あとはハンバーグを焼くだけ。

ダイニングテーブルを見れば、皿にコップ、箸《はし》にスプーンと食事を始める用意は万全だった。太陽も蒼もすでにテーブルについており、背筋を伸ばした姿勢で行儀よく座っている。こちらも、食事を始める準備は万端なようだ。

二人の期待に応《こた》えるべく、フライパンを手に取ったその時。

ピンポーン。

来客を告げるチャイムが鳴った。

おーん？　誰だ？　今日は来客の予定なんてものは入ってなかったはずだが……宅配？　その可能性が一番高いか。

「流くん、わたしが出ようか？」

「いや、大丈夫。ハンバーグまだ焼いてないし、それに妙な勧誘とかだったら危ないだろ？」

手に取ったフライパンをコンロに戻し、立ち上がりかけた蒼を制して玄関に向かう。

いやまぁ、普通に宅配か郵便だろうな。蒼に言ったのだって半分以上冗談だし。それでも万が一があるし、念のため念のため。

「はいはーい、今開けますねー」

愛想のよい声を出しながら、玄関をガチャリ。

「あ、あの！　は、初めまして！」

　ドアを開け、訪問者の姿を視界に収めると同時に掛けられた第一声は、緊張と不安が綯《な》い交《ま》ぜになった、そんな言葉だった。

　その声音は、昼間耳にした妙に聞き覚えのある声と同じだった。なるほど、来客は新しいお隣さんだったのか。それなら納得である。

　そんなことを思いながら、声の主《ぬし》を見た瞬間——俺は既視感《きしかん》の正体を知った。

「え、えっと。今日、隣に引っ越してきた、黒咲《くろさき》といいます。えっと、新城《しんじょう》さん？　ですよね？　一言、引っ越しのご挨拶《あいさつ》をと思いまし……って、あの、どうかされましたか？」

　訪問者の姿を見つめながら、唖然とした表情を浮かべているだろう俺に、新たなお隣さんは不思議そうな声で尋ねてくる。だが、それに応える余裕は、今の俺にはなかった。

　視線を逸《そ》らし、緊張でいっぱいいっぱいという様子で挨拶をしていたお隣さん——黒咲さんは、予想通り俺らとそう変わらない年齢の女の子だった。

　無地のTシャツに薄手のパーカ、ロングのデニムというシンプルな装《よそお》いに女性らしい肢体を包んでいる。

　そして……やけに見覚えのある、幻想的な白銀の長い髪と、紫紺《しこん》の瞳。

「……アッシュ？」

　俺の口から、その名前が零《こぼ》れ落ちる。

　そう、彼女はFEO内の友人であるアッシュにそっくりだった。

「え⁉　ど、どうしてその名前を…………——リュー？」

そして、黒咲さんが俺のＰ　Ｎ《プレイヤーネーム》を口にした。

「……やっぱり、アッシュなんだな」

もうほとんど確定したようなものだが、最終確認を行う。驚いたように目を見開く黒咲さん
――アッシュは、少しの間を置いてから、小さく、されど確かに首を縦《たて》に振った。

お隣に引っ越してきたのが、ゲームの中の友人って、どんな確率だよ……。

あまりの出来事に固まってしまった俺の前で、アッシュが、あわあわと震えだし……あっ。

全てを察した俺は、とっさに両手で耳を塞《ふさ》ぐ。それと同時に、アッシュはすぅ、と息を吸い込み。


「えええええええええええええええええええええええええええええええええっ!!?」


黄昏《たそがれ》色の空に、アッシュの絶叫が響き渡った。

耳を塞いでいなかったら、鼓膜が大変なことになっていたかもしれない。そんなことを一瞬想像してしまうくらいに、凄《すさ》まじい声だった。

そんな声を上げれば、当然家の中にいるあいつらにも聞こえるわけで……。

「流！　いったい何が……って、はぁ!?」

「流くん！　いったい何をしたの………ぇ？　アッ、シュ……？」

ドタバタドッタン！　と騒音をまき散らしながら、転がるように現れた二人は、アッシュの

姿を見ると、鳩が豆鉄砲を食ったような顔で硬直する。

アッシュもアッシュで、新たに現れた二人も自分の知り合いであることに気づいたのか、紫紺の瞳にぐるぐると困惑《こんわく》が渦巻いていた。

「リューがいるってことは、あの二人はサファイアとアポロさん？　え？　あれ？　私、いつの間にFEOにログインしたんだっけ？　いや、FEOはメンテ中でログインできないから、これは現実で……え？　え？　なんなのこれ、夢？　白昼夢？」

「あーえっと、アッシュ？　とりあえず落ち着け、な？　深呼吸するか？」

今にも自分の頬《ほお》を全力で抓《つね》りそうな勢いのアッシュにどうどうと声をかけ、クールダウンさせる。

しばらくわちゃわちゃしていたアッシュも、「吸ってー吐いてー」と深呼吸を数回すれば、落ち着いてくれた。なお、太陽と蒼はいまだに衝撃から抜け出せていないのか、石像のように固まったままだ。

さて、落ち着いたはいいが……気まずい。俺もアッシュも、どうしたらいいのか分からずに立ち尽くしている。

いやだって、こんなことになるなんて、想像できるはずもない。どうすれば正解なのか、そもそも正解があるのか、それすら分からない。

それでも、何か話さなくちゃいけないということだけは分かる。このまま黙っていてもにらめっこが続くだけだ。俺は意を決して口を開き……。

「えっと……」

「あの……」

ものの見事に、二人の声が重なった。

「ぁ……えっと、リューから、いいですよ？」

「い、いや、アッシュこそ。言いたいことがあるんだろ？」

「あ、いえ。とりあえず何か言わないとって思っただけで、何を言っていいかは分かってないといいますか……」

「……じ、実をいうと俺もそんな感じだったりするんだが……」

「そ、そうなんですか？　き、奇遇ですね。あははは……」

「そ、そうだな。ははは……」

「あははは……」

「ははは……」

濃紺と茜《あかね》色のグラデーションが広がる夏空に、虚《むな》しい愛想笑いが重なって響く。そして、どちらからともなく視線を逸らした。

いや、コミュニケーション能力皆無か。なんだ、このもにょっとする感じのやり取り。あれ？　アッシュと話すのってこんなに難しかったっけ？　ゲームでは出会った当初から、割と簡単に会話ができたような……って、あの時は初対面モードだったからか。

だが、このままだと本当に話が進まないので、少し強引でもいいから会話を……。

「リュー、なんですよね？」

そう決意を固めた刹那《せつな》、アッシュがポツリと言葉を零す。

ハッとして視線を正面に戻す。視界に飛び込んできたのは、瞳を潤《うる》ませ、上目遣《うわめづか》いにこちらを見つめるアッシュの姿。その視線に、俺は開きかけた口を閉じざるを得ない。

最初に覗《のぞ》いたのは、不安。そして、その後からにじみ出た、安堵《あんど》。いくつもの感情が複雑に混ざり合った瞳は、もうすぐ頭上に広がるであろう夏の夜空よりも、ずっとずっと綺麗だった。

紫紺の瞳に捉《とら》えられた俺は、アッシュの言葉に小さな頷きを返すことしかできない。言いたいことも訊きたいこともいっぱいあったはずなのに、今は言葉が一つも出てこなかった。

無言でアッシュの瞳を見つめ続ける俺の前で、彼女はゆっくりと両手を胸の前に移動させ、何かをこらえるように握りしめた。

そして。

「……………リュー」

小さく、されど大きな感情のこもった声でこちらの名前を呼んだアッシュが、俺の胸に飛び込んできた。幼子のように額《ひたい》を擦《こす》りつけ、両手で俺のシャツをぎゅっと摑む。ふわり、と甘いミルクのような香りが鼻をくすぐった。

そしてそれは、ゲームの中ではあまり意識していなかったモノで……。

「……ああ、そっか」

話せなかった。何を言っていいのか分からなくなった。その理由はたぶん、突然目の前に現れた彼女を、ゲームの中の『アッシュ』と認識していたからだ。

ＦＥＯはものすごくリアルなゲームだけど、それでもゲームであることに変わりはない。リアルの世界とは、違う部分がある。

もちろん、どっちがいいだとか悪いだとか、そういう話ではない。ゲームの中で育《はぐく》んだものがリアルの世界のものに劣るなんて思っちゃいないし、それはアッシュとの絆《きずな》を否定することになる。

けれど、今俺の胸の中で肩を震わせている女の子は、リアルの世界の存在なのだ。それを、ゲームの中のアッシュと一緒にしていたんだから、そりゃあ上手《うま》く話せないわけだ。

だからこそ、俺が言うべきなのはこうだろう。

「……初めまして、黒咲さん。新城流です。よろしくお願いします」

こちらの世界では、初対面なのだから。まずは挨拶から。

俺の言葉に、アッシュ——黒咲さんは、小さく、されど確かに。

こくり、と頷いたのだった。

◇　◇　◇

リノリウムの廊下に、上履《うわば》きの底が擦れるキュッキュッという音が響く。つい一月半前までは見慣れていたはずの光景が、どこか新鮮に映った。

俺の前を歩いていた制服姿の太陽が、たどり着いた一年三組の扉を勢いよく開けた。

「おっはよぅ！　皆の衆！　そんでもって久しぶり！」

「朝っぱらから大きな声を出すな、阿呆が」

「へぶしッ!?」

隣の教室まで届きそうな大声で挨拶をした太陽の背中を、手首のスナップを効かせてはたく。

まったく、初っ端《しょぱな》からテンション上げすぎなんだよ……。

「さ、さすが流だぜ……容赦《ようしゃ》のかけらもねぇや……背中イタイ」

「兄さん、恥ずかしいからやめてくれる？」

「お、お前もか……蒼ォ」

太陽、俺に続いて教室に入ってきた蒼が、背中に両手を回してうずくまる太陽に、蔑《さげす》みの視線を送る。

なお、蒼の口調と太陽の呼び方が違うのは、今の蒼が『猫かぶりモード』に入っているからだ。口調から立ち居振る舞いまで、だらしなさの欠片《かけら》もなく、いかにも「優等生ですが、何か？」というオーラを放っている。

このモードで学園生活を送っている蒼は、周りからはクールキャラだと思われている。クールて（笑）。

そいや、このモードの時は俺も『流にぃ』ではなく『流兄さん』と呼ばれていたな。プライベートでの呼び名を変えた今、『猫かぶりモード』ではどんな呼ばれ方をするのだろうか？

「ほら、流くんも。そんなの放っておいて、早く席につこう？　ホームルームまでもうそんなに時間ないよ？」

どうやら、『猫かぶりモード』でも呼び方を『流くん』に変えたらしい。数人のクラスメイトが「あれ？」という顔をした気がするが、蒼は華麗にスルー。俺も特に反応せず、「あたりまえですが？」という顔をしておいた。

「了解。太陽、制服汚さないようにしろよ？」

「うぇーい……」

気の抜けた返事をする太陽に、クスクスと教室のあちこちから笑い声が届く。その笑い声に馬鹿にした響きはなく、純粋に面白がっているだけのようだ。まぁ、こういうやり取りは一学期の間にもしょっちゅうやってたしな。もはや定番となっているのだろう。

って、太陽のアホに気をとられて忘れるとこだった。まだ挨拶してねぇじゃねぇか。

教室内を見渡し、ちゃんと全員に聞こえるくらいの声量で。

「おはようみんな。二学期もよろしくな」

そう言ってから、自分の席に向かった。

「新城くん、おはよー。千代原くんは大丈夫？」

「大丈夫だろ。死にはしない」

「おっす、新城！　宿題見せてくれ！」

「却下。ちゃんと自分でやりなさい」

「新城さん新城さん！　今日も朝から濃厚な流×太をどうもありがとうございます！」

「言いたくないけどどういたしまして。その不穏な掛け算をやめような？」

「新城、この後の日程って分かるか？　プリントなくしちまってよ」

「今日はショートホームルームやってそのあと始業式があって、終わったらホームルームやって終了。部活は……明日テストだけど、あるのかね？」

「ゲッ、嫌なこと思い出させんなよー。オレあんまし勉強してないんだぞ？」

「あははっ。まぁ定期考査じゃないんだし、そこまで気負わなくてもいいんじゃないか？　けど、ちゃんと勉強しといた方がいいぞ？　二学期は授業難しくなるって聞くし」

「ぐあー！　やめろぉー！　やめてくれー！」

話しかけてくるクラスメイトに応じる。このクラスの生徒は気のいいメンバーばかりだ。自然と明るい雰囲気が広がるこの教室を、俺はそれなりに気に入っているし、クラスメイトのことも好ましく思っている。

今日は九月一日。ついに二学期が始まり、俺たちはこうして一カ月半ぶりの学校に来ていた。

昨日散々行きたくないだの夏休みが足りないだの言っていた太陽と蒼も、こうして学校に来てみればまんざらでもなさそうにしている。ゲーム好きでそればかりにのめり込んでいるように見えるが、こうして学校生活を送ることだって嫌いではないのだ。

教室の左後方。窓際《まどぎわ》の一番後ろというベストポジションに座る蒼の右隣に俺の席はある。先に席についていた蒼は、すでにカバンから取り出した本をすまし顔で読んでいる。

……しかし、なんというか。

背筋をぴんと伸ばし、膝《ひざ》を揃《そろ》え、ブックカバーを掛けられた本に黙々と目を通すその姿は、儚《はかな》げと称しても何らおかしくない。窓から吹き込んだ風で乱れた髪を直す仕草とか、思わずため息をついてしまいそうなほど様になっていた。

なまじその姿が似合っているため、本来の蒼との落差に違う意味でため息をついてしまいそうだ。家だと、ソファの上でゴロゴロしながら読書してるとか、蒼のこの姿しか知らないクラスメイトが知ったらどんな顔をするだろうか？

そんな俺の視線に気づいた蒼が、本に向けていた目を俺の方に移動させる。

「流くん、どうかした？」

「いや別に？　よくやるなーなんて思ってないぞ？」

「……むぅ、酷い」

あっ、ちょっと素《す》が出た。蒼の頭に乗っかっていた猫が、「ふにゃっ⁉」という感じで足を滑らせた光景を幻視する。

それに気づいた蒼がずり落ちた猫を慌《あわ》てて被《かぶ》り直すのを横目に、俺も自分の席に座って、手に持っていたカバンを机の横に掛けた。なお、中身は筆箱とプリントを挟んだクリアファイルだけなのですごく軽い。

ちらりと時計を確認する。ＳＨＲが始まるまであと五分くらいだ。

大丈夫かな？　という心配が湧いてくる。それが何に対してのモノかというと……。

「あら、新城君じゃない。おはよう。新学期もよろしくね」

横合いから、思考に割り込むように声が聞こえてきた。そちらに目を向ければ、委員長の佐《さ》倉利亜《くらりあ》がにこやかな表情で立っていた。ふむ、委員長の席は前の方だったと記憶しているが……ああ、なるほど。

まだ入り口付近でぎゃーぎゃー騒いでるアホの席は、俺の前だもんな。うんうん。

すべてを察した俺は、微笑ましさを感じつつもそれを表に出さぬよう、いつも通りの声で彼女に応じる。

「委員長か、おはよう。こちらこそよろしく。また太陽のアホが迷惑かけると思うが、見捨てないでやってくれよ？」

「な……なんでそこで千代原くんの話になるのか私にはさっぱり分からないけど、これっぽっちも理解できないけど！　……まぁ、任《まか》されてあげるわ」

顔を赤く染め、そっぽを向いて腕を組みながら早口でまくし立てる委員長。何だろう。見ていてすごくほっこりする。

しかし、こんだけ分かりやすい態度を見せられていながら、なぜ太陽の奴は委員長の気持ちに気づかないんだろう？　ちょっと鈍《にぶ》すぎじゃないか、アイツ。

そんなことを思っていると、蒼がもの凄《すご》い勢いで俺の方を向き、なんかとんでもないものを見るような目を俺に向けてきた。サイドテールが遅れるくらいの勢いに、委員長が「千代原さん!?」と驚く。

「あ、蒼……？　どうした？　何か気になることでもあったか？」

「……別に、なんでもないよ。ただ、『お前が言うな』って言わないといけない気がしただけ」

「……？　どういうこと？」

そう訊いてみるも、蒼はそれっきり読書に戻ってしまう。なんだったのだろうか……？

「えーっと、新城くん？　大丈夫なの？」

「俺にも分からん。ていうかなんだよ、『お前が言うな』って……」

委員長と一緒に首を傾げるも、ついぞその理由は分からなかった。まぁいいか。どうしても気になったら、あとで蒼に訊いておこう。

するると突然、委員長が「あっ」と小さく声を上げた。

「そうだったわ。ねぇ、新城君に訊きたいことがあるんだけど、いいかしら？」

「訊きたいこと？」

俺が訊き返すと、委員長はこくりと頷いてみせた。

「なんでも、今日このクラスに転校生が来るって噂《うわさ》が流れてるのよ。みんな朝からずっとその話をしているわ。新城君、何か知らない？」

「転校生、ねぇ……」

さも、今初めて聞きましたよー、という感じに言っておく。本当は全部知っているけど、いろいろと言えない事情があるんだよなぁ。

なにせ、本人たってのお願いだからな。

『私のことは、誰にも話さないでください』って、あんな表情で言われたら断れるわけがない。なので。

「そんな噂があるのか。まぁ、クラスに新しい仲間が増えるのはいいことだし、本当だったら嬉しいと思うぞ」

「そうね、私もそう思うわ。千代原さんはどうかしら？」

と、ここで委員長が蒼に話を振る。この場にいながら会話に一切参加していなかったので、気を遣《つか》ったのだろう。

蒼も事情を知る者の一人。さて、上手くとぼけられるかな？

「わたしも知らないよ。けど、できれば女子がいいかな。このクラス、男子の方が一人多いし」

おお！　さすが、猫を被り慣れている蒼だ。とぼけ方も完璧《かんぺき》である。委員長も不自然さを感じてない表情で頷いてるし、百点満点といっていいだろう。俺が心の中で感心していると、蒼はぱたりと本を閉じて、視線を委員長に向けた。

「委員長、噂もいいけど。ＳＨＲまであと一分だよ？　そろそろ席に戻ったら？」

「え？　あっ、ほんとだ。ありがとう千代原さん。新城君も、またね」

そう言って、気持ち早足で自分の席に向かう委員長を見送る。そういえば、太陽の奴は……って、ちょうど委員長とすれ違ったとこか。

「あっ、ち、千代原くん⁉　えっと、ひ、久しぶりだね」

「おっ、委員長か。久しぶり！」

わぁお、わっかりやすい。微笑ましさが溢《あふ》れて止まらないな。

「え、と。そ、そうだ。千代原くんは、噂の転校生について何か知ってる？」

おっと、ここで委員長。会話を長引かせたいのか、噂について訊くようです。そのいじらしい態度に周りのクラスメイトたちも委員長と太陽を見てにやにやしている。

太陽も転校生の事情を知る者の一人。さぁ、上手くとぼけられるか。ここまで俺、蒼と結構上手くいったし、なんとかなってくれるといいが……。

「うぇ⁉ て、転校生か⁉ さ、さぁ～？ な、何のことか全然わかんねぇですわ？」

太陽ぉおおおおおおおおおお⁉ お前ぇえええええええええええええ⁉

俺と蒼の演技が全部無駄になってんじゃねぇか！ 周りの目を見ろ！ にやにやが一転、疑いの目になってるよ！ 無理もないわ、めっちゃ怪《あや》しかったもん！ ああ！ 蒼の、太陽を見る目が台所に出たGを見るときのソレと大差ねぇぞ⁉

俺、蒼と二連でとぼけ通せた委員長も、さすがにこれは……。

「あっ、そうなんだ。うーん、新城君も千代原さんも知らないみたいだし……噂は噂なのかしらねぇ？」

バレてない……だと……？

あんなバレバレの嘘で騙《だま》されるって、委員長大丈夫なのか？ 詐欺《さぎ》とかにいともたやすくひっかかりそうなんだが？

俺が愕然としていると、蒼は何故《なぜ》か納得したようにうんうんと頷き、感心したような目で委員長を見つめていた。

「……恋は病《やまい》か。委員長、ぐっじょぶ」

蒼の言っていることはよく分からないが、委員長のファインプレーなのは確かだ。周りの疑いの目もいつの間にかなくなってるし。

きーんこーんかーんこーん。

と、ここでチャイムが鳴り響き、始業の時を知らせる。まだ席についていなかった生徒たちが慌てて各自の席に戻る。委員長と話していた太陽もその一人。わたわたしているが、先生が来る前にたどり着けるかは怪しいな。

そして、太陽の席まであと一歩か二歩……というところで、残念、タイムアップだ。

教室の扉が開き、そこから二十代後半くらいの女教師が入ってくる。このクラスの担任の高《たか》町《まち》先生だ。担当教科は数学。

「はーい、みんなー。おはようございまーす。二学期も一緒に頑張りましょうねーって、千代原くん！　もうチャイムは鳴り終わってますよ！　席についてなきゃダメでしょう？　時間厳守っていつも言ってるじゃないですか！」

「す、すみませぇん！　以後、気をつけますぅ！」

ビシッと九〇度のお辞儀をして謝罪した太陽に、ドッと教室中から笑い声が漏《も》れる。

「あっ、ひでぇ！　笑ったなお前ら！　バカにしてんのか⁉」

「「「「まぁ、それなりに」」」」

「否定すらしねぇだと⁉　うぅ……流ぅ～、クラスメイトたちにイジメられたぁ～」

「鬱陶《うっとう》しい。さっさと席につかんか、ド阿呆が」

「兄さん。恥ずかしいからそれくらいにしてくれる？」

「この幼馴染《おさななじ》みと妹、血も涙もねぇぞ⁉」

うがーっ！　と叫ぶ太陽に、笑い声がさらに大きくなる。

「ほらほら、さっさと座ってください。今日はSHR前にみんなに伝えなきゃいけないことがあるんですから」

高町先生のその言葉で、教室中に緊張が走る。自然とみな背筋を伸ばし、高町先生の話に全神経を集中した。太陽もそそくさと着席し、他のクラスメイトたちと同じように姿勢を正した。

……いや、お前がその反応するのはなんか違くない？　さては周りにつられたなお前。

シーン、と静かになった教室を見渡して、高町先生は満足そうに微笑む。

「ふふっ、みんな素直ですねー。それに、その様子を見る限り、すでに聞いていると思いますが……今日、このクラスに新しい仲間が来ます」

その言葉に、歓声が上がりかけ……すぐさま、「静粛に！」という高町先生の言葉で鎮圧された。

高町先生、見た目は若くて優しそうな美人教師なんだけど、妙に迫力があるんだよなぁ。授業中に内職や居眠りを見つけると、にこやかに注意をするんだけど、その時の笑顔が怖いと評判（？）だったりする。

「あんまり騒ぐと、『めっ』ですからね？　それに、転校生さんはおとなしそうな子なので、うるさいと怖がられてしまいますよ？　特に、男子のみんなは」

最後に付け加えられた言葉に、クラスの半数弱――つまり、男子のほとんどがごくりと喉《のど》を鳴らした。今の言葉の意味するところが分からない彼らではないだろう。

「せ、先生……」

男子の一人が、おずおずと手を挙げる。その表情は、これから戦場にでも行くのかとツッコミたくなるほど、緊張感に満ち満ちていた。

「はい、何でしょう？」

「その……転校生さんは、女子ってことですか？」

そう訊いた男子生徒に、高町先生はふむ、と少し考えるような仕草をすると、「まぁ、いいでしょう」と頷いた。そして、クラス全体を見渡しながら、どこか悪戯《いたずら》っぽい笑みを浮かべ。

「ええ、女子ですよ。それも、とっても可愛い子です」

――男子生徒たちが、一斉にガッツポーズをする。

その一体感たるや、まるでどこぞの軍隊の如《ごと》く。今にも叫び出しそうな雰囲気だが、先んじて高町先生がにっこりと笑みを深めたことで、内心で渦巻く歓喜を表に出す者はいなかった。

ただ、彼らの右手はガッツポーズのまま微塵《みじん》も動いていない。クラスのもう半数……つまりは女子生徒たちがそんな彼らを呆れた目で見ているが、気にもしていない。すごい集中力だった。

「ふふっ、みんな歓迎ムードですね。新しい仲間をすぐに受け入れようとする姿勢を、先生は嬉しく思いますよ。……それじゃあ、あまり待たせるわけにもいきませんし、入ってきてもらいましょうか」

そう言って微笑んだ高町先生が、教室前方の扉に向かって声をかける。

「黒咲さん、入ってきてください！」

「は、はいっ！」

そうして返ってきた声は、俺や蒼、太陽には聞き覚えのあるもので。

ガラリ、と扉が開かれ、そこから一人の少女が教室に入ってくる。

彼女がその姿を見せた瞬間、教室中から「ほぅ」とか「ふあぁ」といった、感嘆《かんたん》のため息が聞こえてきた。

伏せた顔を僅《わず》かに赤くし、表情をこわばらせる彼女は、見るからにガチガチに緊張したまま教卓までの短い距離を進んでいく。

と少女が動くたびに揺れる白銀の髪は、ここが学校の教室であることを一瞬忘れてしまうほどに幻想的で、美しかった。

教卓の隣で立ち止まった少女は、少しの間お腹《なか》の前で組んだ手を強く握りしめ、俯《うつむ》いていた。

その場の全員が少女に注目する。視線が圧力となって少女を襲い、その身をさらに固くさせてしまう。

少女は何度も顔を上げようとしているのだが、上手くいっていない。少女に見とれていたクラスメイトたちも、心配そうな雰囲気で彼女を見ている。男子諸君のガッツポーズは解けていないが。

……これは手助けが必要か？　と、俺が声に出そうとした瞬間。

隣の席の少女が、先んじて声をかけた。

「負けるな」

決して大きな声ではなかった。

それでも、『緊張で動けない彼女をどうにかしてあげたい』という想いが詰まった声だった。

それっきり、その声の主《ぬし》――蒼は、黙って少女を見つめている。

いつもはクールキャラで通っている蒼が声を上げるのが意外だったのか、少女に向いていたクラスメイトたちの意識が逸《そ》れる。壇上の少女にかかる圧力が、ぐっと下がった。

――少女が、意を決したようにゆっくりと、顔を上げる。

蒼へ意識が向いていたのはほんの一瞬。けれど、その一瞬があれば十分だった。

紫紺の瞳が、その場にいた全員を射貫《いぬ》く。あちらこちらで、息を呑む声が聞こえた。

……もう、大丈夫そうだな。俺は小さく笑みを浮かべると、壇上の少女にだけ分かるように、顔の隣で拳《こぶし》を握った。少しでも緊張がほぐれますように、と願いながら。

効果はあったようで、少女はこわばった表情をわずかに緩《ゆる》める。

そして、意を決したように瞳に力を込め、口を開いた。

「は、初めまして、転校生の黒咲心白《こはく》です。よろしくお願いします！」

つっかえつつも、しっかりとした口調で紡《つむ》がれた言葉の後に、少女――心白がぺこりと頭を下げる。

一瞬、静寂《せいじやく》が教室を支配した。

けれど、次の瞬間には――――大爆発。

「「「「ぉおおおおおおおおおおおおおおおおおおおおおおおッ!!?」」」」

「「「「きゃぁああああああああああああああああああああああッ!!?」」」」

男子も女子も、歓喜に溢《あふ》れた絶叫を上げた。

「美少女！　美少女じゃぁ！」

「可愛い、可愛すぎるわ！　あれはもはや罪よ！」

「ああ……天使だわ。マジエンジェルだわ」

「愛《う》いのう愛いのう。あの小動物みたいな感じ、たまんないわぁ！」

そんな言葉がぽんぽん飛び交う教室内は、あっという間にサーカス会場のような騒がしさで満ちる。

「え？　あの、ちょっ⁉　ど、どうすれば……」

心白は席を立った生徒たちにあっという間に囲まれていた。困ったような表情を浮かべ、おろおろしている。だが、その困惑の中に嬉しさと安堵の感情があることを俺は見逃さなかった。

ふぅ、無事に済んでよかった。ほぼ一〇〇パーセント大丈夫だと思ってはいたが、絶対が存在しないこの世界では、何が起こるか分からないからな。

と、俺が胸をなでおろしていると、ちょんちょんと横合いから肩を突《つつ》かれた。

「蒼？　どうした？」

「ん……心白、大丈夫だった」

そちらに振り向くと、蒼は珍しく心底ほっとしたような表情を浮かべていた。被っていた猫もどこかに逃げており、素《す》に戻っている。

蒼の視線は、クラスメイトたちに囲まれ、質問攻めにあっている心白に向けられている。俺はそんな蒼の横顔を眺めながら、昨日のことを思い出していた。

◇　◇　◇

ゲームの中のアッシュと同じ容姿をした、アッシュの中の人とでも言うべき少女は、俺の胸に縋りついたまま、小さく『黒咲《くろさき》心白、です』と名乗った。

そんなアッシュ……もとい、黒咲さん……もとい、心白は今現在――悶《もだ》えていた。

「あうぅううううう！　と、とんだご迷惑をおかけしましたぁあああああ……。ていうか私はいったい何をぉおおおおおお……」

　玄関先でうずくまり、両手で頭を抱《かか》えている心白。わしゃわしゃと綺麗な髪が乱れるのも構わず頭を掻《か》きむしったり、何かを払いのけるように首を振ったりとせわしない。

　こちらに背を向けているので顔は見えないが、ぶんぶんと首を横に振った時にちらりと見えた耳が真っ赤だったので、顔も同じような状態だと推測できる。

　何というか、このままずっと見ていたいような気もするが、埒《らち》が明かないので声をかけることにした。

「えっと、心白？　その、大丈夫か？」

「ふひゃえ⁉」

　……ふひゃえ？　変わった叫び声だな？

　愉快な感じの奇声を発した心白の様子に俺が首を傾げていると、恐る恐るといったように振り向いた心白が、涙で潤《うる》んだ瞳でこちらを見つめてきた。眼鏡越しの視線はＦＥＯで見慣れたものとはまた違った印象で、なんだか新鮮な気分になる。

「あわわわわ……な、名前……」

「うん……？　あ、もしかして。名前呼びが嫌だった？　だったら悪い、ＦＥＯと同じ感覚でやってたわ」

「い、いえ！　別に嫌ではないというか、むしろ嬉しいからそうしてほしいけど破壊力がありすぎるから心臓に悪いというか……。それに、家族以外から名前で呼ばれるの、実は小学校の

卒業以来、初めてでして……」

なので、少し、びっくりしました。

そう言って照れくさそうに笑う心白。両手を頬《ほお》に当ててみせた彼女は、思わずくらりときてしまうほどに可愛らしかった。

けれど、彼女の口にした言葉は、なんというか……闇《やみ》が、深い。中高と普通に学校へ通っていれば、名前呼びをする人物の一人や二人、いるハズ……てか、まったくの皆無ってヤバいんじゃ？

……いや、まだそうだと決まったわけじゃない。そういえば友人や家族の話題になるとアッシュってやけにムキになったり落ち込んだりするよねとか思ってはいけない。これはものすごくデリケートな問題だ。不用意に踏み込むのはNG。いいね？

……けど、本当に辛《つら》そうだったり、無理しているなら、力になってあげたい。下手《へた》に触れていい問題じゃないって分かっているけど、やっぱり……ね。

そんなことを考えながらも、内心を悟られないように素知らぬ顔で心白に近づき、そっと手を差し伸べた。

「じゃあ、このまま心白って呼ばせてもらうな。それと、せっかくこうしてリアルでも会えたんだし、よかったら家に上がっていかないか？　夕食くらいならご馳走《ちそう》できるんだが……」

どうかな？　と問いかける。カレーは多めに作ってあるし、ハンバーグも同じく。サラダをもう一人分用意する必要があるが、それだってそんなに時間はかからない。タルトだって、三人で食べるにはちょっと大きいし。心白一人くらいならなんら問題ないな、うん。

すると、心白は一瞬、「この人は何を言っているんだろう？」って感じの表情を浮かべ、すぐにそれを驚愕《きょうがく》に塗り替えた。

「え、えぇぇぇぇぇ⁉　そ、そんなの悪いですよ。いきなりお家にお邪魔するなんて……ほ、ほら。家族の方にもご迷惑でしょうし」

「そうか？　俺は気にしないけどな。あと、両親は仕事が忙しくて滅多《めった》に帰ってこないから、気にする必要はないぞ。後ろの二人は……まぁ、大丈夫だろ」

太陽《たいよう》と蒼《あお》なら、心白をのけ者にするなんてしない。むしろ、温かく迎え入れてくれるだろう。

というか、まだ固まったままなのか、こいつら？　さすがに驚き過ぎだぞ？

「……家にいない両親……一緒にご飯を食べる幼馴染み……ＦＥＯではあんな感じだし……これ、何て主人公？　いつの間に私はラノベの世界に……？」

「ん？　なんて？」

「あ、いえ、なんでもありません。ただちょっとこの場の世界線を疑っていただけです」

「…………？」

どういう意味なのだろう？　なんか、太陽たちが時たま口にする謎《なぞ》の言葉に似ていたな。きっと、オタクの系譜に連なる人しか理解できない話なんだろう。

「えっと、よく分からないけど……どうする？　心白が嫌なら無理にとは言わないけど……」

「あーえっと、ちょっとだけ待ってください」

そう言うと、心白は顎《あご》に手を当てながら何かをぶつぶつと呟《つぶや》き始めた。

「なんですかなんですか。いったいなんなんですかこの状況。お隣さんがリュー……じゃなくて、リューのプレイヤーの新城《しんじょう》さんで、それだけでも奇跡か何かなのにまさかお家にご招待……？　前々から思っていましたけど新城さんって普通にリア充ですよねしかも私みたいなコミュ障オタクにも優しくしてくれるタイプですねやべぇ住む世界が違い過ぎてどうしたらいいのか分からないゲームの中と同じように接していいのかないやでもウザいと思われでもしたら普通に死ねるしかといって余所余所《よそよそ》しい態度だときっと新城さんは悲しむだろうしいやちょっとしゅんとした姿はそれはそれで見てみたい気もしないでもないいしって今そういうこと話してる場合じゃないよねお家にお呼ばれした件だよねうん忘れてないよちゃんと覚えてる覚えてるちょっと現実逃避しただけだからそんでどうすんのってそれが分からないから困っているわけでありましてそりゃＯＫかＯＫじゃないかと訊かれればＯＫに決まってるけどむしろそれ以外の選択肢はないというかそれでもさやっぱりこう順序というモノがあると思うんだよコミュ障引きこもりボッチオタクにお呼ばれはハードル高すぎ高杉くんだしああでも夕食もご馳走してくれるってことは一緒にご飯だよ憧《あこが》れのイベントだよそんなことが出来ちゃうってことは私もリア充の仲間入りできるのではってあぁああああああああああああああ何考えてるのか分からなくなってきたぁあああ……」

……おお、すごい。声が小さいから何を言っているのかはまるで聞き取れないが、すごい勢いで言葉を並べているのだけは分かる。

なんか、誘ったこっちが申し訳ない気持ちになるくらい悩んでいる心白に、なんと声をかけようかと迷っていると、後ろからポンと肩を叩《たた》かれた。振り返れば、太陽と一緒に硬直してたはずの蒼がそこにいた。

「流くん、ここはわたしに任《まか》せて」

「蒼？　お前いつの間に……」

「実は割と最初の方から動けてた」

クスリ、と小さく笑いながら悪戯《いたずら》っぽく告げる蒼。その得意げな顔やめろ。なんかものすごく腹立つから。サムズアップもな。すっごいウザい。

けどまぁ、FEOで俺と同じくらい心白と仲がいい蒼なら、任せても大丈夫だろう。……たぶん、きっと、おそらく。

自信満々といった顔で心白のもとに向かった蒼は、うずくまった彼女の耳元に口を寄せると、ぼそぼそと何かを囁《ささや》き始めた。

「……ボソッ（ここの御飯は流《りゅう》くんの手料理。食べたくない？）」

「……ボソボソ（て、手料理ですか⁉　そ、それはぜひ食べたいです……！）」

「……ボソッ（なお、デザートにはタルトが付いてきます）」

「……ボソボソ（デザートまで……⁉　も、もはや主夫じゃないですか……）」

「……ボソッ（流くんがすごいのは当然。それに、わたしもアッシュ……じゃない、心白とお話ししたい。……だめ？）」

「……ボソボソ（サ、サファイア……！）」

蒼が二言三言囁くと、心白がそれに驚いたり唸《うな》ったりと様々な反応を見せている。

何を言っているのかは聞こえないが、普通に話せているみたいで少し安心。自信満々な蒼の態度が失敗フラグじゃなくてよかった。

「こっちでは、蒼って呼んで？」

「蒼、ですか？」

「そう。千代原《ちよはら》蒼、それがわたしの真名《まな》だから」

「真名て。蒼は魔術師か何かなんですか？」

「さすが、心白。こういうネタにもちゃんと反応してくれる。厨二《ちゅうに》グッジョブ」

「ちゅ、厨二病じゃないですよ⁉　ちょっとそういう知識が豊富なだけといいますか……」

「……流くんの装備のネーミングからして、一目瞭然《いちもくりょうぜん》。心白は厨二」

「違いますったら違います！　もうっ、なんでそんな意地悪言うんですかぁ！」

というか、一瞬で仲良くなっていた。うずくまっていた心白はすっかり立ち上がり、蒼と何やらわちゃわちゃしてる。仲良しはいいけど結局、夕食の件はどうなったの？

「流くん。心白、晩御飯食べてくって」

「ご、ご馳走になります！」

「おっ、それはよかった。じゃあ、上がってくれ。蒼、お茶の用意をしてくれるか？」

「ん。了解」

というわけで、夕食のメンバーに心白が追加された。

嬉しそうな微笑みを浮かべ、蒼と顔を見合わせている心白。無理をしている様子もなく、心から嬉しいと思ってくれているようだ。二人の様子を見ていると、自然と笑みがこぼれる。

ぽかぽかとした気持ちのまま、家の中に戻ろうと振り返り……。

「いや、お前はいい加減再起動しろ」

「いだっ⁉」

いまだに固まっていた太陽の頭に手刀を叩き込むのだった。


心白を交えた夕食会は、つつがなく進行した。

最初は緊張していた心白も、俺や蒼が話しかけたり、太陽がアホやってそれを俺が叱《しか》ったりしているうちに緊張がほぐれたのか、肩の力を抜いて会話に参加していた。

心白は……まぁ、薄々気がついていたというか、バレバレだったというか、俗にいうところのオタクであり、同類たる蒼や太陽と同じ話題について盛り上がり、俺だけが置いてけぼりにされるという場面もあった。ちょっと疎外感《そがいかん》みたいなものも覚えたが、三人が楽しそうにしているのを見ているだけで十分楽しいし。

食事が終われば、今度はデザートタイム。冷やしておいたタルトを切り分け、淹《い》れたてのコーヒーと一緒に三人が待つリビングに運ぶ。

「ところで蒼、秋のアニメは何を見るご予定で？」

「んー……『異世界召喚チート陰陽師《おんみようじ》』と『私の百合《ゆり》ラブコメがハードモード過ぎて辛い』はとりあえず見る予定」

「なるほど、その二本は私も注目しています。特に『チート陰陽師』は原作も買ってますし、楽しみです。ただ書籍版とコミカライズ版で結構違いのある作品ですし、アニメ版もまたオリジナル展開があるのかと思うと少し不安で……」

「お？　なんだ、心白は原作厳守派か？」

「そうじゃないんですけど、『なんだこのドラゴン⁉』展開にならないといいなぁって……。私、あれリアルタイムで見てたんですよね。普通に原作が好きで、それまでの展開が原作に割と忠実だったせいか、いきなり入ってきたオリジナルに面食らったと言いますか……。それから、オリジナル展開に対して身構えるようになってしまって」

「……あれは、嫌な事件だった」

「……ああ、衝撃的だったぜ」

　うん、相変わらず何の話なのかはよく分からないけど、楽しそうでよかった。最初は太陽を警戒……というか、心白曰《いわ》く『リア充オーラ全開の陽キャイケメンとか恐怖対象でしかないんですが』らしく、話しかけられても俺や蒼の背中に隠れていたのだが、もう大丈夫みたいだな。

「盛り上がってんなー」

「あっ、流……って、それを流が手作りしたんですか？　わぁ、お店で売ってるのみたいですね」

「フルーツいっぱい……流くん、グッジョブ」

「いやっほい！　待ってました－！」

わくわくした三人の視線を浴びながら、ローテーブルの上にタルトの載《の》った皿を置き、蒼が先に用意しておいたカップにコーヒーを注ぐ。ミルクと砂糖はお好みでどうぞ……なんてな。

「それじゃ、召し上がれ」

「い、いただきます……」

「「いただきまーす」」

フォークを握りしめて、今か今かと待っていた三人が、一斉にタルトを切り分け、突き刺したそれをパクリと口の中へ。もぐもぐと咀嚼《そしゃく》している間は、先程の賑《にぎ》やかさが嘘のような静《せい》寂《じゃく》が流れる。

「で、どうだ？　俺的には結構うまく作れていると思うんだが」

「「美味《おい》しいです」」

だ、そうです。喜んでもらえたようで何よりである。ぐっ、と親指を立ててくる三人に、思わず笑みがこぼれた。

「はぁ～、本当に美味しいです……。夕食のハンバーグカレーも絶品でしたし、流はあれですか？　お嫁さん目指してたりします？」

「目指しとらんわ。というか、性別どうなってんだよ」

何がお嫁さんだ、と抗議の視線を心白に向けるも、タルトに夢中になっている彼女はさらりとそれをスルー。処置ナシである。

なお、心白の俺たちに対する呼び方は、俺と蒼が呼び捨て。太陽の奴が『太陽さん』になった。なんか太陽だけのけ者になっている感じがしないでもないが、精神距離的に妥当《だとう》だろうということで本人は納得していた。心白自身も申し訳なさそうにしていたので、そのうち太陽も呼び捨てに変わるだろう。仲良きはいいことかなってね。

「お嫁さん……流くんのウェディングドレス……ありかも」

「ねーよ」

「流の場合、嫁さんってよりお母さんって感じだけどな！」

「それもねーよ」

「なるほど、お母さんですか。エプロン姿も似合っていましたし、言い得て妙かもしれません」

「流ママー、遊んでー」

「流母さーん、ゲームかってー」

「……ふむ、世の母親の中には言うことを聞かない子供へのしつけの一環として、ゲーム機を破壊するアグレッシブかつエキセントリックな母親もいるという。俺も二人がアホなことをしないように、心を鬼にするべきなのだろうか？　手始めに、タルトは没収……」

「『ふざけ過ぎました。ごめんなさい』」

分かればよろしい。

タルトを俺から遠ざけつつ、深々と平伏する太陽と蒼の姿にこくこくと頷いていると、「ぷっ、ふふふ……」と笑う声がした。

「心白？」

「ふふっ……ご、ごめんなさい。ただ、その……」

口元に手を当て、笑いをこらえつつも俺たち三人のことを見つめる心白は、そこで言葉を切ると、瞳に翳《かげ》を落とす。

「すっごく、楽しそうだなぁ……って」

それは、喩《たと》えるなら夜空で光る星々を眺め、それを掴《つか》もうと手を伸ばした時に浮かべるような……そんな、綺麗で寂《さび》しげな瞳だった。

俺だけじゃなく、頭を上げた蒼も太陽も、そんな心白に心配そうな視線を向ける。なんというか、今の心白は、ふと目を逸らした途端に消えてしまう陽炎《かげろう》の如《ごと》き儚《はかな》さを纏《まと》っていた。

きっと、彼女には何か抱えているものがあるのだろう。これまでの付き合いからもそれは何となく分かる。そして、心白がそれをあまり表に出そうとせず、己《おのれ》のうちに隠そうとする性格なこともだ。

「心白……」

歯がゆいな。そんな思いが抑えきれず、呼びかけた声にも気遣《きづか》わしさが滲《にじ》んでしまう。

「あっ、いえ！　な、なんでもないです。あはは……。あー、流のタルトは本当に美味しいですねー」

心白は分かりやすく取り繕《つくろ》ったような笑みを浮かべると、まだ半分ほど残っていたタルトを食べる手を再び動かしだした。

……今はまだその時ではないのかもしれない。けれど、心白の抱えるもの。彼女にあんな表情をさせるその元凶を、いつかは知れたらと思う。

そして、彼女の友として俺にできることがあるのなら、全力を尽くそう。そんな決意をそっと胸に抱いた。

「……そっか。気に入ったんなら、もう一切れ食べるか？」

心白のバレバレな誤魔化しに、まるで気づいていないかのように振る舞う。こうすることで心白に『詮索《せんさく》する気はない』という意思を伝えるのだ。蒼と太陽にもアイコンタクトでそれを伝えると、すぐに二人とも小さな頷《うなず》きを返してくれた。

「心白、流くんがデザートまで作ってくれるのは結構まれ。今のうちに堪能《たんのう》しておくべし。流くん、わたしもおかわり」

「俺はカレー二杯食ったし、もうご馳走さまだぜ。それと蒼、甘いモンあんまりいっぱい食べるとヤバくないか？　体重とごペッ⁉」

「……デリカシーのないバカ兄は成敗《せいばい》。反省すべし」

「うごご……脇腹がぁ……」

「……ふふっ」

蒼と太陽のバカみたいなやり取りに、心白は思わずといったように笑みを漏《も》らしていた。その笑みは少しぎこちなさは残っているものの、さっきよりはずっと自然なモノだった。

よし、どこか鬱々《うつうつ》していた空気もどっかに行ったし、これはいい流れだ。あとはうまいこと話題を転換して変な雰囲気を完全に払拭《ふっしょく》すれば大丈夫……だろう。

　そんなことを考えつつ、俺は口を開き……。

「そういえば、心白」

「は、はい。なんですか？」

「いや、ちょっとな。この家の隣に越してきたということは、この辺の高校に通うんだろ？もしかしたら、俺たちの通っている高校と同じかもって思ってな。椿之《つばきの》学園って言うんだが……」

　と、そこまで言ったところで、心白の様子がおかしいことに気づく。

　表情は笑みの形で固定されているが、目が笑っていない。ハイライトの消えた単色の瞳にはただ虚無が宿っているのみ。顔色も青白くなっており、額《ひたい》には汗が浮かんでいた。

　明らかに様子がおかしい彼女に「心白？」と呼びかけるも、反応はない。顔の前で手を振ったり、肩をゆすってみても、ピクリともしなかった。

　はて、と首を傾げていると、心白はゆっくりと動きだし……そのまま、身体を横倒しにして、ソファに沈み込んだ。

「こ、心白!?　大丈夫か!?」

　思わず大きな声を上げてしまうが、それも致《いた》し方《かた》ないだろう。いきなり硬直したかと思ったら、顔を青白くしてぶっ倒れたのだ。心配するなと言う方が無理というモノ。てか、本当にどうした？　体調が悪くなったにしても急すぎるし……。

ソファに倒れ込んだ心白は、近くにあったクッションを手繰《たぐ》り寄せると、それに顔を突っ込んで何かをぶつぶつと呟き始めた。

こちらの呼びかけにも反応しないし、とりあえず何を呟いているのかだけ聞いて、落ち着くまで放っておくしかないか。

そう思い、心白の顔の近くで耳を澄ませる。すると、くぐもった心白の声が少しずつ聞こえるようになった。なになに……？


「……い学校行きたくない学校行きたくない学校行きたくない学校行きたくない学校行きたくない学校行きたくない学校行きたくない学校行きたくない学校行きたくない学校行きたくない学校行きたくない学校行きたくない」


いや、怖い怖い……って、おや？　これってもしかして……俺の発言のせい？　あれ？

心白の抱える闇は俺が思っていたよりも深かったらしく、『今はまだ心白の内面に触れる時じゃない』なんて考えていたのはなんだったのか、その精神にダイレクトアタックを決めてしまったようだった。

「どうしよう？」という意味を込めて蒼と太陽に視線を送るも、呆《あき》れたような瞳と両腕で作った大きなバッテンが返ってきた。なるほど、「処置ナシ」か。やっぱり待つしかないのね……

はぁ。

内心で大きなため息をつき、迂闊《うかつ》な発言をした自分に自分で愛想を尽かしながら、俺は心白が少しでも早く落ち着くよう、その頭をゆっくりと撫《な》でるのだった。


心白が復活したのは、それから十分後だった。

「お、お騒がせしましたぁ……」

恥ずかしそうに頬を染め、ペコペコと頭を下げる心白に、俺たち三人はそろって「気にすんな」と手をひらひらした。

「元はと言えば、俺の発言が原因っぽいしな。それにしても、心白は学校に何か嫌な思い出でもあるのか？　随分《ずいぶん》と学校行くのを嫌がってるみたいだが……」

蒼と太陽も、今朝は学校に行きたくない明日も休みたいと駄々をこねていたが、心白のそれは二人のと違って、なんというか……ヤバかった。ハッキリとしない言い方だが、これが一番しっくりくる。

しかし……訊いたはいいが、答えてくれるだろうか。学校に行きたくなくなるほどの出来事というのは、どう考えても暗い話になりそうに思える。

陰口や物を隠されるなどに始まり、酷《ひど》いと暴力にまで発展するいじめ。あるいは人間関係……俺にはよく分からないモノだが、恋愛騒動なんかもあるのだろう。何となく学校に行きたくないとか、勉強についていけなくなったとか、そういう感じの動機がまだマシに思えてくるレベルでドロドロしてるからな。

もし、心白が学校に行きたくない理由がそれに類するものだとしたら、俺にできることなどあるのだろうか？

「……そう、ですよね。私も、頑張るって決めたんですから……」

「心白？」

心白が何かを言ったが、声が小さくて内容までは聞き取れなかった。思案に耽《ふけ》っていた意識をそちらに向けると、心白は何かを決意するかのように拳を握りしめていた。

そして、質問した俺や、心白に心配そうな眼差《まなざ》しを向けていた蒼、場の空気にソワソワしている太陽と視線を巡らせると、ゆっくりと口を開いた。

「流、蒼、太陽さん。少し、私の話を聞いてくれませんか？」

緊張を含んだ声で、心白は言葉を紡《つむ》いでいく。

俺たちは互いに顔を見合わせると、同時に表情を引き締め、心白に頷きを返した。

「ありがとうございます。それでは、少し長い話になるかもしれませんが、どうか最後まで聞いてください。流の気にしていることも、そこで話させていただきます」

そこで言葉を切った心白は、数秒の間黙り込むと、意を決したように瞳に光を灯《とも》し、再び口を開く。

「この髪と瞳の色を見てもらえば分かると思いますが、私の体には異国の血が流れています。母方の祖母が外国人で、わたしはクォーターというわけです。そして、小学校を卒業する年齢まで、母の祖国で暮らしていました」

クォーター、という言葉に蒼と太陽がソワソワと反応を示していた。何やら二人の琴線《きんせん》に触れるものがあったらしい。それが何かまでは分からないけど。

「私が日本に来たのは、十二歳の時……ちょうど、中学校に入学する年でした。日本に来た理由は、両親の仕事の都合なんですが……まぁ、これは今回の話の本筋に関係ないので、割愛《かつあい》するとして」

そこで心白はパーカのポケットからスマートフォンを取り出すと、画面をささっと操作し、俺たちの方に向けてきた。

表示されていたのは、一枚の写真。そこに写っているのは、二人の人物。

一人は、十歳くらいの心白であろう少女だった。年相応な天真爛漫《てんしんらんまん》な笑みを浮かべ、もう一人に抱き着いている。一目でその人物に懐《なつ》いていることが分かった。

そして、心白に抱き着かれている人物は、六十歳くらいの女性。彫りの深い顔立ちに、心白のものとよく似た白銀の髪と紫紺《しこん》の瞳。刻まれた皺《しわ》が積み上げてきた年月を感じさせるが、そこそこ大きくなった子供に抱き着かれても体勢一つ崩さず、こうして写真越しに見るだけで、こちらも背筋が伸びるような貫禄《かんろく》と存在感が、衰《おとろ》えというモノを微塵《みじん》も感じさせない。

心白の話から推測するに、この人が心白の母方の祖母ということになるのだろう。それにしても……。

その写真を見て、少し……いや、かなり違和感を覚えた要素が一つ。蒼と太陽も俺と同じ部分に注目しており、不思議そうな顔をしていた。

その違和感を晴らすべく、俺は心白に問いかける。

「なぁ、心白？　これってどこで撮った写真だ？　なんか日本じゃなかなかお目にかかれない西洋風の部屋ってことは分かるんだが……」

「それは、おばあ様……祖母の実家ですね。私が住んでいた家でもあります」

「へぇ、なるほど。じゃあもう一つ……なんで、二人とも和服なんだ？」

そう、違和感の正体はそこだった。純西洋風の背景に、純西洋風の貴婦人と確実にその血を継いでいるのが分かる少女が、和服で写っている。和洋折衷《わようせっちゅう》というより、和と洋が喧嘩し合っているという印象を受けてしまう。

似合ってはいるのだが、シチュエーションがすべてを台無しにしている。そんな感じの写真だった。

俺たちの反応に、心白は「分かります分かります。撮った当時はそうでもありませんでしたけど、今見たら違和感ありまくりですもんね、それ」と頷きながら同意を示す。

「私もおばあ様も和服なのは、おばあ様の趣味なんです。おばあ様は日本が大好きで、いろんな物を集めてました。和服や和食器などの伝統工芸品に日本刀もあったかな？　あと、漫画やアニメ、ゲームなんかのサブカルチャーも立派な日本の文化だって言って、しょっちゅう新しいモノを仕入れていましたよ？　私がオタクになった原因って、絶対におばあ様の教育のせいですもん」

ということらしい。どうやら心白の祖母は趣味に余念がないタイプの人のようだ。そのあたり、心白に通ずるところがあるな。血は争えないってやつかね？

「おばあ様は私を可愛がってくれていましたし、私もおばあ様によく懐いていました。今でも立派なおばあちゃんっ子です。それに、おばあ様はいろんなことを私に教えてくれました。自分の趣味である日本関連のことは特に力を入れて。日本に来てから言語の壁やら文化の違いで悩まずに済んだのは、おばあ様に因《よ》るところ大です」

心白は「おかげで、こんな容姿に似合わず得意教科は現文、古文、日本史ですよ？」とおどけたように言う。祖母のことを話す彼女の声音はどこか弾《はず》んでおり、本当に祖母が大好きなんだということが分かった。

「けど……」

しかし、ここで心白の表情が一転。何やら遠くを見るような目をして、「ふっ」と自嘲《じちょう》の笑みを浮かべた。

「おばあ様の教育の中に、一つだけ……圧倒的、かつ絶対的に間違ってたものがありまして……それが、今の私が形成された大きな原因なんです」

心白はどこかやさぐれたような雰囲気を纏いながら、俺たちに視線を向ける。

「話は変わりますが、三人は『外国の人はいまだに日本には忍者がいると信じている』なんてこと、聞いたことはありますか？」

「まぁ、あるにはあるな。実際にそんな外国人に会ったことはないけど」

「ネットだとよくネタにされてる」

「俺は会ったことあるぜ。『忍者はいない……ということになっている』って言ったらめっちゃ喜ばれた」

「そうなんですか？　一度会ってみたいですね……って、そうではなく。外国の人って、日本に対して間違った認識をしていることがあるんですよ。そして、おばあ様もそんな勘違いをした一人でした。そして、私はその勘違いのせいで、学校生活というモノにトラウマを抱くこととなったんです……」

そう言った心白は、望郷と哀愁《あいしゅう》の混じった色を瞳に浮かべ、まるで物語の語り部《べ》のような、おどけた口調で芝居がかった言葉を紡ぐ。そうでもしないとやってられねぇとでも言うように。

「むかしむかし《ワンスアポンアタイム》。それは、私が日本に引っ越すことが決まった日。未知の場所で生活することに不安を覚えた私が、おばあ様にそれを相談した時のことでした……」

◇◇◇

パチパチと暖炉で薪《まき》が爆ぜる音が響く部屋の中、ロッキングチェアに腰かけた年配の女性が穏やかな表情で膝《ひざ》に置いた本に目を通している。白銀の髪を結い上げ、紫紺の瞳をそっと伏せている姿は、気品に溢れている。

ちなみに、読んでいるのは日本の少女漫画だ。演劇好きな女の子が主人公の、登場人物がやたらと白目になるアレである。

そんな女性のもとに、とてとてと近づいてくる小さな影が一つ。女性と同じ髪色と瞳の色をした、十歳くらいの少女。名前を黒咲心白といった。

まだコミュ障でもオタクでもない、純真無垢《じゅんしんむく》な幼子である心白は、女性のもとに駆け寄ると、その膝に抱き着くように身を寄せた。そのままぐりぐりと女性の膝に顔を埋《うず》め、服の裾《すそ》をぎゅっと小さく白魚《しらうお》のような手で掴《つか》んだ。

女性はそんな心白に「あらあら」と朗《ほが》らかな笑みを浮かべると、少女漫画を近くのチェストに置き、心白の頭をゆっくりと撫でた。

「心白、どうしたのかしら？　私に何かご用？」

「……おばあ様」

女性――心白の祖母が優しく声をかけると、心白はゆっくりと顔を上げ、潤んだ瞳で祖母の顔を見上げた。八の字に歪《ゆが》んだ眉が、心白の「困ってます」という気持ちを表していた。

心白の祖母は、孫の悲しげな表情に一瞬だけ眉を顰《ひそ》めるも、すぐに優しい顔に戻り、頭を撫でる手を止めることなく口を開いた。

「心白、何か悲しいことでもあったの？」

「……わたし、おばあさまとはなればなれになっちゃうの。日本に、ひっこすんだって」

「……あのバカ娘ったら、ようやく心白に話したのね。まったく、行動が遅いのよ」

孫の涙声に、心白の祖母はすぐさま事情を察した。彼女の娘夫婦……つまり、心白の両親は、近々仕事の都合で日本に引っ越すことになっていたのだが、一人娘の心白にそのことを言えないでいたのだ。しかし、いつまでも黙っているわけにもいかず、今日になってようやく話をしたらしい。

その結果が、今まさに孫娘の不安でいっぱいな表情というわけだ。心白の祖母はこっそりとため息を漏《も》らした。彼女の娘夫婦は優秀ではあるのだが、人と接することが得意とはいいがたい人種だった。

それは娘との触れ合いにも顕著《けんちょ》に表れており、こうして心白は祖母である自分ばかりになついている。日本に引っ越した後、自分と会えない環境でやっていけるのかと、心白の祖母は不安に思わざるを得なかった。

「そう、それで？　心白は何が不安なのかしら？　残念だけど、おばあちゃんは一緒に行けないわよ？　何か心配事があって、心白がそれを私に相談できる時間は、あまりに短いわ」

しかし、彼女は内心の不安など微塵も感じさせない声音で、心白の憂《うれ》いを取り除こうとする。そんな祖母の優しさに、心白の表情からは悲しみの色が薄れ、代わりに安堵《あんど》が浮かんでいる。

頭を撫でる祖母の手の感触に目を細めた心白は、ぽつりぽつりと『心配事』について話し始めた。

「……うん。あのね、おばあさま。わたし、ちゃんと日本でおともだちができるかなって……」

「……なるほどねぇ」

なんとも『らしい』心配事だなと、心白の祖母は小さく笑みを浮かべる。容姿こそ自分に似ているが、この子は間違いなく娘夫婦の子供だと。

「ふふふ……可愛いわね、心白は」

「もうっ、おばあさま！　わたしはしんけんなのよ！」

「あらあら、ごめんなさい。ただ、貴女《あなた》のお母さんも昔同じことを訊いてきたことを思い出してしまってね。その時のあの子の顔と、今の心白の顔があまりにそっくりだったものだから、つい、ね」

「……お母様も、なの？」

「ええ、そうよ？　あの子も心白と同じ。引っ込み思案で人見知りで……こうして、よく私に泣きついてきたものよ？」

　心白の祖母の言葉に、孫娘の少女はきょとんとした表情を浮かべた後、思わずといったように噴き出した。

「そうなんだ……なんだか、おかしいね」

「そうね……それで、日本でお友達ができるか、だったわね。うーん、心白は可愛いし、あんまり心配する必要はないと思うのだけれど……」

「そ、そうかな。えへへ……あっ、でも……かみとか、めとかで、へんに思われたりしないかなぁ？」

「そんなくだらないことで人を差別するような輩《やから》は、放っておいてよろしい。……けれど、そうね。確かに貴女の髪の毛と瞳は、東洋人の中では目立つ……ふむ、それなら」

何かを思いついたらしい心白の祖母は、孫娘の両脇の下に手を入れると、その小柄な体を持ち上げ、自分の膝の上に乗せた。

心白の祖母と心白が向かい合う。心白の祖母は孫娘の頬に手を触れると、聖母の如き慈愛と穏やかさに満ちた笑みを浮かべ、口を開いた。

「心白、私にいい考えがあるわ」

――のちに心白は、「この時点で嫌な予感がした。当時は分からなかったが、この時脳裏を過《よぎ》った旗が立つビジョンの意味が今なら分かる」と述べている。

「貴女の髪と瞳の色は確かに日本では目立つし、浮いてしまうかもしれない。けどそれは所詮《しょせん》見てくれの問題よ。ならばそれ以外の部分で親しみを持たせればいいの」

「それいがいのぶぶん？」

「そう。それはね、心白――キャラクター性よ！」

いや、その理屈はおかしい。……そう、ツッコミを入れることのできる者は、残念ながらその場には存在しない。いたのは「きゃらくたーせい？」と小首を傾げる幼女と、ドヤ顔のおばあ様だけだった。

おばあ様の独壇場が幕を開ける。

「そうよ、キャラクター性。日本人はこれを大事にするというわ。外見、性格、趣味、話し方や喋《しゃべ》り方まで、一人として同じ人はいない。けれど、日本人はある程度決まった枠組みを作って、そこに自分を当てはめることで自分の『キャラクター』を確立するらしいの。これはきっと、集団行動を強いられることの多い日本人だからこその特性ね。つまり、日本で友達を作りたいのなら、人気者《し》になれるキャラクター性を手に入れることが大事なの。そう、キャラクター性こそが一番のマストアイテムなのよ！」

テンションアゲアゲのおばあ様。いろいろとおかしなことを言っているが、残念ながらツッコミを入れることができる者がその場には存在しなかったのだ。大事なことなので繰り返しました。

心白は祖母の言っていることの半分も理解していないが、「そーなんだー」と頷いている。未来の心白が見たら「おいやめろ」と何が何でも止めに入るに違いない。

おばあちゃんっ子な心白にとって、祖母の言葉は絶対。そんな美しい祖母と孫の信頼が生んだ悲劇だった。

どちらかといえば喜劇な気もしないでもないが、悲劇と言ったら悲劇なのである。たとえ、この話を聞いている三人のうち、二人がプルプルと震えながら俯《うつむ》いていたとしても、話している心白が悲痛そうな顔をしているので悲劇なのだ。

そして、その喜《き》げ……悲劇は続く。

「それじゃあ、そのキャラクター性を手に入れればいいの？」

「ええ、そうよ。そして、日本で最も人気な女の子のキャラクター性……これは古来から決まっているの。コジキにも書いてあるわ」

「へぇ、なんだかすごそうだね！　ねぇねぇ、おばあさま。そのにんきなキャラクター性ってどんなの？」

「それはね、心白」

絶好調なおばあ様は、ぴんと人差し指を立てると、妙に若々しい笑みを浮かべ、得意げな声音でこう言い放った。

「――――『ヤマトナデシコ』よ」

◇◇◇

心白の話がそこまで進んだところで、限界が訪れた。え？　なんのって？　そんなの決まってるだろう？　それは……。

「「ぶふぉっ！　くひっ⁉　ふ、ふっふっふ……くっ、アッハッハッハッハッハッハッハッハッハッハッハッハッハッハッ！　ひぃーひっひっひっひっひっひっひっひっひッ‼」」

蒼と太陽が笑いをこらえるのが、だよ。

いやまぁ、気持ちはわかる。なんか厳《おごそ》かな雰囲気で始まった話が、いつの間にかおかしな方向に進み始め、最後には予想の斜め上を突き抜けていったのだから。

笑い転げる二人。だが、当の心白はそれを気にすることなく淡々と話を続ける。

……違うな。アレは気にしている余裕がないという顔だ。きっと話しているだけで精神にダメージを負っているのだろう。その証拠にほら、目が死んでる。

「私のおばあ様は、日本では『ヤマトナデシコ』な女性が人気だと本気で信じていたらしく、嬉々《きき》として、私におばあ様の主観によるヤマトナデシコのキャラクター性を叩き込みました。当時はそれがおかしいとツッコミを入れてくれる人もいませんでしたし、自分でセルフツッコミを入れられるほどの知識もありませんでした。おばあ様の教えを何の疑いもなく受け入れた私は、約半年ほどで『ヤマトナデシコ』のキャラクター性を完璧《かんぺき》に覚えました。……その『ヤマトナデシコ』が、本来の『大和撫子《やまとなでしこ》』とはまったくの別ものだということも知らず」

「……ああ、そこも勘違いしていたのか、心白のおばあ様は」

なんというかもう……なんというか……うん、なんにも言えないわ。

俺にできることは、ただ話を聞いてあげることだけ。自分の無力さに涙が出そうだった。

「おばあ様から教わった『ヤマトナデシコ』があれば、日本でもやっていける。そんなふうに自信満々だった私は、やがて日本の中学校に入学します。入学式が終わり、最初のホームルーム。――本当の悲劇が始まりました」

おっと、雲行きが怪しくなってきたなぁ。すでに警報を出さなきゃってレベルで大荒れなのに、これ以上があるとはたまげたなぁ。

「最初のホームルームといえば、そう。コミュ障を晒《さら》し者にする目的で行われているとしか思えない悪魔の儀式が始まりました」

「悪魔の……ああ、自己紹介……」

「あ・く・ま・の・ぎ・し・き！　です！　おのれ、あれが人間のやることですか！　残虐にもほどがあります！　滅んでしまえ！　一片の灰すら残さずに！」

「お、おう……」

「……こほん。話を戻します。教室で行われる悪魔の儀式。私の番は思ったよりも早く回ってきました。私の席は教室の中央にほど近い場所だったので、もの凄《すご》く目立ちました。数多《あまた》の視線に晒《さら》されながら、ついに儀式が幕を開けます」

……俺は何の話を聞いていたのだろうか？　そんな疑問がふと頭の片隅を過ったが、無理やり思考を打ち切る。

「おばあ様が教えてくれた『ヤマトナデシコ』を胸に、私は儀式に挑みました。ここで失敗したら、これからの生活のすべてが台無しになる。それくらいの覚悟を持っていました。そして、教師の指示に従って立ち上がった私は、堂々とこう言い放ちました」

心白の表情がくしゃりと歪んだ。深い後悔と胸の痛みに耐えるように拳を握りしめ、絞り出すようにして『それ』を口にする。

「『――妾《わらわ》は黒咲心白。此度《こたび》は遥《はる》か彼方《かなた》の地より日ノ本《ひのもと》に参った。汝《なんじ》らと友好を結びたいと想っておる。どうぞ良しなにじゃ』」

「……おーん？」

今、なんと言ったのかしらん？　と首を傾げるも、心白が二度目を口にすることはなかった。一度目を発した時点で、死んでいた目が腐敗を始め、顔色は青白いを通り越して土気色《つちけ》。心に受けたダメージは計り知れない。

「「…………ッ!?　…………ッ！」」

そして、蒼と太陽の腹筋が受けたダメージも計り知れない。すでに笑いすぎて声が出ない状態になっている。

……精神が死にかけている者が一人と、笑い死にかけている者が二人。なんだこのカオス。俺はどうしたらいい？　誰か教えてください。

「……えっと、それで心白はなんでそんな……その、こ、個性的な自己紹介をしたんだ？」

「……言葉を選んでいただいてありがとうございます」

そう言って微笑む心白。少しだけ首を傾け、口元に乱れた髪の毛がかかっているその姿はもはやホラーである。こ、これ以上話をさせるのは危険なのでは……？

そんな俺の心配とは裏腹に、心白は話を再開させる。若干目《じゃっかんめ》が据《す》わっているので、もうヤケクソなのかもしれない。

「『一人称が〈妾〉』、『古風な喋り方』、『語尾に〈じゃ〉』。これこそがおばあ様の言う『ヤマトナデシコ』だったんです。いや気づけよって思いますよね？　なんであの時の私はおかしいと思えなかったのか、タイムマシンがあれば昔の自分に小一時間ほど問い詰めてやりたいですよ、ええ。……まぁ、そんな自己紹介をしてしまったがために、私は浮きました。ええ、それはもう見事に。ヘリウム入りの風船かってくらいぷかぷかしました。誰一人として私に近づこうとはせず、私も『ヤマトナデシコはがっつかない』というおばあ様の教えを忠実に守っていたため、私の方から誰かに話しかけるということもなく、ものの見事に孤独少女ロンリー☆コハクの誕生です」

孤独少女ロンリー☆コハク？

「なんですか、何か文句でも？」

いえ、なんでもないです。だからその、殺し屋じみた眼光を引っ込めてください。殺気を出すのもね？　身体が勝手に戦闘態勢に入っちゃうから、ね？

「けれど、その時の私はそれをたいして深刻な事態だとは思っていなかった。その理由としては、本場日本のオタク文化に触れてその魅力に取り憑《つ》かれてしまい、そちらに傾倒していくにつれて周りが目に入らなくなっていき……とまぁ、よくあるパターンってやつです。そして私のキャラクター性も様々な知識を身に着けることで悪化の一途をたどり、孤独少女ロンリー☆コハクは厨二《ちゅうに》少女クレイジー★コハクに進化。二年に上がるころには…………フフフフフフフフフフフフフフフフフフフフフフフ」

……中学二年生。あの頃は、大変だった。蒼も太陽もずっとよく分からないことを言い続けているし、奇妙な行動に出ることも多々あった。太陽、お前に眼帯は似合わない。蒼、ゴスロリを着るのはいいが、せめて家の中だけにしてくれ。お前らの前世は何度変わるんだ。そんな言葉を何度投げかけたことか。挙げ句の果てに、俺の前世も勝手に決められるし……。

そんな奇行も、中学三年生に上がる頃には鳴りを潜《ひそ》め、たまにその話を持ち出すと頭を抱えて転げまわるようになった。

きっと……心白も同じ病《やまい》にかかっていたのだろう。そう、中二病という病に……。

「……こほん。ええ、中学二年の頃の記憶は八卦《はっけ》封印してあるので、私は何も覚えていません。ええ、これっぽっちも覚えてませんとも。それに、三年生になるころには私も『これはまずいのでは？』と気づきました。……まぁ、その時には手遅れで、変なモノを見るような周囲の目に耐えられなくて、その……学校に行けなくなったんですけど」

「それは、あれか？　その……引き籠《こ》もりになったってこと？」

俺の質問に対する答えは、さっと顔を逸《そ》らす動作。どんな言葉よりも雄弁《ゆうべん》に、俺の予想が正しかったことを示していた。

「……いえ、一応学校に行こうと努力はしたんですよ？　ただ、教室に入ると、みんなが私を見ているんです。それも、悪意のある視線じゃなくて、こう……『ああ、この子はこういう子なんだ』って、おかしかったころの私を半ば受け入れたような、生温かい眼差《まなざ》しで。それが私には嫌だった。嫌で嫌でたまらなかったんです。その後は、半分不登校、半分保健室登校といった感じで中学三年生を終えました。高校にも一応入学したのですが、近場だったので中学時代の同級生がそれなりの人数いて……」

「中三の時と同じ状況になった……ってわけか」

「……はい」

なるほどな。その過去の経験が、心白が学校や友人という言葉に過剰《かじょう》に反応する理由か。

でも……じゃあなんで、心白はこうして引っ越してきたのだろう？　さっきの取り乱しようを考えても、トラウマを克服したという感じではなさそうだ。

こういう精神的な問題に関して俺は詳しいわけじゃないが、環境を変えることが有効な手段なのは分かる。それにしたって根っこの部分にトラウマが残っていては根本的な解決にならないのではないだろうか？　それがどうにもひっかかる。

「そうか。けど、こうして引っ越してきたってことは、心白はそれを乗り越えるつもりってことだろ？　すごいじゃないか」

だから、敢《あ》えて訊いてみた。本当に大丈夫なのか。トラウマと向き合えるのか。それとも……ただ、過去から目を背《そむ》けているだけなのか。

俺の言葉に、心白はさっと表情を曇らせると、少しばかり迷った様子で視線をさまよわせた。けれど、すぐに俺の瞳に焦点《しょうてん》を合わせ、口を開く。

「……いえ、そういうわけじゃないんです。引っ越しだって、両親が気を遣《つか》ってくれただけですし、私はギリギリまで決断することができませんでした。逃げてばっかりじゃダメだって分かってはいた。けど、踏み出す勇気はなかった。迷って迷って迷って、挙げ句の果てには迷うことからすら逃げ出して……私は、ＦＥＯを始めました」

……ん？　どういうこと？

「現実が嫌で、仮想の世界に逃げたんですよ。あの世界では、私は情けないコミュ障ヒキコモリな『黒咲心白』じゃなくて、いろんなアイテムを作り出すアイテムメイカーの『アッシュ』なんです。それが、私を慰《なぐさ》めてくれました。ずっとほしかった友人だってできました。避けていた人の輪に、自然と入れるようになっていました。……私の求めていた『居場所』が、あの世界で手に入ったんです」

そう言って、心白は微笑む。笑っているはずなのに、何かが足りない儚い笑みを。

笑い転げていた二人も、いつの間にか真剣な表情で心白の言葉に耳を傾けていた。静かになった部屋に、心白の言葉だけが響いている。

「ずっと迷惑をかけてきた両親にこれ以上心配させたくない。そんな考えもありました。だから、新しい環境でもう一度やり直すことを決めました。たとえ、また上手《うま》くいかなかったとしても、私にはもう『居場所』があるのだから。だから、頑張ろうって思えたんです。……まだ、学校は少し怖いですけど」

最後に、おどけたようにそう付け足して、心白の話は終わった。

「長々と話したせいで、喉《のど》が渇《かわ》いちゃいました」と紅茶を飲んでいる心白の姿を一瞥《いちべつ》した後、俺はさっと蒼と太陽に目配せする。

心白は確かに頑張ろうとしている。これまでの自分を脱ぎ捨て、新たな自分になろうとしているのだ。

それはいいことだと思うし、並大抵の決意じゃできないことだっていうのも分かる。そのことに関しては、何も言うことはない。

だが、心白は『別の世界に居場所があるから、この世界に自分の居場所がなくてもいい』と考えている。それを頭ごなしに間違っていると言うわけではないが……少し、寂しく思うんだ。

だってそうだろ？　心白は、一つ大きなことを忘れている。心白が決意して一歩を踏み出した環境が、どういうものかってことを、まるで考えていない。

心白にとってこの引っ越しは、敵地に潜入するようなものなのかもしれない。彼女の話を聞いた上で考えるなら、そう思ってしまうのも無理からぬことだとは思う。

だけど、違うんだよ。これまでとは絶対的に違う部分があるんだ。

アイコンタクトで俺の考えたことを蒼と太陽にも伝えると、すぐに反応が返ってきた。どうやら二人も同じことを考えていたようだ。

なら、話は早い。

――さぁ、分からせよう。

この健気《けなげ》で臆病な少女に、「もう怖がらなくていいんだよ」って、手を差し伸べよう。

心白と……アッシュと出会ったあの日。馬鹿な真似をして苦しんでいた俺に声をかけてくれた彼女を、今度は俺が助けよう。

そんな思いを胸に、俺は口を開く。蒼と太陽は俺に任せてくれたようで、心白に見えないようにぐっと親指を立ててみせた。

「なぁ、心白。それで、心白の通う学校はなんてところなんだ？　さっき訊いた時は教えてもらえなかったし、ちょっと気になってるんだけど」

「あっ、そういえば発作を起こしたせいで答えていませんでしたね。椿之学園ってところです。校舎のレトロな雰囲気と、制服が可愛かったのでそこにしました。あと……」

「あと？」

「何々学園って、なんかカッコいいじゃないですか」

「そんな理由で学校を決めたのか……いやまぁ、家から近いって理由で選んだ俺が言えたことでもないけどさ。けど、やっぱり椿之学園だったんだな」

俺がそう言うと、心白は何かに気づいたようにハッとした表情になり、視線をこちらに向けた。俺はそれに、「正解だ」とでも言うように首を縦《たて》に振る。

「俺たちが通っているのも椿之学園だ。明日からは同級生ってこと。よろしくな、心白」

「私と流が同級生……？　……なんだか、あんまり実感が湧きません」

そんな言葉を、胸をなでおろしながら言う心白。そんな彼女に蒼が小さく微笑みながら声をかける。

「心白、わたしと……一応、バカ兄もそう」

「ふ、二人もですか⁉　あ、そっか、流が俺たちって言ったのはそういう意味で……ああうぅ～……なんか、現実味がなさすぎて夢みたいです。ただでさえ、引っ越した先のお隣さんがゲーム仲間ってだけでも驚きなのに、同年代で同じ学校に通うとか……確率論が仕事してません」

「ははっ、確かに。何の冗談だって思うよな。正直、奇跡の類《たぐい》じゃないかって思ってるよ、俺は」

頭を抱えて唸《うな》る心白に、俺は同意しながら笑みを浮かべ……。

「――だから、信じられないか？」

その言葉を、言い放った。

「……ふぇ？」

心白は頭を抱えたままきょとんとした顔をして、こてんと首を傾げてみせた。まぁ、なんの脈絡《みゃくらく》もなしにこんなこと言われたって、戸惑《とまど》うだけに決まってるよな。

けど、困惑する心白に構わず、俺は言葉を続けていく。

「……椿之学園は、いいところだよ。生徒も教師も優しい人ばかりだし、校内でいじめが起きているなんて話も聞かない。校則で縛り付けられたりもしないし、過ごしやすい環境だと思っている。まぁ、勉強は少し難しいかもしれないけど、編入試験を突破できた心白なら、普通に何の心配もいらないだろうよ。俺たちはあんまり使わないんだけど、学内食堂は美味しいって評判だったりもする」

「えっと、な、なんの話を……」

ぺらぺらと話し続ける俺に、眉を顰めた心白がそう訊いてくる。いきなり学校のＰＲを聞かされて訳が分からないって感じの表情だった。

そんなふうに混乱させてしまったことを内心で申し訳なく思いながらも、俺は笑みの形を変えずに答える。

「え？　だから、椿之学園の話。明日からは心白も生徒になるんだし、いろいろと知っておいた方がいいだろう？」

「……ッ」

そんな俺の言葉に、心白がイラッとしたような表情を浮かべる。

まぁ、そうだろうな。心白は、学校に行けない理由も、行きたくないワケも話した。そんな過去の出来事から抜け出そうと踠《もが》いていることも語った。

今、心白の抱えている恐怖は、そのすべてをひっくるめて、それでもなお湧き上がってきているモノなのだ。

そんな彼女にとって、俺の言葉は酷く無責任で無神経なモノに思えたはずだ。なにせ、言っている俺も内心で「これはちょっと……」って思っているし。

「……だから、なんですか？　確かにその学校はいいところなのかもしれませんが、そんなのは私には……」

「関係ない、か？」

「……ええ、そうです」

こくりと頷いた心白に、俺もうんうんと頷いてみせる。そんな俺の顔に張り付いているのは、相変わらず腹が立つレベルの笑顔だ。

まぁ、そんな顔していたら、普通怒る。誰だってそーする。俺だってそーする。

「だったら……ッ！」

勢いよくソファから立ち上がり、声を荒らげた心白。その表情は怒りと悔しさが綯《な》い交《ま》ぜになっており、唇は固く結ばれている。僅《わず》かに持ち上げられた両手は拳の形を取り、力いっぱい握りしめられていた。

そして、紫紺の瞳には、これまで見せたことのないような憤《いきどお》りが、燃え盛る炎のように宿っている。

「あなたに……流に何が分かるんですかッ！」

心白が叫ぶ。当たり散らすような、普段の彼女からは想像もできないほどに激しい感情の発露だった。これまで溜め込んでいたものが噴き出てしまったように、彼女は俺に言葉をぶつけていく。

「いくら学校がいいところだとしても、そんなの関係ないんです！　いくら生徒や先生がいい人だって、そんなの意味がないんです！　私が通っていた中学や、一学期しか在籍できなかった高校だって、いい場所でした！　接してくれた人たちはみな、いい人でした！　でも、でも……ッ！」

心白が、顔を俯かせる。握りしめた両手をほどき、自分の体を強く掻き抱く。

「私は……ッ！　そうじゃないッ！　どれだけいい場所で、どれだけいい人に接してもらえようが、それに応《こた》えられないッ！　信じることができないッ！　そうですよ！　私が悪いんです！　臆病で、周りに迷惑をかけてばっかりで、迷ってばっかりで、逃げてばっかりな私が悪いんですッ‼」

「そうか？　まっ、そうかもしれないな」

「……ッ！」

心白の激情を受け流すかのように、俺は軽い口調で言う。鋭い視線を向けてくる心白に申し訳ない気持ちになりつつも、俺は言葉を続けた。

「確かにそうだ。俺も、心白の話を聞いて思ったよ。心白には悪いところがある」

「……ええ、そうでしょうね。私には悪いところだらけですよ。変な勘違いして、オタク化して、厨二病を発症し、コミュ障拗《こじ》らせてボッチになり、挙げ句の果てに引き籠もり。あはは、こうして並べてみると本当にダメ人間ですね……」

次々と連ねる心白の言葉は、彼女がどれほど自分を責めているのかを俺に教えてくれた。だけど、俺が言いたいのはそういうことじゃないし、今、心白が挙げた中にはないモノだ。

……ただまぁ、心白が分からなくても仕方がないというか、心白では絶対に分からないというか……残念ながら、そんな感じのモノだったりする。これぱっかりは、本人の気質が関係しているので、分からないってことで責めることはできない。

だって俺は、その『分からない』を『分かる』に変えるために、心白に挑発じみた行為をしているんだからな。

さて、すでに知りたかったことは知れた。これ以上、心白を怒らせる必要はない。……終わったら、ちゃんと心白に謝らなきゃな。

俺は、俯いた心白に向かって口を開く。今度は、顔から笑みを消して、ただただまっすぐ真剣に、心白に気づいてもらうための言葉を紡いでいく。

「いや、それらは別に悪いとは思わないぞ？　というか、その辺は当事者たち以外は何も言えないし、そもそも誰が悪いって話でもないだろう？　各々《おのおの》がよかれと思ってやったことが、結果として心白にとって悪い方向に進んだだけ。俺にはそんなふうに思えるな。強いて言うなら……間が悪かった、ってやつだな」

「……変な慰《なぐさ》めはいりません」

あらら、これは相当怒っていらっしゃる。謝った程度じゃ許してもらえそうにないな。

だけど俺は、言葉を止めることなく話を続けた。

「別に慰めでもなんでもない。俺は本気でそう思っているよ。そして……心白の悪いところは、別にある」

「そりゃ、こんな私ですから。自分では分からない悪いところの一つや二つ、あって当然で……」

「やっぱり、信じられないか？　俺や蒼、太陽のことが」

心白がハッと俯いていた顔を上げる。俺を見つめる瞳には、『理解できない』という困惑が強く浮かんでおり、さっきまでの激情が薄れていた。

少しだけ、冷静さを取り戻している。それを確認した俺は、畳みかけるように言葉をぶつけていく。

「なぁ、心白。現実では確かに俺たちは初対面だ。本当の容姿も本当の名前も、互いに知り合ってまだ数時間。普通だったら、まだ自己紹介を済ませただけの赤の他人だな」

けれど、と紫紺の瞳を覗《のぞ》き込みながら俺は続ける。

「俺は、俺たちは、そんな心白のことを友達だと思っているよ。だってそうだろ？　黒咲心白っていう女の子に会ったのは初めてでも、アッシュとは一カ月以上の付き合いなんだからさ」

「……それは、ゲームの中の話です。私じゃなくて、アッシュの話です」

「同じだよ。違うけど、同じだ。アッシュは心白だし、心白はアッシュだ。ゲームと現実の区別はつけなくちゃいけないけど、そこで結んだ人間関係はカウントされないなんて、悲しいとは思わないか？　俺はそう思う」

「心白はどうだ？」と問いかける。心白は少しばかり回答に戸惑っていたようだけど、小さな声で「……流は、友達と思っている相手に怒らせるようなことを言うんですね」と応えてくれた。

　完全な肯定《こうてい》ではないが、否定でもない言葉。正直どちらともとれるが、ここは肯定という解釈をさせてもらおう。

「よかった。俺だけ友達だと思ってたなんてことにならなくて。それはさすがにへこむからな」

「そうですか、それはよかったですね」

「ああ、本当によかったよ。――これで、ちゃんと心白に手を貸せる」

「……はい？」

　険しい表情が一変、何を言っているのか分からないという顔になった心白。思わず笑いそうになったのを、口元に手を当てることで隠す。危ない危ない。ここで笑ったりしたらいろいろ台無しになっちまう。

「心白は、明日からの学校生活に不安でいっぱいなんだろう？　けど、安心してくれ。さっきも言った通り、椿之学園はいいところだし、心白が何かで困ったら俺たちで手助けできる。心白が楽しい学校生活を送れるように全力でサポートするよ。ちなみに、何組に転校するとかは分かってる？」

「あ、はい。えっと確か……一年三組だったはずです」

「おっ、ソイツは上々だ。俺たち三人も三組だからな。これでいつでもサポートに回れるし」

「……ま、待ってください。えっと、何の話ですか？　あ、あれ？　さっきまで私の悪いところがどうとか、そんな感じの話をしていたように記憶しているんですが……あれ？　私が間違ってます？」

心白が混乱しきった様子で尋《たず》ねてくる。すでに彼女の瞳からは怒りは霧散《むさん》していた。

完全に落ち着いた心白に、俺はにやりと笑みを浮かべてみせた。

「心白の記憶に間違いはない。これが俺の言いたかったことだからな。俺たちは、心白が学校に行きたくないって思っていて、それでも行こうとしているのを知った時点で、それを手助けしようって決めていた。けど、相手に頼まれもしないのにそうするのはお節介だろ？　それに、心白がもし『自分一人で絶対に乗り切ってみせる』って決意していたら、邪魔になる。だから、心白が言ってくれるのを待ってたんだよ」

俺の言葉に、蒼は小さくこくこくと、太陽は力いっぱいこくんと、同意を仕草で示した。

心白は、ぽかんとした表情を浮かべている。『鳩が豆鉄砲を食ったような顔』をそのまま体現したかのようなそれに、「くすっ」ところえていた笑いが漏れてしまった。けれど、心白はそれにすら気づいていない。

ふむ、ここまで言ってもピンとこないのか。ならば、もっと言葉を重ねよう。

「学校の話で発作を起こしたり、話を聞いたことをもとに推測するに、心白は『自分一人で』って感じじゃあなかった。きっと『一人で頑張るしかない』って思ってたんじゃないのか？……酷いじゃないか、心白。俺たちは手助けを期待できないほどに頼りないか？」

「そ、そんなことはありません！　私の転校する学校が流たちと同じだと聞いて、私は心底ほっとしました……。けど、手助けだなんて、そんな……迷惑をかけてしまいます。そんなの、ダメです。ダメなんです……」

そう言ってまた俯いてしまった心白に、俺はそれは違うと口を開こうとして……服の端を引っ張る手に、待ったをかけられた。

服を引っ張った下手人《げしゅにん》……蒼の方を向くと、眩しいほど真っ直ぐな眼差《まなざ》しとかち合った。

「ここから先は、わたしが」と視線で訴えてくる蒼に、俺は笑みとともに頷きを返す。

そうだよな、蒼だって心白の友人。同性では一番仲がいいんじゃないかってくらいの間柄だし、俺ばっかりが話すわけにもいかないか。

よし、ここは蒼に任せよう。きっと心白のかたくなな心をほぐしてくれるはず。

「心白、あまりわたしと流くんを舐《な》めない方がいい」

「……え？」

……はず。

「流くんは言わずもがな、学校でのわたしはクラスの……否《いな》、学年のアイドルといっても過言ではない。よく言われるクラスカースト的なモノに当てはめれば、最上位は堅い。わたしと流くん、高嶺《たかね》の花。おーけー？」

「クラスカースト……リア充……うっ、頭が……」

……はず、だったんだけどなぁ。

いやいや、心白頭押さえて呻《うめ》いてるじゃん。逆に混乱させてどうするよ？

そんなふうに抗議の視線を蒼にぶつけるも、蒼はしれっと無視。逆に手ぶりでこちらに何かを伝えてくる。

広げた手のひらを、下に。ひっくり返して、上に。最後にビシッとサムズアップ。えっと、なになに……『落として上げる作戦、心配しなくて大丈夫』か。まぁ、そういうことなら……本当かぁ？

俺の不安をよそに、蒼はズバズバと心白に言葉で切り込んでいく。

「太陽も似たようなモノ。つまり、心白は椿之学園に入るだけでカースト上位勢の仲間入りできる。心白も、リア充」

「わ、私が……リア充……？」

「そう。……だから、そんなに不安がらなくていい。迷惑だなんて思わなくていい。心白がわたしたちを頼ってくれない方が、何百倍もいや」

そう言いながら立ち上がった蒼は、心白のそばに寄ると、彼女の両手を自分の両手で包み込んで、自身の胸の前に引き寄せた。そして心白の顔を下から覗き込むようにして見つめながら、小さく笑みを浮かべた。

「わたし、学校でも心白と仲良くしたい。だから、ちゃんとわたしたちを頼って？　……わたしに友達を助けさせて？」

「蒼……」

心白に向かって放たれた、蒼の言葉。鋭く飛翔する矢の如く真っ直ぐな言葉は、心白の胸に届いたようで。

心白の表情が、崩れる。めいっぱい開かれた紫紺の瞳が潤み、ぽろぽろと涙が零れ落ちる。

「うぁ……蒼……流……ありがとう……ございます……」

泣きだしてしまった心白を、蒼が優しく抱き寄せる。蒼の肩に顔を埋めた心白は、溜め込んでいたものをすべて吐き出すような勢いで、赤子のように泣きじゃくった。

慈愛に満ちた微笑みを浮かべながら、そんな彼女の頭を、ぽんぽんと優しい手つきで撫でた蒼は、俺をちらりと一瞥し、ぐっと親指を突き出した。

『作戦成功。さすがはわたし』か。本当に納得させた。ものすごい成長だよ、蒼。

俺は「よくやった」と言うかのように、満面の笑みとともに蒼へと親指を立ててみせるのだった。

「お、お騒がせしました……その、お見苦しいところを見せてしまい、大変恐縮と申しますか……」

「気にしないでくれ。というか、俺の方こそすまん。いろいろと気に障《さわ》ることを言った」

蒼に抱き着いて思う存分泣いた心白は、赤くなった目を伏せながら、ソファの隅っこで小さくなっていた。

俺はそんな彼女に対して、深々と頭を下げた。これで許してもらえなかった場合、土下座に移行するのもやぶさかではない。

「そ、それこそ流が気にする必要はありません。確かにイラっとしましたけど、流は私のことを思って言ってくれたんでしょう?」

「それは事実だけど、だからといって友達を怒らせておいて謝らないのは不誠実だろ? こういうのはケジメだケジメ」

頭を下げたままの俺に、心白は困ったように「ケジメ……ですか」と呟く。心白が心優しいいい子なのは百も承知だが、それに甘えるのもいかがなものか。

俺が心白を怒らせるようなことを言ったのだって、心白が俺たちを頼るだなんて微塵も考えていなかったのが癪《しゃく》だっただけで、要は自分のためである。個人的な理由で人を傷つけておいて謝りもしないなんて、そんな屑《くず》野郎にはなりたくないのだ。

「……じゃあ、私は流を許します。これでいいですね?」

「本当か? ……許してくれてありがとうな、心白」

「ただし、条件があります」

「条件か……いいぞ、俺にできる範囲ならなんでもやってやる」

顔の隣でぴんっ、と人差し指を立てた心白に、俺は神妙な顔でそう答える。すると、心白の顔が何やら真剣な……真剣過ぎる表情に変わる。

「今、なんでもやるって……こほん。失礼、ちょっと邪念が入りました」

……今の『獲物《えもの》を前にした狩人《かりゆうど》のような眼』はなんだったのだろうか？

「えっと、そうですね……それじゃあ、今度また夕食をご馳走してください。次は、私の好きな食べ物で」

そんな疑問をよそに、心白は茶目っ気のある笑みでそう提案してきた。

「そんなことでいいのか？　……分かった。存分に腕を振るわせてもらうよ」

「楽しみにしていますね」

「ああ、そうしてくれ。期待されてた方が頑張り甲斐《がい》があるってもんだ」

……うん、もう大丈夫そうだ。心白の表情に、暗い翳《かげ》は存在していない。強張《こわば》りなんかもなく、いい具合にリラックスしているようだ。

心白を穏やかな気持ちで見つめていると、ちょんちょんと肩を突《つつ》かれる。

そちらに目を向けると、蒼が得意げな笑みを浮かべていた。ドヤァ、と聞こえてきそうだった。

「どうした？」

「わたしの、おかげ」

「そうだな。蒼はよくやってくれたよ。ありがとな」

蒼の頭に手を伸ばし、くしゃりと撫でる。気持ちよさそうに目を細めた蒼は、「うにゅう……」と甘えたような声を漏らした。猫を可愛がっている気分。

「……って、そうじゃない」

「あ、撫でるの嫌だったか？」

「それはない、もっと撫でて。……けど、頑張ったわたしには、何かしらのご褒美《ほうび》があってもいいはず」

「ふむ、一理ある」

心白が胸の内を晒してくれて、さらにそこに巣食う闇を晴らすことができたのには、蒼の存在が大きい。

ＦＥＯでは親友と言ってもいいほどに仲がいい蒼と心白。同性の友人ということもあり、心白の中で特別な立ち位置にいてもおかしくない。俺一人じゃ、こうも上手くはいかなかっただろう。

そんな蒼に対して、お礼の意味を込めてご褒美をあげるのはごくごく自然なことだ。

「どんな褒美をご所望《しょもう》で？」

「んー……考えとく。思いついたら言うね？」

「了解。……あと、そろそろ撫でるのはやめても？」

「駄目」

バッサリである。小さくため息をつき、俺はなでなでを続行した。俺の手の動きにつられて身体を左右に揺らしている蒼は、大層ご満悦《まんえつ》そうだった。

「……二人は、すごく仲良しなんですね」

俺たちのやり取りをジッと見つめていた心白が、ポツリと呟いた。どことなく、その視線がチクチクとする。

「そうだなぁ……まぁ、生まれた時からの付き合いだし？」

「それは……すごいですね。仲のいい幼馴染みって、都市伝説の類《たぐい》だと思っていました」

いやいや、都市伝説て。さすがにそれは言い過ぎじゃないか？　俺たち以外にも、仲のいい幼馴染みくらい……あれ？　心当たりがないぞ？

「俺たちってもしかしてレアなのか……？」と俺が首を傾げていると、撫でられっぱなしの蒼がちらりと心白を見て、どこか悪戯っぽい笑みを浮かべた。

「ん。わたしと流くんはあいしょーばつぐん。一心同体」

その言葉に心白は、蒼と視線を合わせると、見惚《みと》れるほど綺麗な……なのに、どこか背筋が寒くなる笑顔で口を開く。

「……へぇ、そうですか。確かにそうやって流に撫でてもらっている姿は、とっても仲良しに見えます。まるで、兄妹みたいです」

バチィッ‼　と、二人の間で火花が散る……そんな幻覚が見えた。疲れてるのかな？

蒼と心白。二人とも笑顔なのに、妙な威圧感を発しているような気がするのは何故だろう。

心白はいつの間にか俺のそばまで移動しているし、蒼は頭の上の俺の手を押さえ込んでいる。

そんな二人に挟まれていると、冷や汗が止まらない。エアコンは切っているのに、周囲の気温が二、三度下がったような気がした。二人とも、《威圧》スキルでも使っているのだろうか？

ここはなんとかして違う話題にもっていかねば……。

「そ、そうだ。心白、明日の学校なんだけど……先に、クラスメイトたちへ心白のことを教えておいてもいいか？」

俺がとっさに——内容はもとより考えていたことだが——口にした言葉に、心白はきょとんとした表情を浮かべ、蒼は小さく首を傾げた。

互いの意識が相手から逸れたことによって、二人の間で渦巻いていた威圧感が消滅する。狙いが上手くいったことに、内心で胸をなでおろしつつ、俺は言葉を続ける。

「心白は、人見知りだし注目されるのが苦手だろ？　うちのクラスは、気のいい奴ばかりなんだが……その、少しばかり賑《にぎ》やか過ぎるというか……」

「……あー」

蒼が『ああ、うん。確かに』とでも言いたげな表情で頷く。心白は、まだ俺の言いたいことが分からないようで、頭の上に『？』をいくつか浮かべている。

「そんな奴らが、『転校生』なんて恰好《かっこう》のネタに反応しないわけがない。餓えた狼《おおかみ》の群れに子羊を放り込むようなもんだ。心白は可愛いし、男子どもが騒ぐだろうな……」

「ふぇ⁉　か、かわっ……⁉」

「心白？　顔赤いけど……」

「……流くん、シャラップ。それ以上はいけない」

うーん？　まぁ、蒼がそう言うなら……。

「まぁ、そういうわけで。先に心白のことを周知させておけば、そういった騒ぎは抑えられると思うんだが……どうかな？」

俺がそう問いかけると、心白は気を取り直すように咳払《せきばら》いを一つした後に首を横に振った。

「……流の気持ちは大変うれしいのですが、それには及びません」

そして、真っ直ぐに俺たちを見つめる心白は、笑う。

「明日は、私にとって大きな転機だと思うんです。これまでの古い自分を脱ぎ捨てて、私は生まれ変わる……大げさかもしれませんが、そのくらいの気持ちで臨《のぞ》もうと思っています」

優しげな笑みや、弱気な笑みではない。もっとギラギラとした……戦う者が浮かべる笑み。

隣で蒼が小さく「流くんみたい……」と呟いたのが耳に届いた。

「私は、変わります。変わってみせます。弱くて情けない私を見限らなかった両親や、手を差し伸べてくれた流や蒼……何より、私自身に誇れる自分になりたい」

そこで言葉を切った心白は、顔を俯かせる。前髪が陰になって、その表情を窺《うかが》うことはできない。

「だから、明日は私一人でやります。やり遂《と》げて、みせますから……」

ふっ、と。

顔を上げた心白は、雲一つない快晴の空のような、吹っ切れた笑みを浮かべ。

「私の雄姿《ゆうし》、しかと目に焼き付けてくださいね！」

力強く、決意の言葉を口にした。

伝わってくる、心白の覚悟。

キラキラと眩《まばゆ》いほどの、気高《けだか》く尊い意志の輝き。

思わず圧倒されてしまうほど強烈なそれに、俺は知らぬ間に拳を強く握りしめていた。

——明日は、きっと上手くいく。

今の心白を見ていると、自然とそんな考えが脳裏を過《よぎ》った。

「……こ——」

「心白っ！」

「——は……く？」

少しの間口を開くことができなかった俺が、心白へ呼びかける声を遮《さえぎ》って、彼女に接近した影が一つ。

俺の隣に座っていたはずの蒼が、真正面から心白に飛びつき、ぎゅっ、とその体を抱きしめ、彼女の胸に顔を埋めた。

「うぇ⁉　あ、蒼⁉」

「……ん。心白なら、大丈夫」

「そ、そう言ってくれるのはありがたいのですが、あの、どうして抱き着いて……ひゃぁ⁉

あ、蒼ぉ！　そこはっ……やっ、だめっ……ひぅっ⁉」

ぐりぐりと蒼が顔を動かすと、くすぐったいのか心白が顔を赤くして身悶《みもだ》える。気圧《けお》されてしまうほどの存在感はすっかり消えて、いつもの心白が戻ってくる。

それにほっとするような、残念なような……複雑な思いを抱きながら、俺はソファにもたれかかると小さく息を吐いた。

抱き合う二人をぼんやりと眺めていると、心白の困ったような視線と俺の視線がかち合った。

どちらも目を逸らすことなく、俺と心白は見つめ合う。一秒、二秒、三秒……俺たちは、同時に「ぷっ」と噴き出した。

俺は、笑みを零しながら、心白へと握った手を伸ばす。心白も俺の意図を察してくれたのか、一拍遅れて同じように差し出してくる。

こつんっ。俺と心白の中間点で、拳がぶつかった。

互いに笑みを浮かべ、仲の良い者同士がやるように拳を重ねて視線を合わせた俺たちは、ほぼ同時に口を開いた。

「これからよろしく、心白」

「これからよろしくお願いします、流」

言葉までもが重った。まるで俺と心白の心さえも重なったかのような感覚がこそばゆくて、俺は少しだけ目を細めた。心白も似たような表情を浮かべている。

「……くくっ」

「……ふふっ」

それがなんだかおかしくて、俺たちは同じタイミングで再び笑みを漏らす。

そんな俺たちの顔を、心白の胸元から顔を上げた蒼が、不思議そうに交互に見やり、小首を傾げてみせた。

「……？　流くん、心白、どうしたの？」

「いや、なんでもない。……くくっ」

「はい、なんでもありませんよ。……ふふふっ」

「むぅ……わたしだけ、仲間外れ感」

不満げに頬を膨らませ、ぶすっとした顔になった蒼を見て、俺と心白はこらえきれず声に出して笑ってしまった。それによってさらに不機嫌になる蒼を、今度は慌てて宥《なだ》めたり。

その光景は、誰がどう見ても『じゃれ合う友人同士』以外の何ものでもなかった。

――――こうして、俺の新しい日常は幕を上げたのだった。

なお、心白が帰った後、途中から完全に空気だった太陽が、さめざめと涙を流しながら部屋の隅で体育座りをしていたのが発見されたのだが……。

「ぐすっ、ひぐっ……ひどいよう……ひどいよう……流と蒼のはくじょうものぉ……」

……うん、ごめん。マジでごめんな、太陽。

二章　新たな日常

「ガァアアアアアアアアアアアアッ！」

「当たるかよ！」

右から迫る大剣を、身を屈《かが》めることで回避する。低くなった姿勢のまま右足を振り回し、俺を袈裟《けさ》斬《ぎ》りにしようとした敵へローキック。上手《うま》いこと膝《ひざ》に命中し、その敵の動きを阻害《そがい》することに成功した。

しかし、安堵《あんど》している暇《ひま》はない。今度は左から矢が三本飛んできた。一射目が先行し、二射目と三射目がほぼ同時に迫る時間差攻撃。

射手の腕の確かさが窺《うかが》えるが、その程度で狩られるほど、俺の命は安くない。

体勢を整えた俺は、その場に立ち止まり飛来する矢に集中。全神経を使って、見る。見る。見る——ッ！

「ここだッ‼」

ほとんど反射の領域で腕を動かし、一射目を摑《つか》み取り、それを使って残り二射を打ち払う。

その衝撃で矢は三本とも砕け、木片が散らばった。

矢を放った敵が驚愕《きょうがく》で硬直している。この隙《すき》を衝《つ》かぬ手はないと言わんばかりに駆けだし、接近。拳《こぶし》も使えぬほどの至近距離に潜《もぐ》り込んだ俺は、自分よりも背の高いソイツの腕を取り、体勢を低くして掴んだ腕を引く。体格差を利用した背負い投げモドキは、俺の強化されたSTRによって猿真似ながら見事に決まった。

簡単に言えば、敵は俺によってぶん投げられた。固まっていた他の敵の前に落下し、苦痛に呻《うめ》いている。

……さて、遊びはこのくらいにしよう。俺はアイテムボックスから愛用の武器、【紅戦棍《こうせんこん》【ディセクトゥム】】を取り出し、全力で振りかぶる。

振りかぶったまま、大地を砕かんばかりの踏み込みで接敵。

殺意を滾《たぎ》らせ、絶叫ォ！

「【タイラントプレッシャーァアアアアアアアアアアアアアアッ‼】」

「「「「ガァアアアアアアアアアアアアアアアアアアアアアアアッ‼?」」」」

右から左。両手で構えた紅戦棍を横薙《よこな》ぎに振るい、前方の敵を吹き飛ばす。アーツの効果によって発生した衝撃波が周りの敵すら巻き込んでいき、結果的に俺の目の前からは敵がいなくなってしまった。

紅戦棍が直撃した個体はその場で粒子と化し、吹き飛んだその他の個体は空に放物線を描き、ごしゃあ！　と地面と濃厚なハグをかます。

今、俺が鎧袖一触《がいしゅういっしょく》とばかりに吹き飛ばしたのは、この『暴風の竜谷《りゅうこく》』に出現するモンスターの一種である『ドラゴニュート』だ。

リザードマンの強化種のような感じで、戦い方もよく似ている。ただ、リザードマンの時にはいなかったオオトカゲに騎乗している『ドラゴニュート・ライダー』や、自然現象を利用した魔術を使う『ドラゴニュート・ドルイド』などが出現するので要注意。

また、『暴風の竜谷』にはフィールドギミックとして、『強風』や『暴風』が存在し、時折立っているのがやっとなくらい強い風が吹いたりもする。その風に乗って強襲してくる飛行能力持ちのモンスターはおもしろ……厄介《やっかい》だ。

初めてこのフィールドに足を踏み入れた時は、迂闊《うかつ》に空を飛んだせいで風に煽《あお》られて岩壁に叩《たた》きつけられた。危うくHPが全損するところだったぜ。耐久を強化していなかったら即死だった……。

フィールド全体に行動阻害ギミックがあり、出現するモンスターは、一体一体がそれなりのステータスと、これまでよりも多彩なスキルを持っている上に徒党を組んでくる。さらには上空からの奇襲にも注意しなくてはいけない……とまぁ、難易度高めのフィールドである。

六体〜八体のグループを作って襲い掛かってくるドラゴニュートをぼっこぼこにし、上から降ってきたワイバーンを魔力の剣で貫《つらぬ》き、時折発生する風に耐えながらフィールドを進む。

向かうのはボスエリア？　いいや、目的は別にある。

岩壁を注意深く観察しながら歩いていると、ふと違和感を覚える箇所を発見。ボスエリアまでの正規ルートや、貴重な採集アイテムが手に入るスポットに行くためのルートから外れた場所にある岩壁は、一見すると周りと変わらないよう思える。

しかし、よーく目を凝《こ》らしてみると、岩壁に妙な切れ目があるのだ。地面から上に伸び、三メートルほどの高さで弓なりに曲がり、そのままアーチを描いて最初の地点から数メートル離れた地面まで続いている。

妙な切れ目に囲まれた部分を拳で叩くと、岩を叩いたとは思えないほどに音が響く。

まるで、壁の向こう側が空洞になっているかのように。

「当たりか？　……まぁ、確認してみればいいか」

そう独《ひと》り言《ご》ちた俺は、壁から少し離れると、僅《わず》かに腰を落として構える。

狙《ねら》いを定めて……せいっ！

「【インパクトシュート】ッ！」

左足を軸《じく》に、身体を時計回りに回転させ、その勢いを乗せて右足を突き出す。『後ろ蹴《げ》り』という空手の蹴り方を真似してみました。

アーツの効果と、そこそこ様になった技によって威力を増した蹴りは、違和感のある岸壁に突き刺さった。鈍《にぶ》い音とともに壁には罅《ひび》が入り、クモの巣状に広がっていく。

そして、その罅がちょうど謎の切れ目に到達した瞬間。

ガラガラガラッ！　と岩壁だった場所が崩れ、そこに洞窟の入り口が出現した。

「くはっ、ビーンゴ！　大当たりぃ！」

探索を開始して早二時間。このフィールド、広さもそれなりにあるから、苦労したぜ……と、わざとらしく汗を拭《ぬぐ》う仕草をする。

「さぁて、ここまでくりゃ後は簡単だ。くっくっく……覚悟しろよぉ」

ニタリ、と口元に笑みを刻み、紅戦棍を手元で弄《もてあそ》びながら、俺は洞窟に足を踏み入れた。

――数分後、洞窟からはいくつもの悲鳴と、一つの笑い声が響き渡った。


目的をクリアした俺は、カトルヴィレの冒険者ギルドを訪れていた。

え？　なんでかって？　そりゃあ……。

「クエスト、『盗賊団【竜殺隊《りゅうさつたい》】の討伐《とうばつ》』の達成を確認しました。こちらが報酬となります」

「ありがとうございます」

まぁ、そういうわけだ。

『暴風の竜谷』にアジトを構える中規模の盗賊団【竜殺隊】を殲《せん》め……こほん、討伐するのが、今回受けたクエストの内容だった。

【竜殺隊】は『暴風の竜谷』のどこかにある洞窟内を住み処《か》とし、入り口を大地魔法でカモフラージュすることで討伐に来た騎士や冒険者の目を晦《くら》ましていた。

それに、高難易度のフィールドに住み着くだけあって、一人一人の実力もそこそこ高い。今回はクエストということで不意打ちじみた戦法をとったが、真正面からの戦闘ならそれなりに楽しめたと思う。

俺がアジトに突入した時、アイツら酒盛りの最中だったからなぁ。紅戦棍をぶんぶんするだけの簡単なお仕事でした。……はぁ。

内心でため息を漏《も》らす俺とは対照的に、ギルドの受付嬢さんはとってもいい笑顔。最初の頃の刺々《とげとげ》しさはどこに行ったのかと問いたい。あれ？　前にも似たようなことを考えたような……？

「そして、このクエストを達成したことにより、リュー様のギルドランクがAになりました！　これは王族などの推薦がないとなれないSランクを除けば、最高ランクです。おめでとうございます！」

「あ、ありがとうございます……？」

カウンターから身を乗り出さんばかりの勢いでまくし立てる受付嬢さんに、一歩引きながらお礼の言葉を口にする。

しかし、Aランクねぇ……いまいち凄《すご》さが分からないな。ギルドランクは割とほいほい上がっているが、それで変わったことといえば、受けられるクエストの難易度と、受付嬢さんの態度くらいだからなぁ。こう、恩恵をあまり感じられないんだよな。

「それにしても……こんなに早く、しかもソロでAランクになるなんて、リュー様がギルドに加入してきた時には想像もしませんでした。あの頃の私は見る目皆無でしたね。リュー様にもいろいろと失礼なことを言いましたし……遅くなりましたが、あの時は本当に失礼しました」

「い、いえ、気にしてませんので……」

さっきまで根に持っていたのがバレたのかとギクリとする。

なので、このタイミングで謝られると焦《あせ》るなーといいますか……。

「し、神官が受付嬢さんに平伏《ひれふ》されている……ッ!?」

「ア、アイツの影響力はギルドにすら及ぶというのか……恐ろしい」

「てか、今Aランクって聞こえたんだけどマジ？　あっれー神官って確かギルド登録したの、だいぶ遅かったはず……いつの間にか抜かされているんだが？」

うわーん、なんかひそひそされてるー（棒）。

夏休み最後のイベントが終わった後、俺は遠巻きに注目されることが増えた。前にも視線を感じることはあったが、最近はその比ではなく、もし視線が物質化したのなら今頃俺は針鼠《はりねずみ》になっていただろう。

しかもその視線の八割が、何か恐ろしいものを見るかのようなモノなので、だいぶ居心地が悪い。ちなみに残りの二割のうち、一割が『嫉妬《しっと》』や『嫌悪』といった感じで、残りの一割が……なんというか、一番近いモノを当てはめるなら『信仰』や『畏怖《いふ》』といった感じ。あの視線を向けられると、背筋が寒くなるんだよなぁ……。

なお、今もその背筋ブリザードな視線は俺に注がれている。ギルド内にある酒場スペース。その片隅のテーブルに座っている……フード付きの外套《がいとう》で全身を隠した怪《あや》しさ満点の四人組からのモノだ。努めて気にしないようにしている。

「……ああ、神官様神官様神官様」

「……くふっ、くふふふっ」

「……なんて濃厚な血の香り……あはぁ」

「……思いっきり砕かれたいなぁ」

努めてッ！　気にしないようにッ！　しているッ！

「あの、リュー様？　どうかされましたか？」

「えっ？　あ、いえ。なんでもありませんよ？　あはは……。えっと、それじゃあ、失礼します！」

受付嬢さんに誤魔化し笑いを返した俺は、口早に暇《いとま》を告げてカウンターから離れた。呼び止められた気がするが、俺は一刻も早くここから離れたい。

……気にしないようにしていても、怖いモンは怖いのだ。

じっとりねっとりと絡《から》みついてくる視線を振り切り、ギルドを出た俺はカトルヴィレの街中をあてもなく彷徨《さまよ》い行く。

装備を日常用の物に変更し、上着に付いているフードを被《かぶ》れば周りの視線はそれほど気にならなくなる。

街ゆく人々の中に紛《まぎ》れ込んだ俺は、目的もなく足を動かしながら、空を仰いだ。

「はぁ……」

なんとなしに、ため息が漏れた。

「――なーに黄昏《たそが》れてんすか、せーんぱい」

「ぬぉ？」

突然、背後から手が伸びてきて、俺の眼を覆《おお》う。背中に軽い衝撃とともに、柔らかくて温かい何かが押し付けられる。すわっ、襲撃者か⁉

「さて、先輩？　今あなたの背後にニコニコ這《は》いより目を塞《ふさ》いだ可愛い後輩ちゃんは、いったいぜんたいどこの誰でしょう？　正解できたらご褒美《ほうび》が出るっすよ？」

次いで、そんなふざけたセリフが耳元でささやかれる。ちょっとくすぐったい。

てか、自分で答え言ってるじゃん。言っちゃってるじゃん。問題形式にする必要あったか？

さっきとは違う意味の……呆《あき》れを多分に含んだため息をついた俺は、仕方なく、ほんとぉ～に仕方なく、口を開いた。

「……後輩」

「はいっ、大正解っす！　ほれほれ、先輩の可愛い可愛い後輩、マオちゃんっすよ～！　そして っ、見事正解した先輩には、ご褒美として私と一緒に街を歩ける権利をプレゼント～。どうっすか？　嬉しいっすか？　嬉しいっすよね？　実質デートっすよ、これ」

「なんだ、ただの罰ゲームか……」

「私とのデート、罰ゲーム扱い⁉」

俺の目の前に回り込んできた襲撃者……もとい、後輩は、「酷《ひど》いっすよー！　訂正を求めるっすー！」と騒ぎながらポカスカとジャブを叩き込んでくる。無駄にフォームがしっかりしてるのがなんか腹立つ。

「はぁ……で？　いきなりなんだ？　お腹《なか》でも空《す》いたのか？　ほら、クッキーをやろう」

「あしらうにしても雑過ぎないっすか？　あと、クッキーはいただきます」

「やっぱりお腹空いてたのか」

「違うっすからね？　なんすか先輩、私を腹ペコキャラにでもしたいんすか？」

「すでにウザキャラが定着しているお前に新しいキャラはいらん」

「酷くないっすか⁉」

　いきなり人の視界をゼロにする奴に言われたくない。というか、本当に何の用なのだろうか？

　さすがに『だーれだ・通り魔バージョン』をやりたかっただけなんてことはないだろうし……ないよね？　完全に否定できないのが後輩の恐ろしいところだぜ……。

「先輩、なんかさらに酷いこと考えてないっすか？」

「なんのことだ？　俺はただ、お前がなんで話しかけてきたかを考えてただけだぞ？」

「ふーん……？　まぁ、そういうことにしといてあげるっす。それで、先輩に話しかけた理由っすか？　そんなの……」

　そこで言葉を切った後輩は、とんっ、と一歩踏み込んでくる。俺の胸に抱き着くような形になった後輩は、そっと上目遣《うわめづか》いで俺を見てきた。

　柔らかそうな頬《ほお》を上気させ、瞳は湿り気を帯びている。形のよい眉は僅かに顰《ひそ》められ、両手は俺のシャツの胸部分をチョコンと握っている。

　生意気で茶目っ気たっぷりな様子から一転、庇護欲《ひごよく》をこれでもかと掻《か》き立てる小動物チックな雰囲気を放出している後輩は、とろけるように甘い声音で囁《ささや》くように唇を動かした。

「あなたに会いたかったんすよ。夏休みが終わってから、ずっと会えてなかったっすから……さみしかったんすよ？　せんぱい」

思わず抱きしめて、そのさみしさを取り払ってやりたくなるような、思わずゾクゾクしてしまいそうなことを言う後輩に、俺は……。

「…………」

無言で、絶対零度の視線を注いでやった。

全感情を排除した、虚無な瞳。排水口を覗《のぞ》き込んだ時に見える黒に似た瞳。

アポロに『チベットスナギツネの眼差《まなざ》し』と呼ばれた視線で、トチ狂ったことをほざいているアホ後輩をじ～～～～っと見つめた。

「……いやあの、先輩？　ちょっとふざけ過ぎたのは謝るっすから、その目はやめてほしいっす。私今、シンプルに傷ついたっすよ？」

そそくさ～、と俺から離れ、愛想笑いを浮かべる後輩の様子を確認した後、俺はため息をついてから視線を元に戻した。

「はぁ……後輩は本当にアレだな。アレ」

「アレて、嫌な言い方っすねぇ。ちょっとした冗談じゃないっすか。まぁ、ちょっと会えない日が続いたせいで寂《さび》しかったってのはほんとっすけど」

「なら普通にそう言えばよかったろうに。あんなアホな真似しなかったら、俺も普通に対応してたっつーの」

「私渾身《こんしん》の『超絶カワイイ後輩モード』をアホ扱いしないでほしいっす！」

「……お前、さては夏休み気分が抜けてないな？　だめだぞ、もう一週間も経《た》ってんだから、気持ち入れ替えていかないと」

「本気で諭《さと》されたっす⁉」

愕然《がくぜん》とする後輩を慈愛に満ちた眼差しで見つめ、ぽんとその肩を叩く。

大丈夫大丈夫。夏休みが終わってショックだったのは分かるし、久々の学校生活でちょっとストレスが溜まっちゃっただけだもんな？　それで少しはっちゃけちゃっただけだもんな？

俺はちゃんと分かってるから。

「盛大に勘違いされてる気がするっす！　ひ……う〜、なんすかなんすか、なんなんすか。最近は時間が合わないせいで先輩に会えなくて、久しぶりに見かけたからちょっとテンションが上がって舞い上がっちゃっただけじゃないっすか。なのにアレだとかアホだとか、酷いっすよ……。先輩のバーカ、アーホ、鈍感、女たらし、ラノベ主人公！」

「人聞きの悪いことを叫んでんじゃねぇよ！」

ああ、周りの目が！　周りの目が痛い！　もの凄《すご》い注目を集めてるし、俺に突き刺さる視線が鋭い！

……ちょっと落ち込みつつ怒る女の子と、フードを被った不審な男の二人組。うん、何も知らずに見れば悪者は俺だよね。しかも罵倒《ばとう》の最後の方の言葉が不穏すぎるんだよなぁ……。

さて、これ以上この場にとどまるのは得策じゃない。戦略的撤退だ。

「分かった分かった、俺が悪かった。俺も久しぶりに後輩に会えて嬉しいよ。話がしたいんなら、どっか喫茶店でも行くか？」

「……奢《おご》ってくれるなら許すっす」

「ここぞとばかりに……ああ、いいぞ。なんでも食べたいもの食べていいぞ」

「いよっしゃー！　じゃあ行くっすよすぐに行くっすよ！　ゴーゴー！」

オイこら、オイ。

まんまと後輩の手に乗せられた俺が連れていかれたのは、大通りに面したところにある喫茶店。美味《おい》しいスイーツが手軽な値段で食べられるらしく、女性プレイヤーに人気だとか。

店内はそこそこ込んでおり、俺たちは店の奥の席に案内された。店の中を歩きながら他の客の様子を窺《うかが》うと、全体的に男女のペアで訪れている客が多いように見えた。

後輩は席に着くや否《いな》や、遠慮という言葉を遥《はる》か彼方《かなた》に吹っ飛ばし、メニューに載《の》っているスイーツを端から端まで注文しやがった。

なんでも食べたいものを食べろと言ったのは俺だが……これは酷い。いや、ほとんど使わないからゲーム内マネーは有り余ってるから、いいんだけどね？

「……先輩、私だってバカじゃないんすから、そんな冗談言われても信じないっすよ」

がつがつとスイーツに食らいつく後輩に、夏休み終了から今日までの話をし始めて数秒。つまりは第一声を発した次の瞬間に、そんな言葉とともにアホを見る目をされた。

「いや、言った通りだけど？」

「いやいや、先輩？　ご自分のセリフをもう一度よく思い出してくださいっす。あなた今とんでもないこと言ったっすからね？」

「そうかぁ？」

「そうっすよ」

そんなことないと思うんだけどなぁ。俺はただ……。

「『ずっと空き家だった隣の家に越してきた人がいて、それがアッシュだった』……嘘も冗談も含まれていない、純度一〇〇パーセントの真実だが？」

うん、もう一回言ってみたけど、どこにもおかしなところはない。後輩よ、真実はいつも一つって蝶ネクタイの眼鏡少年が言ってるだろう？

だからその、『何言ってんだこいつ』みたいな目はやめろ。地味にダメージがでかい。

「ええ……。マ、マジなんすか？　正直、信じがたいんすけど……」

「まぁ、突拍子《とっぴょうし》もない話ではあるな。そんなに信じられないなら、アッシュに直接確認してみりゃいいじゃねぇか。お前がリアルでも俺の後輩であることはアッシュも知ってるだろうし、普通に答えてくれると思うぞ？」

「……いいえ、いいっす。先輩がそこまで言うなら、あなたの可愛い後輩ちゃんは信じてあげるっすよ。よかったっすね、私が素直な後輩で」

「ああ、そうだな。人を演技で騙《だま》くらかしてスイーツ奢らせる後輩じゃなきゃ、もっとよかったよ」

俺がそう言うと、後輩はさっと目を逸《そ》らしてケーキを食べることに集中しだした。調子のいい奴だよほんと。ため息が止まらねぇわ。

とりあえず、黙っていても仕方ないので、話を続けることにする。まぁ、話すことはもっぱらアッシュのことになるんだけど。

二学期が始まって。そして、アッシュが椿之《つばきの》学園に転入してから一週間が経過した。

最初に自己紹介した時点で何となく察することはできたが、やはり一年三組のメンバーたちはアッシュにとても友好的だった。積極的に話しかけたり、何か困っていることがあったら助けたりと、それはもう全力のサポート態勢を敷いていた。

アッシュ自身もそんな彼らの態度に最初は困惑《こんわく》していたが、純粋に、ただ『転校生を歓迎したい』、『転校生と仲良くなりたい』という気持ちで接してくる彼らに毒気を抜かれたのか、すでにクラスメイトの女子たちとは談笑できる程度には打ち解けていた。

男子は……まぁ、そのうち慣れるはずだ。男子どもが、アッシュの可愛らしさに。

いきなりアッシュのことを『姫』と呼び始めたり、自分たちのことを『親衛隊』と名乗ったり。きっとしつこく残る暑さに思考回路をやられているのだろう。涼しくなってくれば収まるはずだ。たぶん、おそらく。

なお、アッシュの男子人気が凄《すさ》まじい反動は、俺に降りかかっていたりする。学校内でアッシュと一番仲がいい異性という立ち位置にいる俺は、針の筵《むしろ》という言葉の意味を日々体感している。

……俺とアッシュがお隣さん同士だということは、一応秘密にしてある。もしバレでもしたら、今でも鋭い男子どもの視線がヤバいことになってしまうだろう。ただでさえ、「視線で人が殺せたらッ‼」みたいな目で見られてるというのに、これ以上は勘弁願いたい。

あとは、夏休み明けのテストで、アッシュが普通に勉強が得意ということが分かったことくらいだろうか？

まぁ、まだ一週間しか経っていないのだ。アッシュが楽しい学園生活が送れるかどうか、これからが本番といえるだろう。

「……ま、俺の方はこんな感じかね？　お前はどうなんだ、後輩？」

「んー、そうっすねぇ。とはいえ、私はどこにでもいる普通の後輩ちゃんなので、先輩みたいに『は？　何それなんてギャルゲ？』みたいな出来事はこれといってないっすね。せいぜい、読書感想文の存在を忘れていて、九月一日の早朝に書き上げたことくらいっすかね？」

「おいおい、しっかりしとけよ。まぁ、無事提出できたみたいで、よかったじゃないか」

「ま、内容はネットに上がってたやつの丸写しなんすけど、てへっ」

「おい」

さらりと不正を告白した後輩にジト目を向けると、後輩はさっと目を逸らしてケーキを食べる作業に……って、またそれか。都合が悪くなったらケーキに逃げればいいと思ってないか？

ジト目をチベットスナギツネの眼差《チベットスナギツネ》《べ》《ア》《ィ》しにレベルアップさせて、じぃ——っと見つめる。すると後輩は、さすがに居心地悪くなったのか、バツが悪そうな表情を浮かべて口を開いた。

「むぅ……分かったっすよ。今度からちゃんとするっすから。その恐ろしく冷たい目はやめてほしいっす」

「ん、よろしい」

ちゃんと反省しているようだったので、こくりと頷《うなず》いて俺もケーキを一口。程よい甘さのクリームと果物の酸味が合わさって……みたいなことを考えながら咀嚼《そしゃく》し、ごくんと飲み込んだ。

ふむ、人気というだけあって美味しいな。飾り付けも可愛らしい。今後のケーキ作りの参考にさせてもらおう。

しかし、ケーキが美味しいのは分かるが、さすがに後輩は食べ過ぎじゃなかろうか？　スイーツの皿が山になっているんだが……？

「甘いものは別腹なんすよ、先輩。特にゲームの中じゃ、いくら食べても胃もたれしない、健康を害さない、食べすぎで太ったりしないと三拍子そろってるんすから、食べれるだけ食べないと損じゃないっすか」

「まだ何も言っていないんだが……」

無駄な鋭さを発揮し、したり顔で語る後輩に呆《あき》れた視線を向けつつ、紅茶を一口。ふむ、これもまた美味。

俺がゆっくりと紅茶を楽しみ、後輩がハイスピードでスイーツを消費する。互いに沈黙した時間が少しだけ流れた後、ミルフィーユっぽいケーキを食べ終えた後輩が、「そういえば」と口を開いた。

「先輩って、ゲーム内恋愛についてどう思うっすか?」

「なにいきなり。ゲーム内恋愛?」

「はいっす」

また妙なことを言いだしたなこいつ。突拍子がないにもほどがある。

「ちなみに、なんでそんなことを?」

「なんでって……私、華のJCっすよ? 乙女なんすよ? 喫茶店に来て恋バナの一つもしないJCとか、それはもうJCじゃないっすよ」

「いや、ゲーム内恋愛云々《うんぬん》は恋バナって感じじゃないだろ……。どっちかっていうと社会通念に照らしてどうかとかそんな感じじゃないか?」

後輩の言う華のJCとやらが、喫茶店で真剣な顔して『ゲーム内の恋愛について』という議題でディベートをしている姿が頭に浮かんだ。とてもシュールな光景だった。

……うん、これは違うな。恋の話かもしれないが、恋バナとは程遠い。

あと、後輩は恋バナって言葉がこれっぽっちも似合わない。早食いの如《ごと》くスイーツ搔《か》っ込むヤツが乙女とか……ハッ。

「で? 理由は?」

「なんか今先輩にバカにされたような気がするんすけど……まぁ、いいっす。先輩、次回のイベントについてはご存じですか？」

「イベント？　……あー、なんか見たような見てないような……」

　ＦＥＯ《ファンタジック・エポック・オンライン》の公式サイトを覗いた時に、そんな感じのメッセージが届いていたような気がする。ただ、詳しい内容までは見ていないので、何をするかまでは知らない。

「その様子だとご存じではないようっすね。ふっふっふ、そんな先輩に、この頼れる後輩ちゃんが特別に説明してあげるっす」

　得意げな顔で言う後輩は、手にしたフォークを教鞭《きょうべん》のように扱いながら訊《き》いてもいないことをまくし立てる。どうでもいいが、食器で遊ぶのはやめなさい。

　後輩の説明によると、今度のイベントは同時に追加される新要素『結婚システム』に必要なアイテムを手に入れるためのモノらしい。

『結婚システム』とは文字通り、プレイヤー同士で結婚をするというモノ。結婚したプレイヤーにはいくつかのボーナスが発生し、既婚《きこん》プレイヤーしか受けることのできないクエストや手に入らないアイテムも一緒に追加されるとか。

　で、その『結婚システム』で夫婦になるには、《エンゲージリング》という、入手方法がかなり難しい特殊アイテムが必要らしく、今度のイベントをクリアするとそれが手に入るとか。

　そして……ＦＥＯの運営らしく、詳細な情報は何も明かされておらず、どんなことをやらされるかは不明だとか。

「ほーん、それで？　そのイベントがゲーム内恋愛とどう関係するんだ？」

「それはっすねぇ……。先輩、この喫茶店に入った時、何を思いました？」

「ん？　んー……なんか、男女ペアが多い……とか？」

「おっ、察しがいいっすね。今、ＦＥＯでは空前の恋愛ブームが訪れてるんすよ」

「恋愛ブームねぇ……」

そう聞かされて、改めて店内を見渡してみる。……確かに、どこの席も雰囲気がピンク色だ。うわっ、意識するとなんか甘ったるく……って、これは目の前で甘いものを食い続けてる奴のせいか。

視線を後輩に戻し、話の続きを促《うなが》す。

「それで、私、乙女じゃないっすか」

「……ああ、うん。まぁ、そうだな」

「うおーい、なんすかその微妙な反応。どっからどう見てもおーとーめー！」

「はいはい、で？」

ぷくー、と頬を膨《ふく》らませて拗《す》ねてみせる後輩をぞんざいにあしらう。いや、そんな不満そうな目をされましても……真面目《まじめ》に取り扱ったらぜったい調子乗るだろ、お前。その光景が目に浮かぶわ。

「こんなくぁーいい後輩ちゃんを適当に扱うとか、先輩は酷いっすねぇ……まぁ、いいっす。話を戻すっすよ？」

不満げな表情を消した後輩。いや、普段の自分を顧《かえり》みて？

「あっちを見てもこっちを見てもカップルカップルな現状。ピンクな空気に中《あ》てられた後輩ちゃんは、ふと疑問に思ったんす。恋愛をゲーム内で行うのはいかがなモノなのか……と」

「おい。お前今、この店にいる大半のプレイヤーに喧嘩売ったぞ？」

穏やかでない発言をする後輩にジト目を送るも、カラカラと笑って「大丈夫っすよ。聞こえないように言ったっすから」と返される。席の位置的にも他の客から離れているので、後輩の言う通りなのだろうが……。

「それで、周りの人はどう思ってるのかな～って。まぁ、あれっすよ。意識調査？　みたいな感じっす。というわけで、調査対象者一号の先輩！　ゲーム内恋愛についての会見をどうぞっす！」

「どうぞ、って……。急に言われてもなぁ」

「まぁまぁ、そう難しく考えずに。思ったことをそのまま言ってくれればいいんすよ。……これで先輩の恋愛観が少しでも知れたら御《おん》の字っすよね（ボソッ）」

後輩はニコニコした表情で俺を見つめてくる。フォークも置き、聞く姿勢は万全といった感じだ。最後になんて言ったのかは分からんかったが……。

ああ、これは何か言うまでてこでも動かない構えだ。……仕方ない、少し真面目に考えてみよう。

ゲーム内恋愛。文字通り、ＦＥＯのようなＭＭＯ系のゲームの中で恋愛することを指す言葉だ。そういうモノがあるのは知っている。

だが、それは知識という形で認識しているだけで、経験もなければ身近で話を聞いたこともない。なので意見を語れと言われても何を言っていいのやら。

顎《あご》に手を当て、うーんと唸《うな》る。なかなか難しいな……。

「むむ……」

「えーっと……先輩？　そんなに真剣にならなくても……？」

後輩が何か言っているが、考え込んでいる俺の耳には届かない。

考えて、考えて、考えて……後輩がケーキを一つ食べきるだけの時間考えて、俺は答えを出した。

「――整った」

「あ、やっとっすか。……はぁ、難問を解いたみたいな顔してるところを見ると、失敗っすね……」

「失敗？」

「ああ、こっちの話っすよ。気にしないでほしいっす」

うーん？　もしかして後輩には別の意図があったのだろうか？　……まぁ、訊いても答えてくれないだろうし、気にしないでおこう。

「ささっ、そんなことより、先輩の答えを聞かせてほしいっす」

「ああ、了解。……まず最初に言っておくが、俺はゲーム内恋愛をする人を否定しない。ゲームの中で出会って、ゲームの中で仲を深めて、ゲームの中で交際する。そんな形の恋愛があってもいいんじゃないかと思う。まぁ、このことに関して俺は外野に過ぎないからな。本人同士が納得してるなら、いいんじゃないか？」

「ほうほう」

「それを踏まえたうえで……俺自身がゲーム内恋愛をしたいとは思わないな」

「……へぇ、それはまた、どうしてっすか？」

後輩が心なしか強張《こわば》った顔で聞いてくる。その反応に内心で首を傾《かし》げつつも、俺は話を続ける。

「なんて言えばいいのかな……人によると思うけど、俺は『恋愛』を特別視している。普遍《ふへん》的なモノじゃなくて、常を変化させる劇物みたいに思っているんだ」

そんな考えを持ったのは、やはりサファイアの影響だろう。

自分でこんなことを言うのもアレだが、サファイアは俺に『恋』をしている。本人がそう言っていたし、冗談なんかじゃないことを体に刻み込まれた。『あの夜』のことは、思い出すだけで顔に熱が集まってきそうなほど、特別な記憶となって俺の頭に焼き付いている。

そして、サファイアは『あの夜』から今まで、劇的な変化……成長を見せている。『恋』が何なのか分からない俺でも、彼女の成長の源が『恋』にあるということは分かる。

「『恋愛』を特別で大切なモノだと思っているからこそ、現実で……アバター越しじゃなくて、実際に顔を合わせた相手と……その、『恋』……してみたい……と、思う」

口にした言葉が、どんどん尻すぼみになってしまう。

……なんか、もの凄く恥ずかしいことを言ってしまった気がする。自覚すると頬が熱くなってしまいそうだった。くっ、これが噂《うわさ》に聞く『羞恥《しゅうち》プレイ』というヤツなのか？　おのれ、後輩！

「ま、まぁ。周りの連中曰《いわ》く、俺は『恋愛』に関しては無知らしいからな。詳しいことはよく分からないいな」

思わず、誤魔化すような言葉が口から出た。だが、意地の悪い後輩が、俺の動揺を見逃してくれるとは到底考えられない。

無駄な抵抗と知りつつも、後輩から視線を逸らすように紅茶に口をつける。どんなからかわれ方をするのだろうか……嫌な予感しかしないな。

しかし、俺の予想とは裏腹に、後輩は何も言ってこなかった。あの後輩が？　そんなことがあり得るのか……？　と、恐る恐る視線を戻した。

「……あー、そーくるっすかぁ。なんすかこの先輩……マジでなんなんすか……危うく萌《も》え死ぬかと思ったっすよ……」

そこには、片手で目元を覆い、天井を見上げている後輩の姿。絞り出すような声でよく分からないことを口にしていた。心なしか、顔が赤いような？

はて？　と俺が首を傾げていると、しばらくして後輩が復活。やけにいい笑みを浮かべ、俺に向かってぐっ、とサムズアップした。

「さすがの攻撃力だったたっすよ、てぇてぇ先輩！」

「いや、てぇてぇ先輩ってなんだよ？　まるで意味が分からんぞ」

妙な発言をする後輩にジト目を向けるも、笑みを崩さずに「いやー、分かんないなら別に……というか、分からない方がいいっすよ」などとのたまう後輩に、もはや何を言っても無駄と悟る。ため息が漏れた。

「はぁ……。それで、俺の意見は参考になったか？　正直、『恋愛《こういう》』話は自信がなくてな。役に立たなかったら忘れてくれ」

「そんなことないっすよ。貴重なご意見、感謝するっす。まぁ、感想としては……この超絶鈍感唐変木《とうへんぼく》マンめっ！　……てな感じっすかね？」

「……それ、サファイアたちにも言われたことがあるんだが、共通認識なのか？」

誠に遺憾《いかん》である、ということを分かりやすく示した表情で後輩を見やるが、ケラケラと笑うばかりで相手にされなかった。ちくせう。

「まぁ、それはともかく」

「それはともかく、じゃねぇよ」

「先輩の考えはよぉーく分かりました。ちなみに、私も恋愛はリアル派っすよ。ゲームの人間関係も大切っすけど、乙女たるものそれは譲れないっすから」

「無視か……もういいわ」

これ以上追及したところで答えは返ってこない。諦《あきら》めるが吉、だな。悪戯《いたずら》っぽく笑ってみせる後輩に、俺は何度目になるか分からないため息を漏らした。

「……にしても、後輩も俺と同じ考えなんだな。今の若いヤツは、その辺もっとやわっこいのかと思ってたわ」

「いや、先輩。貴方《あなた》も十二分に『今の若いヤツ』っすからね？　……ま、私にも『理想の恋』ってのがあるんすよ。ゲームの中の私は、あくまで『マオ』っすから。この子にも愛着はあるっすけど、やっぱり『私』が恋をしたい……くふっ、先輩が想像以上に可愛らしいことを言ったせいで、私も乗せられちゃったみたいっす」

頬をわずかに染め、少し困ったように笑う後輩。

もともと容姿は整っているのだが、今の彼女はやけに可愛らしく……それこそ、気の置けない『後輩』ではなく、一人の『女の子』として俺の眼に映るほどだった。

これまでにない感覚に、俺は言葉の一つも漏らさず後輩を見据える。俺の無言の眼差しに気づいた後輩はハッとなり、慌《あわ》てたように口を開いた。

「ど、どうしたんすか先輩。もしかして、カワイイ後輩ちゃんに見惚《みと》れちゃったんすか？　もう、しょうがないっすね～」

「ああ、確かに。今の後輩は可愛いと思うぞ」

「なぁ!?」

「ん？　今の言い方だと、ちょっと違うか。いつもの後輩も、生意気なとこを除けば可愛いし」

「……ッ!?」

ボンッ、と蒸気が出そうな勢いで顔を赤くした後輩。くくっ、さっき俺が可愛いとかほざいた罰だ罰。……ま、嘘は言ってないけど。

「くっ……その余裕そうな表情がむかつくっす……」

「ん？　なんか言ったか、俺の可愛い後輩ちゃん？」

「な、なんでもないっす！　何も言ってないっすよ～……と、ところで先輩？　明日は休日っすけど、FEO《ここ》にはログインするんすか？」

顔の赤みが引かない後輩が、いつもよりハイペースなテンポでそう訊いてくる。話題転換が急すぎる。話を逸らすにしても、もっと上手い方法があっただろうに……それが思いつかないほど焦ったってことかね？

まぁ、これ以上はやり過ぎか。後輩のヤツ、涙目になっちゃってるし。

さて、何だっけ？　……ああ、明日のことね。

「明日は……すまん、予定があってな。一日外に出ることになってるんだ」

逸らされた話に俺が乗ったことで安堵《あんど》したのか、あからさまにほっとした様子を見せる後輩。そして、内心の動揺を悟られたくないのか、中断していたスイーツ攻略を再開する。ただ残念、フォークを持つ手が震えているぞ？

バレバレだな～、と小さく苦笑しながらそんな姿を眺めていると、後輩は努めて平静を装《よそお》いながら口を開く。

「そ、そうなんすか。どこかに遊びに行くんすか？」

「んーまぁ、そんなとこだな」

おおむね後輩の予想で合っている。ただ、一つだけ大きく間違っているところがあるとすれば……。

俺は、紅茶の最後の一口を飲み干すと、軽い口調でその言葉を言い放つ。


「実は明日、アッシュとデートなんだよ」


「へぇ、そうな………はい？」

話を聞きながら切り分けたケーキを口に運ぼうとしていた後輩の動きが止まる。ぽろり、と彼女の手からフォークが滑り落ち、皿にダイブ。カランッ、と甲高《かんだか》い音が響いた。

刹那《せつな》に生まれる静寂《せいじゃく》。たっぷり十秒は停止していた後輩は、ぎ、ぎ、ぎ……と錆《さ》びついたロボットのような動きで、唖然《あぜん》とした顔を俺の方に向けた。

「い、今、なんと？」

「いやだから、アッシュとデートなんだって。……聞こえなかったか？」

訊き返してきた後輩に、もう一度同じことを言う。

すると、後輩の表情が疑念→猜疑《さいぎ》→混乱と変化し、最後にはすべての感情が消え去ったアルカイックスマイルを浮かべる。

謎の百面相の末にその表情へと至った後輩に、俺もとりあえず笑みを返してみた。

ニコリ。ニコリ。

あはは。うふふ。

なんだこれ？　と、俺が首を傾げた瞬間、後輩の細められていた目がこれでもかと見開かれて——。

「……って、はぁあああああああああああああああああああっ‼？　デートォオオオオオオオオオオオオオオオオオオオオオッ‼？」

後輩の口から、店を揺らすほどの大絶叫が迸《ほとばし》るのだった。

◇　◇　◇

後輩とFEO内で駄弁《だべ》った翌日。時刻は午後十二時半。

空を見上げれば、いまだに衰《おとろ》える様子のない太陽が燦然《さんぜん》と輝いている。九割がた雲のない文句なしの快晴。

ただその分、気温は相変わらずの高さを見せている。もうちょっと手加減してくれてもいいと思う。

まぁ、それなりにデート日和《びより》と言える天気だった。

「ちょっと早く来すぎたか……」

自宅近くの公園。そこでベンチに腰掛けた俺は、時計を見つつ苦笑を浮かべた。待ち合わせの時刻は十三時。三十分前行動はさすがに早過ぎたかね？

今日は、後輩にも言った通り心白《こはく》とデート……というか、引っ越してきたばかりの心白に街を案内する日だ。蒼曰《あおいわ》く、男女二人で出かける場合、それはおしなべてデートと呼ぶらしい。

……というか、そう言わないと不機嫌になるんだよな、アイツ。

こんなに早く待ち合わせ場所に来たのに深い理由はない。午前中に家事やら買い物やら課題やらを終わらせたら、なんとも微妙な時間だったので、さっさと家を出ただけ。ま、遅れるよりはいいから、多少はね？

特に暇潰《ひまつぶ》しのネタもないので、公園で遊ぶ子供たちをぼーっと眺めて時間をやり過ごすことに。太陽《たいよう》にでも見られたら、年寄り臭《くさ》いって笑われそうだな……。

そんなことを思いながら待つこと十分ほど。待ち合わせ時刻の二十分前に、本日のメインゲストがおいでなさった。

「流《りゅう》～！」

「おーい、こっちだ、心白！」

俺の名前を口にしながら、パタパタと危なっかしい足取りでこちらに駆け寄ってくる心白に、俺は手を振りながら返事をする。

近づいてくる心白の姿を眺め、ベンチから立ち上がる。この暑さの中であんまり走らせるのも悪いと思いながら、こちらからも距離を詰める。

しかし、本当に見てて不安になる走り方だ。本人の運動能力の低さがよく分かる。

あれだと、ちょっとしたくぼみや出っぱりに足をとられ――

「ふあっ⁉」

転んでしまう……と、思うよりも早く、案の定《じょう》。

心白は何かに躓《つまず》き、そのまま前方に体を泳がせる。

その見事なドジっぷりに、俺の体は考えるよりも早く動きだしていた。

「心白っ！」

靴の裏で地面を思いっきり蹴《け》りつけ、強引に体を加速させる。彼我《ひが》の距離は数メートル、間に合うか？　……いや、間に合わせるッ！

そう、強く思いながら心白との距離を詰めた俺は、なんとかその体を抱き止めることに成功する。

だが、上手《うま》くいったのはそこまで。倒れ込みつつある心白の勢いまでは殺せず、俺の体は押されるがままに後方に傾いていき……。

「おわッ⁉」

「きゃあ！」

悲鳴が二つ、平和な公園に響き、俺は前後からの衝撃に息を詰まらせた。

「――ッ⁉」

体の芯まで響くような、胸と背中同時に喰らった痛撃に、声にならない声が出た。い、痛い……割とシャレにならん程度にゃ痛い……って、そうじゃない。心白は⁉

「心白！　大丈……ぶ……？」

　痛みをこらえるために瞑《つぶ》っていた瞼《まぶた》を上げた俺の眼に、紫紺《しこん》の宝石が映る。

　それがなんなのか理解するのに、数秒を有した。なんてことはない、俺の体の上に乗っているのが誰かを思い出せば一発だ。

　目の前に、心白の顔があった。息を吞むほどに美しい、彼女がいた。

　ぱちり、ぱちりと瞬《まばた》きをしてみても、それは変わらない。

「…………」

「…………」

　鼻と鼻がくっついてしまいそうなほどの至近距離に、何かを言おうとして失敗する。それは心白も同じなようで、桜色の唇をぱくぱくと動かしている。

　それはたいへん可愛らしいのだが……うん、この体勢はよろしくないんじゃないか？

　密着率がすごいというか、今も柔らかい感触が体の前面を覆《おお》っている。特に鎖骨《さこつ》あたりに感じる一際《ひときわ》やわっこいのは……考えないようにしよう。

「えーっと、心白？　怪我《けが》とかしてないか？　大丈夫なら、そろそろ離れてほしいというか……」

「…………」

　しかし、俺の言葉は心白に届かなかったようで。

　ついに、心白は瞬き一つすらできないまでに固まってしまったようだった。

俺や蒼の前でそのことを感じさせる様子はあまり見せないが、心白は根っこからの人見知り。そんな彼女が異性とここまで接触してしまえば、硬直してしまっても仕方がないだろう。

なので、早くこの体勢から脱したいのだが……位置的に、心白がどいてくれないと俺も動くことができない。

うーん、これは困ったぞ？　自分の体を支えている腕も限界が近いのかプルプルしているし、そして何より体裁《ていさい》が悪すぎる。だって傍《はた》から見たら、今の俺たちって、昼間の公園で抱き合ってる男女でしか……ッ!?　何者かの視線!?

第六感の導きに従って、こちらを見つめる視線の方を向く。いったい誰が……あ。

「じー……」

そこには、風穴《かざあな》が空《あ》かんばかりの勢いでこちらを凝視《ぎょうし》する、六歳くらいの女の子。公園で遊んでいた子供の一人だと思われる。

その女の子は、しばらく俺たちのことを見つめると、おもむろに踵《きびす》を返し、どこかに向かってステテテテー！　と駆けていく。

いったいどこに……と、女の子の向かった先を目で追うと……あれは、親御さんかな？　あっ、なんかこの先の展開が予知できた気がする……。

「ままー、あのお兄ちゃんとお姉ちゃん、なにしてるのー？」

「しっ、見ちゃいけません！　ほら、早くこっちに来なさい！」

「えー？」

予想通りのやり取りをし、そそくさと公園から出ていく親子。何となく見覚えがあるし、ご近所の人だったはず。……明日には噂《うわさ》が広がってるだろうなぁ。ハァ……。

「……はっ！　えっ、なっ、ど、どうなって……⁉」

「あ、復活した」

俺が内心で深い……それはもう深ぁ～いため息をついていると、石化の状態異常を受けたかのように固まっていた心白が、やっと再起動してくれた。

「りゅ、流⁉　こ、この状況はいったい……⁉」

「えーっと、心白が走ってくる。何かに足をとられる。こけそうになる。それを俺が受け止めようとする。半分失敗してこの体勢。……おーけい？」

「お、おーけい……」

異性と密着している今の状況に顔を赤くしてはいるが、なんとか現状を把握してくれたらしい。

よし、これでようやくこの姿勢から解放される。よく頑張ったぞ、俺の右腕……！　体支えるの辛《つら》すぎてバイブする携帯みたいになってるけどなぁ……⁉

「というわけで心白、そろそろ離れてくれると助かる……主《おも》に、俺の腕が」

「腕？　あ、いえ。そうですね。そうですよね……」

えっと、心白さん？　その残念そうな表情はいったい？

心白は若干《じゃっかん》の躊躇《ちゅうちょ》を挟みつつも、俺の上からどいてくれた。体にのしかかっていた重みが消え、俺もよいせ、と立ち上がる。

　頑張ってくれた腕をいたわりつつ、服についた砂を落とす俺に、所在なげな様子の心白が声をかけてくる。

「その、ごめんなさい。腕は大丈夫でしたか？　重かったですよね？」

「ぜんぜん重くなかったぞ？　腕は……体勢が悪かっただけだから、大丈夫。しびれもすぐにとれるだろうし」

　だから、心配しなくてもいいぞ？　と俺が言うも、申し訳なさそうに眉尻を下げる心白。そんな表情をさせる気はなかったのだが……。それに、デートの始まりがマイナスからってのはよくない。

　今日は心白に楽しんでもらえるように、いろいろと考えている。初《しょ》っ端《ぱな》から躓いてどうするって話だ。

　大丈夫とは言ったものの、気にしないでとか俺は何ともないとか、そういう言葉では今の心白を笑顔にすることはできないだろう。心白が優しい子だってことの証明ではあるが、今は少し厄介《やっかい》に感じる。

　ならばどうするのか……と、考えるところなのだが、答えはすでに出ている。

　デートにおいて、待ち合わせ相手が来た時にすることといえば、一つしかないだろう。

　俺は顎《あご》に手をやり、心白の頭のてっぺんからつま先までをじっと眺める。

　黒いワンピースに薄手で丈が長めの白パーカ。ワンピースの裾《すそ》は膝よりも少し上。そこから艶《なま》めかしい脚が伸び、履《は》いているのは涼しげなサンダル。ショルダーバッグを肩に下げている。

全体的にモノトーン調なのは心白の好みだろう。自分のアトリエに『モノクロ』と名づけるくらいなのだから、それは間違いないだろう。

さて、心白の鑑賞はこのくらいにしておいて、為《な》すべきことを為そう。

俺はこれといってファッションに詳しいわけではない。なので。

「うん、よく似合っているな。気の利《き》いたセリフが言えないのがアレだけど、可愛いと思うぞ」

主観的かつ端的に、胸の内に浮かんできた感想をそのまま口にした。

「……ふぇ？」

罪悪感でへこんでいた心白が、ぱちくりと目を見開く。何を言われたのか理解できていない。そんな感じの表情だった。

「可愛いよ、心白。なんともエスコートのし甲斐《がい》がありそうだ」

なので、もう一度。今度は僅《わず》かに茶目っ気を添えて。

次第に俺の言ったことを理解しだした心白は、じわじわと頬《ほお》を赤くしていく。ぱくぱくと口を開け閉めしているが、声は出ない。よほど動揺しているっぽいな。完全に俺のせいだけど。

ちょっと面白い感じになっている心白に苦笑しつつ、俺は作戦の成功を確信し、内心でガッツポーズをした。

心白の申し訳なさを払拭《ふっしょく》するための作戦。それは、別の大きな感情でそれ以前の感情を押し流してしまうこと。

の策である。

褒《ほ》められることに慣れていない心白なら、恥ずかしさで頭がいっぱいになるだろうと考えて
彼女の純情さを利用しているようで胸が痛いが、心白にかけた褒め言葉はすべて本心だ。

私服姿は新鮮だったし、シンプルな装いは、心白の幻想的な容姿を引き立たせてくれる。露出度はそこまで高くないのに、ちらりと見える肌の白さにはドキッとした。

そして、そんな可愛いらしい姿を俺に見せてくれているということが、無性に嬉しい。それこそ、思わず笑みが漏《も》れてしまうほどに。

だらしなく緩《ゆる》みそうになった顔をとっさに手で隠すと、それに気づいた心白がどこか恨めしそうな視線を送ってきた。

「……流、からかいましたね？」

赤みが残った頬、不満を示すように膨《ふく》らむ頬、半眼となった紫紺の瞳。そんな表情の心白も正直めっちゃ可愛い……じゃなくて、笑いが漏れたせいでさっきの言葉が悪ふざけだと勘違いされてしまったらしい。

「まさか。そんなわけないだろ？　ちゃんと全部本心です」

「う、嘘です！　流、笑ってました！　あれは『え？　なに？　もしかして本気にしちゃった？　んなわけねーじゃん、ウケるー』という笑みに違いありません」

「心白の中の俺が別人レベルでチャラいんだが。てか、疑い深いなー」

「ボッチ生活で培《つちか》った私の対人警戒術を甘く見ないでください。たとえ忘れた教科書を隣の席

の子が善意一〇〇パーセントで見せてくれたとしても、何か裏があるんじゃないかと疑うレベルです！」

「それは疑ってやるなよ……可哀想だろ……」

名前も顔も知らない親切な誰かに思わず同情してしまう。さすがは蒼と似た者同士。厄介さ加減も蒼レベルか。

しかし、こちらもそんな蒼の兄貴分を十年以上やっている。いわばめんどくさい子のプロフェッショナルだ。こういう時の対処法は心得ている。

俺は威嚇《いかく》する猫みたいになっている心白にすっと接近。

変に構えられないように滑《なめ》らかな動作で右手を伸ばし、心白の頭を撫でる。撫でる。撫でる。

信じていい。安心していいんだって思いを込めて、念入りに。

「ふぇ⁉　あ、あの、流？」

心白の白銀色の髪の毛は、こうしてじかに触れてみると分かるが、もの凄く手触りがいい。すっと指を通せば引っかかりなど微塵《みじん》もなく、すこし指に巻いてみてもくせの一つもつかない。いつまでも触っていたくなるような魔性の髪の毛だった。

って、そうじゃない。確かに心白の髪の毛は素晴らしいが、それを堪能《たんのう》するのが目的ではないのだ。

「心白」

「ひゃ、ひゃい⁉」

俺は心白の顔を真正面から覗き込み、その名前を口にする。声を上ずらせた心白に笑みを零《こぼ》しつつ、頭を撫でる手はそのままに言葉を続ける。

「心白が不安に思うのも分かるし、根っこが深い問題だってのも分かる。それはおいおい直していけばいいさ。けど、今日くらいはそういったあれこれを忘れて楽しもう。俺も、心白が楽しめるように精一杯頑張るからさ」

だめか？　と瞳を見つめながら問いかけた。

目は逸《そ》らさない。撫でる手も止めない。そのどちらともから俺の想いが届きますようにと願いながら、心白の答えを待つ。

心白も俺の眼を見ている。その紫紺の眼差《まなざ》しは、俺の心の奥まで暴かれそうなほどひたむきで、綺麗だった。

心白はしばらく無言で俺と目を合わせ続けると、おもむろに瞼を閉じて、大きく深呼吸をした。

そして、瞼を開けてもう一度しっかりと俺と目を合わせると……。

ふわり、と。口元に柔らかな孤を描いた。

「分かりました。私は、流を信じます」

「……そっか。よかった」

俺も、心白に合わせて笑みを浮かべる。

心白の自然な笑みを見て、俺の言葉が嘘じゃないと分かってもらえたのだと確信できた。胸中に安堵《あんど》が広がった。

あ、でも。念のため。さらに信用を高めるために、もう一度ちゃんと言っておこう。どうせなら、さっきと少し言葉を変えて……。

「心白は、綺麗だな」

「…………」

あれ？　なんで心白はまた固まったんだろうか？

不自然に動きを止め、徐々に朱に染まっていく心白を見ながら、俺ははてと首を傾《かし》げる。

「……やっぱり流は油断できません」

そして、何故《なぜ》か心白は警戒心バリバリといったご様子。

……あれー？

◇　◇　◇

待ち合わせ場所で落ち合うだけで随分《ずいぶん》大変だった気がするが、まだ今日の予定は始まってすらいない。

二人とも早く来たにも拘《かかわ》らずてんやわんやしていたせいで、公園を出発したのは本来の集合時刻である十三時だった。

気を取り直した俺たちは、住宅街を抜けて学校のある方向に進んでいく。椿之《つばきの》学園の前を通り過ぎ、さらに歩いていくと徐々に人が多くなっていく。

きょろきょろと周りを見渡しながら歩く心白を微笑ましい気持ちで眺めながら、俺は口を開く。

「こっちが駅方面。学生が利用するような施設はだいたいこっち側だな。大型ショッピングモールとかレジャー施設とか。飲食店もだな。これといって特別なモノがあるわけじゃないけど、だいたいなんでもある。……といっても、俺はあんまり来ないんだけどな」

せいぜい、服とか本とか。あとは調理器具や掃除道具なんかの家事関連のものを見に来るくらいだろうか？　レジャー施設なんて数えるほどしか入ったことない。

それでも、どこに何があるか程度は把握しているので、案内は可能だ。

「さて、心白？　どんなところに行きたいとか、希望はあるか？」

だいたいどこを回るのかは決めているが、今回はあくまで心白が主役。彼女の行きたい場所こそが目的地だ。

「そうですね……書店とゲームショップ、ですかね」

何故かきりっとした表情で言い切った心白。なんとも予想通り……というか、蒼に「今日どこ行く？」と訊いた時に返ってくる答えとほぼ同じそれに、内心で苦笑する。

「そっか、じゃあまずその二つを案内しよう。書店からでいいか？」

「はい、よろしくお願いします」

「それで、道順だけど、今歩いてる道を真っ直ぐ行って……」

てくてく歩くこと五分ちょい。大きめの書店に到着。『本』と大きく書かれた看板を見て、心白がものっそい勢いで瞳をキラキラと輝かせていた。

「おお……！　凄《すご》いです凄いです。前に住んでいた場所には、ここまで大きなお店はありませんでした……！」

「なお、漫画やライトノベルコーナーは三階だ。ここをよく利用するヤツ曰《いわ》く、品ぞろえはいいみたいだぞ？」

「完璧ですね。分かってますよ、この書店は」

テンション高い心白は、なんか「ふっ、やりますね」と謎の強者感を醸《かも》し出していた。よく分からんが、心白が楽しそうなのでいいんじゃないだろうか？

「心白、そこまで言うんだったら実際に中に入ってみるか？」

「いいんですか！　では………い、いえ、今日はやめておきます」

意見がぐるり一八〇度。「待て」から解放された子犬のように喜色満面だったが、何かをこらえるような表情に変わる。

急激な変動に俺が首を傾げると、心白は悔しそうに……それはもう痛恨の極みといわんばかりの、絞り出すような声でその真意を口にする。

「この規模の書店に入ってしまえば、三時間コースは確定です。絶対に出られなくなってしまうでしょう。……私は、私を抑えきれない……ッ！」

「……心白」

「……ふっ、何も言わないでください、流」

その「ふっ」ていう笑い方、好きなんだろうか？　好きなんだろうね。

方向性が斜めであれど、なんだか楽しそうな心白。俺はそんな彼女を生温かい視線で見つめると、街の案内を再開するのだった。

その後、ゲームショップで似たようなやり取りをした以外は、おおむね平和に進行し、俺たちは今日のメインである大型ショッピングモールにたどり着いた。

たどり着いたのだが……。

「わぁ……こういう場所はあまり来たことなかったので、なんだか新鮮です」

「そうか。……ところで心白？　なぜ俺の背中に隠れているんだ？」

それなりに混み合っている施設に入るや否《いな》や、俺の背中にくっつき虫の如《ごと》く張り付き、身体を縮める心白。人見知りをする子猫のような姿は見ていてほっこりするのだが、如何《いかん》せん動きづらかった。

「……ここ、人が多いです。それに、なんだかもの凄い見られている気がします」

「いやまぁ、休日だし人は多いだろうよ。視線は……うん、仕方ないとしか……」

ぐるりと首を巡らせてみると、こちらに視線を向けている者を何人も確認できた。まぁ、白銀の髪に紫紺の瞳の美少女が目立たないはずがない、ってだけの話。

人見知りな心白には酷な状況だろうが、引き籠《こ》もりを脱却するなら、他人の視線には慣れるしかない。今後は一人で来ることもあるだろうしな。

「とりあえず、店の中ではフード被《かぶ》っておけばいいんじゃないか？　ちょっとはマシになるだろ」

「そうします。……うぅ、人の視線怖い」

いそいそとフードを被り、俺の背中から離れた心白。とりあえず、目立つ色の髪が隠されたことで、多少なりとも視線は減った。

ぐさぐさと突き刺さっていた興味津々《しんしん》な視線が薄れたことで、心白も多少なりとも安心したみたいだった。気を取り直してモール内の案内を開始する。

まずはどこの店に入るか……と考えていると、ふと隣にいたはずの心白がいないことに気づく。……は？　何がどうなって……？

「りゅ、流～」

慌《あわ》てて周囲を見渡してみると、人波に押されて流されていく白フードを発見した。

「心白!?　ちょ、ちょっと通してもらっていいですか？　すみません！」

なんとか人混みを掻《か》き分け、どこかに運ばれそうになっていた心白を救出。あの一瞬でこれとか、油断も隙《すき》もないな……。

「ご、ごめんなさい。流から離れないようにと思ったんですが、あれよあれよと……」

「いや、これだけ混雑してるのに目を離した俺も悪かった。心白はこういうの、慣れてないもんなぁ」

「うぅ……人混み怖いです……」

すっかり怯《おび》えた様子の心白は、両手でつまんだフードを鼻まで下げて顔を隠し、完全防御態勢に入っている。やはり、まだ完全に引き籠もりから脱却できていない心白にこの人混みは難易度が高かったのだろうか？

「心白、あんまり大丈夫そうじゃないけど、どこかで休むか？」

俺がそう問いかけると、しばらく完全防御態勢を維持していた心白は、ゆっくりと首を横に振った。

「……いえ、それには及びません。今日はせっかく流と一緒のお出かけの日なんですから、ギブアップなんて、そんなの嫌です」

そう言い切った心白は、フードを掴《つか》んでいた手を離し、その手を胸に当てて大きく深呼吸をした。

そして、力強い眼差しで俺を見つめると、にこりと微笑んでみせた。

「私は、もう大丈夫です。さぁ、行きましょう」

「……そっか。じゃあ、はい」

俺は同じように笑みを浮かべると、心白に向けて手を差し伸べる。

それを見て、きょとんとする心白。上手く意図が伝わらなかったらしい。自分から言うのは結構恥ずかしいんだけどな……。

湧き上がる羞恥心を誤魔化すように、心白に差し伸べたのと反対の手で頬を掻いた俺は、ためらいがちに言葉を放つ。

「あーっと。その……人混み対策として、手を繋《つな》がないかって意味なんだけど……」

「え、あっ……そ、そうだったんですか……。その、気づけなくて、すみません……」

「い、いや。最初から分かるように言わなかった俺も悪かったし……」

「りゅ、流は悪くありません！　私の方こそ、いろいろと親切にしてくれる流に迷惑かけっぱなしですし……」

むっ、迷惑だと？　それは聞き捨てならないな。俺は、心白のために何かをするのを親切だとは思わない。それは、当たり前のことだし、迷惑だなんてもってのほかだ。

不本意なことを言われたせいか、反論の言葉に熱が込もる。俺は憮然《ぶぜん》としながら口を開いた。

「迷惑だなんて思っていない。俺の方こそ、心白の苦手なこととか分かっていたのに、それをちゃんと考えていなかった。これは完全に俺の落ち度だ」

「それこそ、私がしっかりしていればよかったんです。悪いのは私です！」

「そんなことはない！　頑張っている心白が悪いなんてこと、あるはずがないだろう！」

「いーえ、私が悪いんです！」

「いや、俺が悪いんだ！」

むぅ、と頬を膨らませ、ジト目でこちらを見つめてくる心白。だが、しょっちゅうジト目ビームを放ってくる蒼のおかげで、俺のジト目耐性はマキシマム。こうかがないようだ。

俺も負けじと、目に力を込めて心白を見つめ返した。

そうやって見つめ合うこと数十秒。

そのころになってようやく冷えてきた頭に、ふと疑問が過《よぎ》る。

——あれ？　今俺たちって、確か……。

さっと顔から血の気が引いていき、俺はゆっくりと視線を周囲に巡らす。

瞳に映るのは、俺たちを見てひそひそと何かを言っている人々の姿。

休日ということで賑《にぎ》わうショッピングモール。出入り口近くのホールなんて目立つ場所で、言い争う男女二人組。そんなの注目の的《まと》になるに決まっている。

……今の俺たちの状況ですね。分かります。

心白も、俺と同じことを考えたのか、青ざめた顔でプルプルと震えていた。紫紺の瞳には今にも零れ落ちそうな涙が浮かんでいる。

もう一度周囲を見る。心なしか俺に向けられる視線が厳しいものになっているのは、心白が泣きそうになっているからだろう。「あの男、サイテー」とでも言いたげな視線だ。

これ以上ここにいるのは、心白の精神衛生上……そして、俺の社会的立場上よくない。すごくよくない。

というわけで、戦略的撤退！

「……心白、行くぞ」

「え？　きゃあ……！」

心白の手を取って、足早に移動を開始する。多少強引になってしまうのは許してほしいところ。今、優先すべきはどれだけ早くここから離れることができるのか。その一点のみ。

「りゅ、流？　あの、手……あぅ……」

そんなふうに、迅速《じんそく》な撤退行動に思考が囚《とら》われていた俺は、気づけなかった。

ずんずんと進む俺の後ろで、俯《うつむ》かせた顔を赤くした心白が。

繋がった手を、強く握り返していたことに。

「……温かいです」

そんな、小さく呟かれた言葉にも、気づくことができなかった。

◇◇◇

なんとか注目の的から逃れた後は、それまでのドタバタが嘘のように穏やかな時間が続いた。

アパレルショップに入り、秋物の服を見て、心白に似合いそうなものを探したり。

調理器具が売られている店で、自炊する時に便利なグッズを教えたり。

スポーツ用品店で、腕をぷるぷるさせながらダンベルを持ち上げる心白を見て笑ったり。

雑貨屋で、何に使うのか分からない商品を前にして、二人して首を傾げたり。

クレープを買って二人で食べ比べをし、空《す》いた小腹を満たしたり。

いろんな店を見て回るうちに他人の視線も気にならなくなったのか、心白はフードを取って笑顔を見せるようになっていた。

心白は本当にこういう場所とは無縁だったらしく、見るものすべてが目新しいとでもいうように紫紺の瞳を輝かせていた。

あれはなに？　これはなに？　と無邪気な子供のように問いかけてくる心白。俺はそれに一つ一つ答えながら、楽しそうな様子の心白を見てそっと胸をなでおろした。

ちゃんと心白が満足しているようでよかった。いろいろとトラブルがあったせいで、挽回できるか心配していたのだ。

そんなふうに安心すると、今日の行動を振り返る余裕が出てくる。

待ち合わせ、街の案内、ショッピングモールに来てからのあれこれ。今思い返してみると、俺は無意識のうちに気を張り過ぎていたように思えた。

心白に楽しんでもらおう、という思いが、楽しんでもらわなければいけない、という強迫観念にいつの間にかすり替わっていた。そんな感じがする。

普段ならもっとスマートにこなせるはずの行動に手間取ったり、自分を責めた心白をいつも以上に否定しにかかったのも、それが原因だろう。

相手に楽しんでもらおう。そう思うのは大切だが、自分をないがしろにしては意味がない。だってそうだろう？　誰かを楽しませたかったら、まずは自分が楽しまないと。

そんな簡単なことも忘れていたとは……もてなす側としては失格もいいところだ。

しかし、何故そんなふうになってしまったのか。少しだけ考えてみる。

うーん、と首をひねること数秒。割と簡単に出た答えは、あまりに単純なものだった。

なんてことはない。俺は、心白と一緒に出かけることに対して緊張していた。ただそれだけである。

思えば、蒼や後輩以外の女の子と二人で出かけるなんて初めてなのだ。緊張の一つや二つしても、おかしくはないだろう。

無意識下の緊張は、分かってしまえば呆気《あっけ》ないもので。小さく深呼吸をしただけでどこかに消えていった。さぁて、こっからは切り替えていこう。

「流、流、ちょっといいですか？」

俺が内心でそんなことを考えていると、心白がちょいちょいと袖《そで》を引いてくる。心なしか、その声音は弾《はず》んでいるようだった。

「ん？　何か気になる店でもあったか？」

「はいっ、私、あそこに行ってみたいです！」

そう言って心白がびしっ、と腕を伸ばし指をさした。

「どの店だ……って、ゲームセンター？」

俺の呟きに、心白はこくこくと首を縦に振った。

「漫画とかラノベでも定番のデートスポットですし、ここでしか遊べないゲームもありますから、前々から行ってみたいと思ってたんです。けど、一人で入るのは怖くて……」

「あー、確かに。一人だと尻込みしちゃうんだよな」

俺がそう同意を返すと、心白は何故か驚いたように目を見開き、ぱちぱちと瞬《まばた》きをする。え、何その「ありえない」みたいな表情。俺、なんか変なこと言った？

「尻込み……？　『恐れ』とか『臆病さ』を捨て去った流が……？」

「オイこら、どーゆー意味だよ、それ」

俺がジト目を向けると、心白はそっぽを向いて下手《へた》くそな口笛を吹きだした。なんとも分かりやすいとぼけ方である。

しばらくじーっと見つめていると、今度は頬を赤くしてそわそわしだす心白。

「りゅ、流？　そんなに見つめられると、えと……照れます」

そういう反応を求めたわけでは……まぁいいや。

「……じゃ、ゲームセンター入ろうか。いやー、久しぶりだなー」

「え、ちょっ！　無反応は酷《ひど》いです！　せめて何か言ってくださいよぅ！」

はっはっは、知らん。

不服そうに頬を膨らませる心白に小さく笑みを向け、その手を取ってゲームセンターに向かう。

音ゲーコーナーではしゃぐ学生の一団や子供向けゲームのコーナーで遊ぶ親子、スロットゲームでひたすらにメダルを稼《かせ》いでいるおっさんなど、様々な年齢層の人々が集《つど》うそこは、ゲームの筐体《きょうたい》から流れ出る音と人の声とが混ざり合い、雑多な賑《にぎ》わしさを演出している。

心白は活気づいた雰囲気に気圧《けお》されたのか、「おぉう……」と唸《うな》るような声を上げていた。

だが、その瞳はキラキラと輝いており、楽しみだということをこれでもかと伝えてくる。

「凄い……ここがゲームセンターなんですね……」

「心白、見惚《みと》れるのもいいけど、せっかくだし何かで遊ぼうか。どれがいい？」

そう問いかければ、心白は一転して真剣な表情になった。

「ふむ……初めてのゲームセンターで行う、初めてのゲーム……悩みますね。ちなみにですが、流がよく遊ぶのはどのゲームですか？」

「俺か？　と、言われてもゲームセンター自体あんまり来ないんだよなぁ……。よく遊ぶってのとはちょっと違うけど、得意なのはクレーンゲームとシューティングゲームだな」

「……？　よくやるわけじゃないのに、得意なんですか？」

「ああ。クレーンゲームは中学の頃に太陽《たいよう》と蒼にせがまれてやってるうちになんとなくコツを掴んでな。おかげで、五百円あればだいたいの景品は落とせるようになった。シューティングは割と覚えゲーだし、俺と相性がいいんだよ」

それ以外のゲームは知らん。たぶん音ゲーとかもできる気がするが、進んでやろうとは思わないからなぁ。

「……よし、決めました。まずはクレーンゲームで遊びます。流、いろいろと教えてください」

「了解、任《まか》せろ」

というわけで、心白、ゲーセンデビュー。

クレーンゲームの立ち並ぶコーナーに足を踏み入れた心白は、「おー……」と感嘆《かんたん》の声を上げていた。

そして、「見てきていいですか？　いいですよね？」と好奇心が抑えきれていない瞳で訴えてきたので、笑顔でＯＫのサイン。心白は了解を得ると同時に行動を開始した。

そんな心白の姿を微笑ましく思いつつ、俺は前来た時とは一新されている景品を確認。

あっ、デカいお菓子の缶詰だ。アレ取るとしばらくお菓子買わなくてすむから楽なんだよなぁ。……まぁ、俺が食べるよりも先に太陽たちに全部食べられるんだけどな。

大きなぬいぐるみの類《たぐい》は、モフモフする分には気持ちよさそうだが、置く場所にすごく困りそうである。あのまん丸いひよことか、抱き枕にしたらさぞかしよく眠れそうではあるが。

腕時計とかスマホケースとかが景品として置かれている台もあるのだが、その辺の小物は普通に買った方がいい気がするのは俺だけだろうか？

さて、心白の方は……ああ、アニメのフィギュアとかが入ってる台かぁ。なるほどね。

「あっ、これってあのアニメの……へぇ、結構再現度は高い……というか、普通に可愛いのでほしいですね。……ちょっと、やってみますか」

心白の初めては、アニメのフィギュアが景品のクレーンゲームに決まったらしい。

俺はそっと彼女の背後に立ちつつ、プレイ風景を見つめることに。さて、完全初心者の心白は、いったいどんなふうにクレーンゲームを攻略するのだろうか？

心白が挑もうとしているのは、穴の上に棒が何本か通され、その上にフィギュアの箱が置かれているというよく見るタイプのヤツだ。けっこう得意とするタイプでもある。

心白は恐る恐るといった様子で投入口に百円玉を投下。筐体の中にコインが落ちる音がして、スピーカーから流れる音楽が変わる。ゲーム開始の合図だ。

「ひゃっ……。な、なるほど？　こうきますか。……ふっ、この程度で私がビビるとお思いですか？」

思いっきりビビっていた気がするが、空気の読める俺は何も言わない。ただニコニコとその姿を見ているだけだ。

「さぁ、ゲームを始めましょう……」

心白が楽しそうで何よりです。

さて、ここで解説なのだが、クレーンゲームには『制限時間内なら何度もアームを動かせるタイプ』と『一度ボタンから手を離すとアームを動かせなくなるタイプ』が存在する。

景品がデカいと後者である確率が高くなり、フィギュアなんかもほとんどが後者タイプだ。

そして、心白が今挑んでいるクレーンゲームも、例外ではなく……。

「えっと、まずは景品の真ん中を狙《ねら》って……」

ポチッ（横移動ボタン）。ウィーン（アーム駆動）。

「……ここっ」

カチッ（ボタン解除）。ピタッ（アーム停止）。

「ちょっとズレてる気が……。なら、少しだけ戻して……」

ポチッ（縦《たて》移動ボタン）。カチッ（即座に解除）。ピタッ（即座に停止）。

「え？　なんで奥に……」

ウィーン（無慈悲なアーム降下）。

「ちょっ、まっ！」

スカッ（何もない空間をアームが摑む様子）。

「あああああああああっ！　なんでぇええええええ⁉」

ウィーン（アームが始動位置に戻っていく音）。

「………おわり？」

その通りでございます。

スピーカーから流れるＢＧＭが待機状態のものに変わった筐体を呆然《ぼうぜん》と見つめる心白。
ヤ、ヤバい。面白い……面白過ぎるぞ心白ぅ……！　完全に予想通りなのに、俺の腹筋に大ダメージを与えてくれるとは……やるな！
「りゅ、流……？」

おっと、さすがに本人を目の前にして笑うのは酷というモノ。俺は崩壊寸前の腹筋に力を込め、表面上なんでもないような笑みを浮かべてみせる。

「どうした、心白？　ゲームの方は……ああ、残念《すが》だったな」

分かってたけど。と内心で付け足す。涙目で縋るような視線を送ってくる心白に、オブラート皆無の直球ストレートをぶつけるほど俺は鬼畜じゃないんでね。

しかし、ここで努力する俺のさらに上を行ってくれるのが心白クオリティ。

心白はゆっくりとした動きで今遊んでいたクレーンゲームを指さすと、あらんかぎりの声で悲痛な叫びを上げた。

「このゲーム機、壊れてます！」

　俺の腹筋は崩壊した。


「むぅ〜、流は酷いです。あんなに笑わなくてもいいじゃないですか……」

「悪かったって。というか、最初のテンプレ過ぎる失敗は見なかったことにしたんだぞ？　そのあとのアレはさすがに反則だって」

　クレーンゲーム初心者あるあるのトップ3にランクインするであろう失敗に続き、その責任すべてをゲーム機に擦《なす》り付けるという所業は、さすがに耐えることができなかった。

　だって、無理だろ。あれはさすがに無理。今もまだちょっと腹筋が痛いんだぞ？

「というか、最初に遊び方を教えてくれてもよかったと思います！　そうしたら、あんな恥ずかしい真似を……せずに……あぅうううう……っ！」

「いや、ボタンの隣に説明書いてあるだろ……」

　先ほどのことを思い出したのか、心白は顔を赤くして涙目になる。

　ああ、うん。大声出したから、何事かと思って人も集まってきたし、「ゲーム機が壊れてる」なんて言っちゃったから、店員さんまでご登場なすったもんね。またもや注目の的になったことで精神的ダメージが加算されちゃったのは分かる。分かるんだよ？

　けどな、心白。ものすごく真剣な表情で「何か不具合がございましたでしょうか？」って訊いてくる店員さんに、恥ずかしさで固まった心白の代わりに事情を説明した俺の精神的ダメージの方が大きいと思うんだけど。そこんところどうかな？

もうね、申し訳ない思いでいっぱいだったわ。話をちゃんと最後まで聞いてくれて、なおかつ文句の一つも言わず、さらにはクレーンゲームのアドバイスまでしてくれた店員さん。聖人認定したいくらいのレベルでいい人でした。

けど、話をするにつれて、相手の視線がどんどん生温かいモノに変わっていくのは、なかなかに居《い》た堪《たま》らなかった……。

……ああ、なるほど。これをさらに酷くしたのが、心白の不登校&引き籠もり化の原因なのか。確かにこれは心にくる。

寛容に受け入れられるのは、悪意を以《もっ》て排斥《はいせき》されるのとはまた違って、「自分の至らなさ」ってヤツを深く実感させられる。そこで開き直れるような性根の輩《やから》なら、なんの痛痒《つうよう》も感じないのだろうが、心白はそうではなかった。

自分の至らなさを認め、けれどそれを受け止めきれず、踠《もが》き苦しんだ末に逃避を選んだ。

俺はその選択を否定する気はない。人間誰しも逃げたくなる時がある。俺もさっき店員さんを前にして、ものっそい逃げたくなったし。

真に最悪なのは、逃げ続けること。逃避に逃避を重ね、どんどん深みへと落ちていくことこそが問題なのだと俺は思う。

一度は逃げたとしても、またどこかでやり直せばいいのだ。取り返しのつかないことっていうのは案外少ないのだし。

そして、逃げ続けることなく、ちゃんとやり直すことができた心白は、きっと大丈夫だ。

「くっ……よくも私に恥をかかせてくれましたね。いつか絶対あなたの中にあるものが空《から》っぽになるまで取り尽くしてやります！　覚悟しておいてください……！」

クレーンゲームの筐体を親の仇《かたき》を見るような目で睨《にら》んでいる姿を見ると、別の意味で不安になってくるが……うん、まぁ、大丈夫だよね！

ゲーム相手になかなか無茶な決意表明をしている心白に苦笑しつつ、俺は心白が取り損《そこ》ねたフィギュアの箱を指さす。

「心白、俺ならコレ取れそうだけど、どうする？　代わりにリベンジしようか？」

「え、取れるんですか？　だったらぜひお願いします！」

俺の言葉に、目を輝かせてこくこくと頷く心白。さっきの決意表明は何だったのかと言いたくなるが、「やったー！」と無邪気に喜ぶところを見せられたら何も言えなくなってしまう。

俺は財布から百円玉を二枚取り出す。配置とかアームの強さ的に、多分これでいけるはず。

その予想は当たり、一回目で箱を縦にして、二回目で隙間に引っかけて落とすことに成功した。ガコン、と取り出し口に落ちてきた箱を、隣で見ていた心白に渡す。

「はい、どうぞ」

「あ、ありがとうございます。でも、何をどうやったのかまるで分かりませんでした……」

「ちょっとしたコツがあるんだ。また今度心白にも教えてやるよ」

「本当ですか？　なら、次は自分で取れるように頑張ります！」

フィギュアの箱を抱きしめるようにして持ち、邪気のない笑みを浮かべる心白。

その姿を見て、俺も自然と笑みを零すのだった。

クレーンゲームコーナーから離れた俺たちは、そのままゲームセンター内を見て回った。

対戦型シューティングゲームで「全力でカモンです、流」と言われたのでトリプルスコアで圧勝したら、もの凄く拗《す》ねられたり。

その逆襲としてで心白が得意だというリズムゲーム（太鼓のアレ）でのスコア勝負。最初は好調に点数を重ねていた心白だが、実際にバチを振るってのプレイは思った以上に体力を使う。結果、体力切れで後半ほとんど点数を稼《かせ》げなかった心白のスコアは、ミスはあれどそこそこ叩けていた俺とどっこいどっこいだった。

二人ともそんなに遊んだことのない種類のゲームとして選ばれたレーシングゲームは、そもそも操作がおぼつかず、俺も心白もコースアウトの連続で、ＣＰＵに惨敗する結果に。綺麗に負けたのが妙に面白くて、二人して大笑い。

格闘ゲームに関しては専用コントローラーを購入するレベルでやり込んでいるらしい心白に手も足も出ず、俺のストレート負けだった。

そんな感じで遊ぶこと小一時間。ぼちぼち別の場所に移動しようかというときに、心白がとあるマシンの前で足を止めた。

これは……プリクラか。

「おお……こ、これがプリクラ……。恐ろしいまでのリア充オーラを感じます……」

何故か恐れおののくような反応をする心白。リア充オーラってなんぞや。

しかし、昔からどのゲーセンにもだいたい置かれているプリクラだが、実際に利用したことはないんだよな。正直、証明写真撮るヤツと何が違うのかよく分からない。なんだっけか、写真に落書きできるんだっけ？

「プリクラねぇ……いろいろと種類があるみたいだけど、何が違うんだろうな？」

「えっ、流ってプリクラやったことないんですか？」

「えっ、何その意外そうな反応」

俺って好き好んでプリクラをやるような人間に見えるのだろうか？　何それ、なんか嫌だ。

世間一般で言うところの『女子力』とやらが高いのは知っている……というか、よく周りから言われるのでそうなんだろうけど、それが原因か？

「ギャルゲー主人公みたいな生活を送りつつ、クラスの人気者で、勉強、運動ともにハイスペック。人当たりもよければ性格もよく、可愛い幼馴染《おさななじ》みまでいるという、私の中でリア充を超えし『真・リア充』に格付けされている流ですよ？　てっきり、百戦錬磨のプリクラーなのかと……」

「百戦錬磨のプリクラー」

心白の口から飛び出してきた謎の称号を思わずオウム返しに呟いてしまう。相変わらず、心白は面白い言葉を使うなぁ……。

思わず遠い目をしそうになったのをこらえ、俺がその百戦錬磨のプリクラーとやらではないことを説明。そんな不本意な称号で呼ばれるのはさすがに嫌なんだよなぁ……。

「むぅ……流ほどのリア充でもやったことがないとすると、いったいどんな強者がプリクラを利用するんでしょうね」

「きっとそこらの女子学生とかだと思うが……そんなに言うなら、やってみるか？」

俺がそう告げると、心白はきょとんとした表情で「何をです？」と訊き返してきた。

「何をって、プリクラだけど……」

「はぁ、プリクラをやってみるんですか。誰がやるんです？」

「俺と心白が、だけど……」

え、そんなに解読困難だったか今の。たぶん小学生の国語よりも簡単だったぞ？

心白の「お前は何を言っているんだ？」という疑問一〇〇パーセントの視線に、実は俺の方が間違っていたんじゃないかと思い始めていると、「プリクラを、やってみる。私と、流が……ふむ」とぶつぶつ呟いていた心白が、やっと事情が呑み込めたというようにハッとして俺を見た。

「流！　私とプリクラをしてくれるって本当ですか⁉　なんかこう、罰ゲーム的なアレだったりしません⁉」

「疑い深いにもほどがある……っ！　ふつーに提案しただけだわ！」

まったく、罰ゲームとか、なんてことを言うのだろうか、この娘さんは。だいたいだな……。

「心白みたいな可愛い女の子と一緒にプリクラが撮れるんだぞ？　普通に嬉しいに決まってる

だろ」

憮然《ぶぜん》としてそう言い放つと、心白は一転して顔を赤くし、きょろきょろと視線を周囲に彷徨《さまよ》わせる。

「え、えっと……本当、ですか？」

「嘘なんかつくわけないだろ。心白は、俺とプリクラ撮るの、嫌か？」

そう問いかけた俺に、心白はふるふると首を横に振った。

「よかった。それじゃ、やってみようか」

「……はい」

心白とともにプリクラコーナーに足を踏み入れる。いくつも並んだビビッドカラーの筐体を見ていると、酷く場違いなところにいる感じがしてしまう。

とりあえず、一番近くにあったプリクラ機に入る。中は狭く、二人で入ると否応《いやおう》なしに肩や腕が触れ合った。

「ち、近いですね……」

「思ったよりも狭いな。……って、心白？　なんか凄い顔赤いけど、大丈夫か？　もしかして狭いところ苦手だったりする？」

「ち、違います。りゅ、流の腕が思ったよりも筋肉質で逞《たくま》しくて……って、わぁああああ⁉

な、なんでもないですなんでもないです！　わ、私は大丈夫ですのでぇ！」

「お、おう……？」

あまり大丈夫そうには見えないが、本人がそう言うのなら大丈夫なのだろう。

とりあえずコインを投入し、画面を操作する。頭が痛くなるような甲高《かんだか》い声の指示に従いつつ、撮影までこぎつけた。

説明に出てきた用語が抽象的すぎてわけ分からんかったな。なんだよ『ふわふわした感じ』とか『きゅんきゅんもーど』とか。

『とるよー!』

「おっ、やっとか。心白、準備できたみたいだぞ」

「……私の方も準備ができましたよ。心の」

「プリクラってそんなに苛酷《かこく》なものだったっけ……?」

絶対に違うと思うが、顔を赤くしつつもキリっとした表情の心白を見ていると何も言えなくなってしまう。

プリクラの画面には俺と心白の姿が映っているが、フレームに体が収まっていなかった。

「心白、もうちょっと詰めないと、全部写らないっぽいぞ?」

「ッ!? くっ……さすがはリア充御用達《ごようたし》。隙あらばいちゃつかせようとしてますね。……いえ、これは逆にチャンスなのでは? この状況なら流と密着してもおかしくはないどころか自然ですし……よしっ」

ブツブツと小声で何かを呟いていた心白は、恐る恐るといった様子で俺との距離を詰めてきた。

ぎゅっ、と互いの間にあった距離がゼロになり、心白は俺の腕に縋りつくような体勢になる。

柔らかい感触が押し付けられ、心臓の刻む鼓動が僅かに速くなった気がした。

「こ、心白？」

上ずった声で心白の名前を呼び、すぐにでも触れられそうなほど近い彼女の顔を見ようとして、横合いから伸びてきた手にそれを阻止された。

「ほ、ほはふ？（こ、心白？）」

頬を押されたせいで変な感じになった声でそう問いかけると、消え入りそうな声が返ってきた。

「……りゅ、流。今はちょっと、こっちを見ないでください」

「ほ、ほう……（お、おう……）」

頬から手が離されたが、ああ言われてしまっては心白の方を向くなんて絶対にできない。

絶対に横を向かないという強い決意を胸に、正面に視線を固定した、その時だった。

『はい、チーズ♪』

そんな声に続いて、パシャリ、と音がする。

……そういえば、今ってプリクラ撮ってたんだっけ？

そう思い画面を見ると、そこには今撮れたのであろう写真が表示されていた。

真っ赤な顔で何やら必死そうな顔をしている白銀の髪の少女と、バカ真面目な顔で正面を見ている男……つまりは、心白と俺が映っていた。

風船やら蝶やらが乱舞し、キラキラと画面全体にラメの散らばったフレームにこれっぽっちもそぐわない。

それを見た俺は、さっきの決意も忘れて、思わず隣にいる少女の方を向いてしまった。

すると、同じタイミングでこちらを見た心白と視線がかち合う。

「心白……」

「流……」

互いの名を呼び、見つめ合う形になった俺たち。

数秒の静寂《せいじゃく》が流れ……。

「「──変な顔！」」

同じタイミングで同じことを言い、思いっきり噴き出した。

狭いプリクラ機の中に、二つの笑い声が響く。

「あはは！　おっもしろい顔してんな、心白！　お腹痛いの我慢してるみたいになってるぞ！」

「流だって、なんですかこのクソ真面目な顔！　プリクラと証明写真間違えてないですか？」

心白の方が面白い、いやいや流の方が。そんなふうにバカみたいなやり取りをして、バカみたいに笑い合った。

『はい、チーズ♪』

俺も心白も気づかないうちに撮られた二枚目には、屈託なく笑う一組の男女が写っていた。

今度のフレームは色とりどりの花。今度は違和感がない。

咲き乱れる花々。それはまるで、写真の中の二人を祝福しているみたいだった。

◇　◇　◇

「……それで、その後は何をしたの？」

「えっと、ゲーセンの後はカフェでお茶してショッピングモールは終わり。あとは帰りがけにレンタル店でおすすめのアニメとかを教えてもらったぐらいかな」

「ふむふむ……」

時刻は夜。ごつごつした壁に挟まれた、草木一本生えぬ岩の通路。昼間ですら暗いその場所は、月明かりさえ差し込むことなく完全な暗闇《くらやみ》を作り出していた。

「アッシュは、楽しそうだった？」

「んー、どうだろうな？　人混みとかで結構疲れさせちゃったからなぁ……。アッシュ体力ないし、家に帰ってぶっ倒れてないといいけど」

「容易《たやす》く想像できる」

光はなく、されど『音』は昼間よりも明確にその存在を主張していた。谷を強風が駆け抜けることで発生する音は、大きな怪物が腹を空《す》かせて鳴いているようだった。

「……リューくん。アッシュは、ちゃんと笑顔だった？」

「まぁ、半分くらいはそうだったよ。もう半分は、慌《あわ》ててるか怯《おび》えてるかリア充に対して謎《なぞ》の憎悪を燃やしてるかだったけど。あと、顔を赤くしてたのは……よく分からないけど、疲れてたのかな？」

「そういうところ……リューくんのダメなのはほんとそういうところ……」

「あっれ、なんかものっそいダメ出しされたんだが？」

そんな不気味極まりない場所で、呑気《のんき》に「何がダメだったんだ……？」と首を傾《かし》げる男と、それを見て「だめだこれ……どんまいアッシュ」とこめかみを押さえてため息をつく少女。

「やっぱり駄目だったのかぁ……？　うーん、なんだか申し訳なくなってきたな……」

「……心配しなくても、聞く限りは楽しんでたと思う。だから、大丈夫」

「そうか？　そう言ってもらえると安心するよ。……けど、大丈夫なのにダメ出しされたのか、俺」

「それはそれ」

「えー……」

がっくりと肩を落とした男――リューに、傍《かたわ》らの少女――サファイアはクスクスとからかうような笑みを漏《も》らす。

それだけを見ると、じゃれ合うカップルに見えないこともないが、如何《いかん》せん場所が相応《ふさわ》しくない。暗闇の峡谷とか、デートスポットにするには失格もいいところだろう。

二人がいる場所は、『暴風の竜谷《りゅうこく》』。現・ＦＥＯでは難関とされているフィールドであり、そもそもデートスポットではなかった。

岩ばかりで何もなく、そもそも《暗視》系のスキルがなければ何も見えない、時折吹く『暴風』が至近距離の相手の声すら聞こえない状態にする。

そして何より……殺意マシマシなモンスターの群れ。

「「「「「ガァアアアアアアアアアアアアアアアアアアアアアアッ!!」」」」」

暗闇より強襲を仕掛けてきたのは、ドラゴニュート御一行。左右より挟み込むようにして二人に襲い掛かる。

その様子はまるで、「何いちゃついてんだゴラァ！」とでも言っているようだった。

武器を構え、魔法を準備し、場違いな雰囲気を醸《かも》し出すリューとサファイアを狩りの獲物にせんとする。

だが、ドラゴニュートたちは気づいていなかった。今自分たちが襲い掛かった相手の恐ろしさ。そして――

「ほい、【タイラントプレッシャー】」

「叫んでたら奇襲の意味がない。【アイシクルストーム】」

自分たちの方こそが、狩られる側の存在であるという事実。

リューが取り出した紅戦棍《こうせんこん》を振るい、サファイアが手に持っていた杖《つえ》を掲《かか》げる。

たったそれだけの動作で、リュー側にいたドラゴニュートは岩壁まで吹き飛ばされ、サファイア側にいた方は極寒の冷気によって氷像と化した。

「リューくん」

「おう」

短く合図を交わした二人は、くるりと互いの位置を入れ替えた。相手を交換したリューとサファイアは、すでに相方の攻撃によってダメージを受けているドラゴニュートへと追撃を仕掛けた。

「……【ホワイトブラスト】」

サファイアはリューによって吹き飛ばされたドラゴニュートたちに、氷の爆発を叩《たた》き込み。

「これじゃただの的《まと》だな。【フォースジェノサイド】」

リューはサファイアが氷漬けにしたドラゴニュートへと、情け容赦《ようしゃ》のない暴撃を放つ。

戦う相手を間違えた哀《あわ》れなトカゲは、断末魔《だんまつま》の叫びを上げることすら許されず、白い粒子へと変換された。

「トカゲどもの襲撃が多いなぁ。夜だからか?」

「ん。それもあるけど、この道が『王座』に繋《つな》がってるからだと思う」

「なるほどね。さしづめ俺たちは、『飛竜の王』を殺そうとしている不届き者ってとこか?」

面白そうじゃねぇか、とリューが笑う。口の端を吊り上げ、ギラギラと瞳を輝かせた俗称『神官スマイル』で。見るものに『恐怖』のバッドステータスを与えるとまことしやかに噂《うわさ》されているが、真偽《しんぎ》のほどは定かではない。

サファイアの『王座』という言葉やリューの『飛竜の王』という言葉からも分かるように、二人が夜も遅くにＦＥＯにログインしているのは、この『暴風の竜谷』のボスを討伐《とうばつ》するためだった。ちなみにだが、誘ったのはサファイアの方である。

隣でそれを見ていたサファイアの体に、僅《わず》かながら重圧がのしかかった。ボスと戦うところを想像したリューが無意識のうちに発動させていた《威圧》の影響である。

サファイアはジト目でリューの袖《そで》を引き、このままだとボスのもとへ走っていってしまいそうな幼馴染みを宥《なだ》めた。

それによって我に返ったリューは、バツが悪そうな笑みを浮かべながら「悪い」とサファイアに謝る。しかし、サファイアのジト目は収まらず、ふいっ、とそっぽを向かれてしまう。

わたしが隣にいるのに。せっかく二人きりなのに。そんなことはまるで眼中になく、ただボスとの戦いにだけ思いを馳《は》せているリューに、サファイアの乙女心は傷ついたのだ。

そう簡単には許してあげない、と固い意志でそっぽを向き続ける。そうして「わたし、怒ってます」と態度で示そうとしているサファイアだが、リューとの距離が髪の毛一本分すら離れていない時点でいろいろとお察しの通りだった。

結局、困ったような笑みを浮かべながら行われたリューの頭ポムポムによってサファイアの怒り（笑）は消え去り、頭に乗せられた手の感触をふんにゃりしながら堪能《たんのう》していた。

チョロいとか言ってはいけない。恋する乙女は複雑で単純なのだ。

「しっかし、随分《ずいぶん》と急な誘いだったな。何か理由でもあるのか？」

「別に。ただ、学校始まってから家に戻ったし、全然遊べてなかったから、リューくん成分が足りなくなっただけ」

「リアルでは毎日顔合わせてるはずなんだがなぁ……。あと、その変な成分はなんだ？」

「それはそれ。あと、リューくん成分はリュー君から分泌《ぶんぴつ》される凄《すご》いエネルギー。わたしはこれを摂取しないと死ぬ」

「説明を聞いた方が謎が深まるとはいったい……」

それっぽいことを言って誤魔化しているサファイアだが、デートによって明らかに仲が深まった様子のリューとアッシュを見て乙女的危機意識が働き、衝動の赴《おもむ》くままにリューをＦＥＯに誘ってしまったというのが事の顚末《てんまつ》である。

何も知らないリューはサファイアのアホな発言に呆《あき》れたような笑みを浮かべ、サファイアは心の内がばれていないことにほっとして、こっそりと胸をなでおろした。

その後は何事もなくボスエリアまでの道を進んでいく二人。途中で現れたモンスターたちをちぎっては砕き、ちぎっては凍らせていく。

「ギャァアアアアアアスッ！」

「【ソードオブフェイス】……【エアリアルブリンガー】ッ！」

「グギャアッ⁉」

「サファイアッ、今だっ！」

「ん！【シルバーコメット】！」

「ギャアアアアアアアアアアアッ⁉」

リューが空中のワイバーンに飛翔して剣で刺突し、それによって動きを止めたワイバーンにサファイアの放つ氷属性の魔法が放たれた。

魔法に巻き込まれそうになっていたリューは、着弾の直前に剣の柄《つか》から手を離し、【バックステップ】で効果範囲外に出ている。

【シルバーコメット】。『銀の彗星《すいせい》』の名を持つそれは、巨大な氷塊《ひょうかい》を対象の頭上に作り出し、勢いよく落下させることでダメージを与える魔法だ。さらに、相手が飛行型モンスターの場合は、それに加え、地面に叩《たた》きつけられることによる落下ダメージが発生する。

それをモロに喰らったワイバーンが氷塊と地面でサンドイッチされ、HPを全損した。哀《あわ》れさを誘う断末魔の叫びが峡谷内に響き渡ると、ワイバーンの体は白い粒子になって虚空《こくう》に消えていった。

そして、今の戦闘をリューをよく知る者が見たら驚愕《きょうがく》に目を見開くに違いない。たぶんだが、アポロやマオあたりは目を剝《む》いてひっくり返る。

何せ、あのソロプレイを愛し、ソロプレイに愛され、パーティープレイに蛇蝎《だかつ》の如《ごと》く嫌われているリューが、サファイアと普通に連携《れんけい》プレイをしていたのだから。

「うん、最初を思えば結構上手《うま》くいくようになったんじゃないか？　成長を感じる」

「……始まりのレベルが低すぎただけ。このくらいの連携なら、基本誰でもできる」

「ぐっ……厳しいな、サファイア。俺だって頑張ってるんだぜ？　及第点くらいくれてもいいんじゃないか？」

「これに関しては甘やかさない。リューくん、まだまだ」

「……はーい。精進します」

満足げな表情から一転、がっくりと肩を落としたリュー。そんな彼に、サファイアは容赦なくダメ出しをしていく。止まっていてはまた別のモンスターが襲ってきてしまうので、説教は歩きながら行われた。

戦闘能力面では言うことが何もないので、連携についてのダメ出しがほとんどだ。

「行動するときの声かけをまだ忘れてる。アイコンタクトとか指でのサインができないんだから、声かけはすごく大事。わたしの声もたまに聞いてなかった。あと、自分だけで突っ込んでいこうとしないって何度言ったっけ？　それに……」

「はい……はい……反省します……」

つらつらと並べられていく改善点や反省点に、リューは素直な返事をする。このことに関して、リューに反論できることは何もない。

夏休みのイベント前に始めたリューのソロプレイ体質の改善。時間を見つけてちょこちょこと行われてきたそれは、一定の成果を上げることに成功していた。

とはいえ、『まるでゴミ』が『最低限使用に耐えうる』というレベルになっただけであり、高度な連携など夢のまた夢なのだが。

そこに至るまでには、聞くも涙語るも涙。全米の腹筋ですら死ぬ爆笑の連続があったのだが、それは割愛《かつあい》する。なお、聞いて流す涙も語って流す涙も原因は笑い過ぎだ。

サファイアは自分の魔法が、敵に命中するよりも、連携を忘れて動くリューへの被弾数が多かった時など、息ができなくて『窒息《ちっそく》』のバッドステータスがつくくらい笑っていた。リューはものっそい不服そうな顔をしていたが、戦闘中に吹っ飛びまくるリューを見ていたら我慢できなかったそうな。

「……ん、まぁこんなところ。次も頑張ろう？」

「あいよ。いつも済まないな、サファイア」

「それは言わない約束でしょ。……それに、そろそろ着く」

一通り説教が終わったところで、サファイアがその表情を真剣なモノに変え、杖を振るった。リューも紅戦棍を取り出し、自身に強化を施《ほどこ》していく。

二人の前方には、今までの通路とは違い、岩柱の林立する円形の空間が広がっていた。ぐるりと広場を囲う岩壁は、ところどころが一度溶けて固まったかのようになっていて、不思議な模様を描いていた。

そして、リューとサファイアが警戒するような視線を送るのは、広場の奥の壁。その中ほどの高さには洞窟の出入り口と思われる穴が開いており、そこから流れ出る禍々《まがまが》しい気配が二人の感覚器官を刺激していた。

リューとサファイアは互いに視線を交わし合うと、こくりと同時に頷《うなず》いてみせる。

――行くぞ。

――ん。

アイコンタクトでそんなやり取りをした二人は、ゆっくりと広場へと足を踏み入れた。

瞬間——空気が変わる。

時折聞こえてきた颪の音も、モンスターの立てる音も消え、一切が凪《な》いだ静寂《せいじゃく》が訪れる。

しかしそれは、嵐の前の静けさに過ぎない。リューはサファイアを背に守るように前に出ると、ゆっくりとした足取りで広場を進んでいく。その後ろを、数歩遅れてついていくサファイア。

そして、歩みを続ける二人が広場の中央部に立った瞬間。

——……ァ。

「ッ！　来たかっ」

「ん！」

漂っていた禍々しい気配がさらに濃くなり、リューとサファイアは警戒レベルを一気に引き上げた。

——……ガァ。

「……聞こえるな。あそこからか？」

「ん、あっちも準備万端」

それは、少しずつ二人に近づいてきた。

……グガァ。

今度ははっきりと『ソレ』の鳴き声が。加えて重いモノが地面を叩く音と、何かを引きずるような音が二人の耳に届く。

壁に空いた洞窟の奥。音の発生源はそこであり、『ソレ』が棲《す》み処《か》としている場所もそこだった。

次第に聞こえてくる音は大きくなり、それに伴って場の緊迫感が上昇する。あと、神官の笑顔もどんどん深まっていく。

「……じれってぇなぁ」

リューが思わずといったように呟《つぶや》き、姿勢を前のめりにする。爛々《らんらん》と輝く紫紺《しこん》の双眸《そうぼう》には燃え盛る戦意が浮かび上がっていた。背後でサファイアが「……リューくん、わたしのこと忘れてない？」と呟いているのも聞こえていないようだった。

やがて、先程から続いている地面を叩く音が広場を震わすほどに大きくなった時。

——暗闇の洞《ほら》から、『ソレ』は姿を現した。

「グガァァアアアッ‼」

響く、絶叫。

重苦しく、聞く者の根源的な恐怖を呼び覚ます叫び。

ビリビリと衝撃が大気を震わせながらリューとサファイアにも届き、二人は思わず防御態勢を取った。

岩壁の洞窟から現れたのは、巨大なワイバーンといった姿のモンスター。普通のワイバーンの二倍ほどの体長を誇り、それに比例するように全身の鱗《うろこ》は分厚く、爪《つめ》や牙《きば》はより鋭さを増していた。

全身を覆《おお》う鱗の色は輝かしいエメラルド。それはこのモンスターが司《つかさど》る属性を表していた。その名も、『テンペスト・ワイバーンロード』。レベルは堂々の『１００』。

紛《まぎ》れもない強者たる飛竜の王は、前脚と一体となった翼を羽ばたかせ、夜空に舞い上がった。飛竜の王が羽ばたいたことで発生した風がボスエリア内に吹き荒れる。戦場を常時『強風』状態にするという、テンペスト・ワイバーンロードの能力の一つだ。

「ハッ！　来た来た来たァ‼　待ちくたびれたぜ、デカトカゲェ！」

「リューくん、どうどう！　一人で突っ込んでいかない！」

敵を前にして思いっきり駆けだそうとしたリューを、サファイアが慌《あわ》てて止める。ついさっきまでの戦闘で行っていた連携が何も活《い》かせていないリューであった。

キキィーッ！　とグリーブの底でブレーキをかけたリューは、サファイアの方を振り返り、バツの悪そうな顔で手を合わせた。さすがの戦闘狂もこれには自《みずか》ら反省したらしい。

「おっと、そうだった。悪い悪い！　久しぶりに楽しめそうだったんでな、テンションがパーンしたわ！」

訂正。こいつなんも反省してねぇわ。

「……はぁ。それじゃ、作戦通りで……戦闘開始！」

「おうよッ！」

呆れたようにため息を吐いたサファイアが開戦を告げるや否《いな》や、リューは紅戦棍をしまい、強化されたステータスを十分に使って駆けだした。

「【ガァアアアアアアアアアアアアアアッ】‼」

自身に向かってくる不届き者の存在を感知した飛竜の王は、天に向けて魔力の込もった咆哮《ほうこう》を上げる。

すると、飛竜の王を中心にして右に三つ、左に二つ魔法陣が形成され、光り輝くそれから何かが飛び出してきた。

「「「「「ギャァアアアアアアアッ！」」」」」

魔法陣から現れたのは、五体のワイバーンだった。

テンペスト・ワイバーンロードと同じ色の鱗を持ち、王よりも二回りほど小さな体軀のそれらは『テンペスト・ワイバーンガード』。王を守護する近衛兵《このえへい》といったところだろうか。

五体の近衛飛竜は飛竜の王からの命《めい》を受けて、リューへ攻撃を仕掛ける。五体がリューの頭上を囲むような位置に陣取り、口の中に魔力を貯めていく。

「「「「「ギャァアアアアアアアアアアアアアスッ‼」」」」」

魔力が限界まで高まり、五体のワイバーンはリューへ向かって牙の生えそろった顎《あご》を向けた。

そこから放たれるは、暴風のブレス。命中した対象を打ち据え、切り刻むそれがリューを滅せんと襲い掛かる。

全方向に逃げ場が存在しない包囲攻撃。だが、その程度で何とかなるほど神官は甘くなかった。

「【ハイジャンプ】……【ソードオブフェイス】！」

リューはブレスが着弾する瞬間に跳躍のアーツを発動し、上空に身を躍《おど》らせた。そして、手元に魔力の剣を生成すると、その柄を握りしめて飛翔する。向かう先は、天に座す飛竜の王だ。

近衛飛竜たちは、自分たちを無視して王のもとへ向かうリューを追わんとする。

だが、蒼《あお》の魔女がそれを許さない。五体を巻き込むようにして放たれた吹雪《ふぶき》が、近衛飛竜たちの敵意をサファイアに集中させた。

「リューくんが足止めしている隙《すき》に、倒す。……【ノア・フラッド】」

サファイアが手にした杖を地面に突き立てる。大量の水が間欠泉《かんけつせん》の如《ごと》く噴き出し、広場をみるみるうちに水の底へ沈めていった。

あっという間に地形を変えてしまったサファイアは、水面に立ち、警戒した様子で自分を見る近衛飛竜たちを見上げた。

「死にたいなら、来ればいい」

杖の先を突き付け、敵愾心《てきがいしん》を煽《あお》る笑みを浮かべるサファイア。その表情は、どこかリューの浮かべるモノに似ていた。

近衛飛竜たちは、サファイアの挑発にまんまと乗せられ、彼女の小柄な体を引き裂かんと咆《ほう》哮《こう》した。そして、五体がそれぞれの方法でサファイアへと躍り掛かる。

後方でブレスを用意する個体がいる。翼を羽ばたかせて広範囲に風刃《ふうじん》をまき散らす個体がいる。その牙で噛み砕こうとする個体がいる。後ろ足で掴《つか》み上げて壁に叩きつけようともくろむ個体がいる。その巨体で押し潰《つぶ》そうとする個体がいる。

――そのどれもが、蒼の魔女の魔法で阻《はば》まれ、一切届くことがなかった。

「ここはもう、わたしのフィールド」

足元の水を操り、空中で生成した氷を飛ばし、近衛飛竜たちを翻弄《ほんろう》するサファイアは、謡《うた》うように呟いた。

五体の飛竜と、小さな一人の少女。相対《あいたい》する彼らのどちらがこの場を支配しているかなど、もはや語るまでもない。

「ギイィ……ギャァアアアアアアアアアアアアアァウスッ‼」

どれだけ攻撃を加えても岩を避けて流れる水のようにいなされ、極寒の大気よりも鋭い反撃を受ける状況に耐えきれなくなったのか、一体の近衛飛竜が風を纏《まと》いながらサファイアへと突撃を敢行する。

自らも制御がきかないほどに速度が乗ったそれは、仮に命中したとしても、その後に壁か床に激突し、無視できないダメージを負うだろう。

それはまさしく神風特攻。

命など惜しくない。この身一つで王の敵を屠《ほふ》れるのなら、そんなものいくらでも捧《ささ》げてやろう。そんな気高い思いが伝わってくる。

その身を賭《と》した王への献身《けんしん》。――しかし、その程度では、蒼の魔女には届かない。

「迎え撃って、【リヴァイアサン】」

さっと杖を一振り。それだけの動作で放たれたのは、水面を突き破りながら現れた水の大蛇だった。

サファイアお得意の魔法、【タイダルウェイブ】の上位版ともいえる【リヴァイアサン】は、ワイバーンの体がすっぽり収まるほどに大きな顎を開き……。

バクンッ、と突っ込んできた近衛飛竜を呑み込んだ。

【リヴァイアサン】に丸呑みにされた近衛飛竜は、全身を打ち据える水流の衝撃と、息ができないことによる二重苦に責め立てられ、ジタバタと暴れる。

その抵抗も虚《むな》しく、みるみるうちにHPを削られていく近衛飛竜。それを見た他の四体は、囚《とら》われた仲間を救おうと【リヴァイアサン】に向けて暴風のブレスをぶつけようとする。

「させると思う？【アイシクルストーム】」

しかしそれは、いつの間にか彼らの真下に移動していたサファイアが放った吹雪によって阻止される。

「「「「ギャァァアアアアッ!!?」」」」

明らかにありえない速度で移動していたサファイアに、近衛飛竜たちが驚いたように鳴き声を上げた。彼らは気づいていないが、サファイアの足には深い青色の光が宿っている。

これは戦闘開始前にかけていた『水上での移動速度を劇的に向上させる』という補助魔法が

発動している証明。この効果によってサファイアは【ノア・フラッド】で発生させた水のフィールドでの高速移動を可能としていた。

「……そろそろ、リューくんの援護に行かなきゃ。……援護がいるかどうかは微妙だけど」

サファイアはそんなことを呟きつつ、まだ発動させっぱなしだった【リヴァイアサン】を操作し、残り四体の近衛飛竜を襲わせた。

仲間を腹に収めたまま迫ってくる水の大蛇に、近衛飛竜たちは恐怖を覚えたのか回避に専念し始めた。

縦横無尽《じゆうおうむじん》に広場を踊る【リヴァイアサン】。林立する柱も、体が水でできているので行動の妨《さまた》げにはならない。そのせいで、追いかけっこは一方的なモノになっていた。

逃げる近衛飛竜たちは、その飛行能力を限界まで駆使して水の大蛇から逃げ惑《まど》う。上に下に、時折放つブレスや風刃も簡単に防がれ、まさしく絶対絶命。

そのまましばらく近衛飛竜と水の大蛇の追いかけっこが続くも、【リヴァイアサン】には効果の持続時間に限りがある。もう少しで二体目の近衛飛竜に喰らいつく、というタイミングで、水の大蛇は形を崩した。

【リヴァイアサン】が解除されたことにより、囚えられていた一体は解放され、近衛飛竜たちはようやく仲間が助かったことに「ギャァス……」と安堵の鳴き声を零す。

そして、一堂に会した近衛飛竜たちは、ここまで自分たちを散々な目に遭《あ》わせてくれやがった蒼の魔女への怒りを燃やし、彼女を探そうとして……。

「もいっちょ、【リヴァイアサン】」

「「「「ギャァアアアアアアス!?」」」」

真下から現れた二匹目の水の大蛇に、思いっきり呑み込まれた。

その様子を、岩柱の陰から眺めていたサファイアは、作戦が上手くいったことにぐっとガッツポーズをした。そんな彼女の足元には、赤青二本のポーションの空き瓶がぷかぷかと水面を漂っている。

水属性の上位魔法たる【リヴァイアサン】は、その威力と効果に見合った消費MPとクールタイムが存在する。間を置かず二回連続での発動は、本来不可能である。

それを可能にしたのが、彼女の足元に浮かぶ二本のポーション瓶の中身だった。

青い方は普通のMP回復ポーション。普通のと言いつつ、その効果は市販のポーションよりも高く、即効性と持続回復効果があるという魔法職垂涎《すいぜん》の逸品《いっぴん》。製作者はもちろんアッシュである。

そして、赤い方。これは『リブートポーション』という名前で、戦闘中に一回しか使用できないという制約が存在する。

しかし、その効果は絶大。なんとこのポーション。自身に課せられたクールタイムを一度すべてゼロにし、魔法やアーツを即座に発動できるようになるというモノ。

前衛だろうが後衛だろうが、戦闘を行うプレイヤーなら絶対に一本は持っておきたいポーションだろう。これがあれば大技を放った後にもう一度大技を放ち、戦況の不利を一気に覆《くつがえ》すなどといったことができるのだ。

まだ発明されて間もなく、レシピも不明。出回っている数など片手で数えられるほど希少な『リブートポーション』を何故《なぜ》サファイアが持っているのかは、もはや言うまでもないだろう。

このポーションの発明者がアッシュだからである。生産チート、ここに極まれり。

「これで、終わり」

水の大蛇の体内でもみくちゃにされている近衛飛竜たちに向けて、サファイアは杖を向ける。

そうして放つは、極限の氷獄。

「……【アブソリュート・ゼロ】」

杖の先から、真白い閃光が放たれ、一直線に【リヴァイアサン】の巨体に突き刺さる。

【アブソリュート・ゼロ】。それは閃光が当たった場所から、広範囲を凍結させる氷属性の上級魔法。

水の大蛇はみるみるうちに白く凍りついていき、ものの数秒で巨大な氷像と化してしまった。

その中に閉じ込められた近衛飛竜たちの末路など、もはや語るまでもないだろう。

「真白き地獄で眠りなさい……なんて、ちょっとアッシュに影響され過ぎかも」

冷気漂う水面の上で、サファイアは屹立《きつりつ》する白き塔を見上げながら、くすりと微笑む。

「あとは……」

しばらく塔に向けていた視線を、ふと上に向けた。

岩壁に囲まれたボスエリア。そのほぼ頂上のあたりで、二つの影が躍っていた。

「リューくんを、待つだけ」

蒼の魔女は、おかしな神官の戦いを見つめながら、そっと呟く。

「がんばって、リューくん」


時間は少し遡《さかのぼ》り、リューが上空に向かったところまで戻る。

いつものように【ソードオブフェイス】で空を飛び、テンペスト・ワイバーンロードと同じステージに立ったリュー。一人と一体は、すでに広場に林立していた岩柱よりも高い場所に浮かんでいた。

リューは壮絶な笑みを浮かべながら左手を前にかざす。

「さ、まずは小手調べだ。この程度で落ちてくれるなよ、デカトカゲ?」

ニィ、と頰を吊り上げたリューは、かざした手の先に【ソードオブフェイス】で創り出した大剣を五本並べ、一斉に射出。

狙いは顔面、首、両翼の二枚の飛膜、心臓と当たったらまずい場所ばかり。

「【ガァアアアアアアアアアアアアッ】‼」

しかし、飛竜の王は慌てることなく自身の周囲に風の結界を張り巡らし、大剣を弾《はじ》き飛ばす。

そして、お返しとばかりにガパリと口を開き、渦巻く風のブレスを三条、リューを囲うように放った。

「【シールドオブフェイス】……ッ！　んでもって、【インパクトシュート】ォ！」

リューは自分の前面に大盾《おおだて》を創り出し、それでブレスを受け止めると、盾に向かって全力の回し蹴りを叩き込む。その威力とアーツの効果によって発生した衝撃波でブレスは霧散《むさん》し、リューに傷一つつけずに消滅した。

交互に放った試しの一手は、そのどちらもが相手にダメージを与えることなく終わった。

リューと飛竜の王の視線が交錯する。互いに、相手を『戦うに値《あたい》する相手』と見なしたのだ。

「行くぜ、デカトカゲ。【ハイステップ】！」

「【ガァアアッ‼】」

リューがアーツで一気に距離を詰め、飛竜の王は魔法陣を自身の周囲に展開する。

魔法陣からは高速の風弾が発射され、リューがさっきまでいた場所を打ち据える。アーツの効果で瞬時に移動したリューは、さらに【エアリアルブリンガー】を発動し、飛竜の王に突っ込んだ。

飛竜の王が回避しようとするも僅かに間に合わない。リューが突き出した魔力の剣は、飛竜の王の肩あたりに命中した。

しかし、返ってきたのは固い手応《てごた》え。見れば、魔力の剣の切っ先は飛竜の王の鱗に阻まれていた。

剣での攻撃では飛竜の王の防御力を抜くことはできない。そう直感的に理解したリューは、すぐさま次の行動に出る。

突き出していた魔力の剣を、握ったまま後方に勢いよく飛ばし、その反動を使って蹴りを放つ。

「【プロミネイション】！」

同時に発動したのは、防御無視の一撃を叩き込むアーツ。固い装甲を持つ相手に対して有効なそれを纏《まと》った蹴りは、飛竜の王の体を僅かに後退させ、そのHPゲージを確かに減少させた。

打撃でのダメージが通ることを確認したリューは、そのままもう一度蹴りを叩き込もうとする。しかし、蹴りの体勢に入る直前で何かを察知し、とっさに魔力の剣を操作。自身の体を上に引っ張り上げる。

だが、回避するには少し遅かった。大気を歪ませながら迫るナニかが、リューの脇腹を掠《かす》める。直撃はしなかったものの、衝撃が体内を揺らし、リューは苦しげに呻《うめ》き声を上げた。

「ぐっ⁉　くはっ、透明な上に高速の魔法弾か！　厄介《やっかい》だなぁ！」

リューを襲ったのは、テンペスト・ワイバーンロードが魔法で放った空気弾のようなモノ。目に見えず、風属性特有の速さがあり、威力もそれなりに高い。さらに、相手が避けたとしても衝撃波で怯《ひる》ませることもできるという、結構鬼畜な性能を持つ魔法だった。

まぁ、性能が鬼畜だろうが何だろうが、相手が強敵であるほど喜ぶのが神官クオリティ。すぐさま【ヒール】で減ったHPを回復し、【バックステップ】で飛竜の王から離れた。

「遠距離攻撃は効かない。近距離も、斬撃や刺突は効果が薄い。有効なのは超近距離での打撃……つまり、いつも通りだな」

そう呟くと、リューは一度【ソードオブフェイス】を解除し、【シールドオブフェイス】を発動した。創り出した魔力の盾を、空中に散らばるように何枚も配置し、自分の足元にも同じように創り出す。

飛竜の王は、戦場に散乱した盾を見て訝《いぶか》しげに瞳を細めたが、何の障害にもならないと判断したのか、その場で一度翼を羽ばたかせると、リューめがけて高速で飛翔した。

飛竜の王ほどの巨体が、高速で突っ込んでくる。それだけで立派な攻撃であり、まともに食らえば命取りになりかねない。

「行くぜ、デカトカゲ。【ハイジャンプ】！」

リューは足元の盾を踏み切って大きく跳躍し、飛竜の王よりも高い位置に躍り上がった。そして、近くにあった別の盾を操作して足がかりにし、即座にそれを蹴りつけることで、今度は斜め下方向に向かって猛進。

「おらっ！　【メテオシュート】ォ！」

リューが突進を回避したことで急停止せざるを得なかった飛竜の王の背中に、リュー渾身《こんしん》の蹴りが突き刺さる。

「ガァ……!?　ガァ……ガァアアアアアアアアアアアアアアアアアッ!!」

その衝撃で地面に落下しそうになる体を、翼を大きく羽ばたかせることでなんとか立て直した飛竜の王。その鳴き声からは、だいぶ必死さが感じられた。

しかし、リューがそんな隙を見逃すはずはなく、今度は飛竜の王の背中を足場にして飛び上がり、空中で前方に一回転。その勢いを乗せた両踵《かかと》をためらいなく叩き込んだ。こっそり発動していた打撃の威力を高めるスキル、《獣撃》込みで。

ズドンッ！　と重々しい衝突音が響き渡り、飛竜の王の体が再び落下を始める。

「おっと、まだそっちに行かれちゃ困るんだよなぁ。下でサファイアが戦ってるだろ？」

そう言いながら、リューは飛竜の王の頭めがけて背中を駆け、側頭部あたりに生えている角を掴《つか》むと、近くの盾を引き寄せてそちらに足場を移す。

ニヤリ、とリューの笑みが深まった。

「【ブーステッド・ＳＴＲ】、【エンチャントブースター】！」

「ガァア？」

「どっせぇえええええええええええええええいっ‼」

「ガァアアアアアアアアアアアアアアアアアアアアアアアアアアッ⁉」

急激に強化されたＳＴＲを存分に使い、リューは飛竜の王の巨体を振り回す。なにやってんだこの神官。

体格差どうなってんだとか考えてはいけない。高まった筋力がすべてを可能にした。そういうことである。

ぐるん、と飛竜の王の体を回転させ、最後には「とりゃぁあああああ！」と上空めがけてぶん投げたリュー。

かなりの勢いで吹っ飛んでいった飛竜の王。鳴き声がどんどん遠くなっていく。その鳴き声も最後の方は完全に悲鳴になっていたような気がするが、飛竜の王がそんな情けない声を出すわけない。ドップラー効果とかそんな感じのアレだろう。たぶん、きっと。

それを「おー」と呟きながら見送ったリューは、足元から聞こえてきた「ピシッ」という音にギクリとした。

「あ、やべっ。【ソードオブフェイス】！」

とっさに魔力の剣を創り出し、それを摑むリュー。それと同時に、パリンッと軽い音を立ててリューの乗っていた盾が壊れる。

もうちょっとで真っ逆さまに落ちていたかと思うと……リューは少しだけ身震いした。普通に空を跳んでいても、自由落下の恐怖はなかなか拭《ぬぐ》えない。

「けど、戦闘中にその程度でビビってたら話にならないか？　ふむ、上空からの落下訓練でもしてみるか……？」

なんかトンデモない訓練をしようとしているリュー。自衛隊にでも入る予定がおありで？

「……って、戦ってる最中に考えるようなことじゃなかったな」

戦ってなくても考えるようなことではない。……と、ツッコミを入れることのできる者は、残念ながらいなかった。

「デカトカゲは……あ、空中で目ぇ回してる」

上空でふらふらになっている飛竜の王を見上げ、リューはもう少し余裕があるなと……サファイアが近衛飛竜と戦闘を行っている様子を確認する。

リューがちらりと下を覗《のぞ》き込むと、ちょうど近衛飛竜の一体が巨大な水の蛇に呑み込まれたところだった。

「……何あれ。サファイアってあんな魔法使えたのか。でもまぁ、大丈夫っぽいな。俺は俺の役目を果たすか」

リューはそう言うと、【ソードオブフェイス】を操り上に昇っていく。ぐんぐんと加速したリューは、いまだに飛行するのもおぼつかない様子のテンペスト・ワイバーンロードの腹に体当たりをぶちかました。

「ガァ……ッ⁉」

「おーう、デカトカゲ。なーにふらついてんだよ、戦いはこれからだぜ？」

鱗のない腹に容赦ない突進を食らい、苦しげに息を詰まらせる飛竜の王に、リューは挑発的な言葉をぶつける。

「このくらいで怯んでんじゃねーよ。ほら、行くぞォ！」

動きの鈍った飛竜の王の周囲を飛び回りながら、リューは蹴りや拳《こぶし》でダメージを与えていく。一撃ごとのダメージは小さくとも、塵《ちり》も積もればなんとやら。少しずつ飛竜の王のＨＰゲージは削れていった。

「ガァアアアアアアアア！」

だが、やられっぱなしで終わる王ではない。ぐるん、とその場で回転し、尾を鞭《むち》のように振り回す。これにはリューも一時的に後退せざるを得なかった。

「おっと、危ない危ない……って、こらッ！　逃げんな！」

リューが離れた隙を衝《つ》いて、一目散《いちもくさん》に下降する飛竜の王。

相手が戦略的撤退を選ぶとは思ってもみなかったリューは反応が一瞬遅れる。急いで追いかけるも、飛行速度は相手の方が上。みるみるうちに離されていった。

「くそっ、油断したぁ！　これじゃせっかく足止めしたのに、全部意味がなくなっちまう！」

自分の失態に顔を歪めながら、リューは何とか飛竜の王を止めることができないかと周囲に視線を巡らせる。

「……ッ！　そいや、出しっぱなしだったなぁ！」

そう言ったリューは、空の左手を広げ、前に突き出しながら「集《つど》えッ！」と叫ぶ。

すると、一心不乱に下降を続けていた飛竜の王が突如《とつじょ》動きを止めて、「ガァ!?」と驚きの声を上げた。それと同時に、パリンッという軽い音が何度もリューの耳に届いた。飛竜の王の動きを止めたのは、さっき発動させてあちこちに散らしておいた【シールドオブフェイス】の盾だった。

飛竜の王はその場に静止して、何が起こったのかを探るべく周囲に視線を巡らせていた。リューはその隙に一気に加速し、最後の数メートルを【ハイステップ】で詰めると、飛竜の王の目の前に躍り出た。

自分を蹴り飛ばし、ぶん投げ、ぼっこぼこにした相手の再登場に、飛竜の王はビクゥ！　と怯《おび》えたように肩を震わせた。

「ここから先は行かせない。もう少し、俺と遊んでいけよ」

「……ガァアアアアアアアアアアアアアアアアアアアアアアアアアアアアアアッ‼」

飛竜の王は「こうなりゃヤケクソじゃ――――！」とでもいうように雄叫《おたけ》びを上げると、リューに向かって攻撃を仕掛けていく。

飛竜の王が風弾を放ち、リューがそれを拳で弾く。リューが突進の勢いを乗せて蹴りを放てば、飛竜の王は身を翻《ひるがえ》してそれを回避。

ぐるんと体を縦《たて》に回して尻尾を振り下ろしてくる飛竜の王に、リューはアーツを発動させた蹴りを合わせ、相殺《そうさい》する。

リューが高らかに詠唱《えいしょう》を謡《うた》い上げ、火炎を吐き出す竜を召喚すれば、飛竜の王は渾身《こんしん》の力を込めた暴風のブレスでそれを迎撃。

二つのブレスがぶつかり合った衝撃で互いに後退したリューと飛竜の王は、殺意の込もった視線を交わし、ほぼ同時に空を駆ける。

風が舞い、蹴りが唸《うな》る。一撃加えては離脱し、また一撃を叩き込む。二つの影は何度も何度もぶつかり合い、夜空に閃光を散らしていた。

いつまでも続きそうな戦いは、突如《とつじょ》として中断されることになる。

先にソレに気づいたのは、飛竜の王だった。

「ガァアアアアアアアアッ⁉」

飛竜の王は、自身が発動していた眷属《けんぞく》召喚が解除された……つまり、五体のテンペスト・ワイバーンガードたちが倒されたことを感知し、驚きの声を上げた。

そして、近衛飛竜たちと蒼の魔女の戦場である広場の方へと視線を向け……そこにある見覚えのない白き塔の出現にまたもや驚愕の声を上げた。

いくら飛竜の王とはいえども、味方が一斉に死に絶え、己《おのれ》の領分に巨大な氷の建造物が現れているという事態には瞠目《どうもく》せざるを得なかったらしい。

飛竜の王にとっては完全な予想外。だが――。

「来たッ！　待ってたぞ、この瞬間を！」

リューにとっては『作戦通り』でしかない。

驚く飛竜の王の隙を衝いて、リューは手にしていた魔力の剣の操作を放棄。すると、リューの体は重力に従って下に落ちていく。

それに気づいた飛竜の王がリューを追おうとするも、リューが落下しながら放つ【ソードオブフェイス】がそれを許さない。耐久を捨て、展開速度を優先した魔力の剣は絶え間なく飛竜の王に襲い掛かり、その足を止めることに成功した。

リューは落下しつつ、【ハイステップ】や【バックステップ】で水面が凍りついていない場所に落下するよう、位置を修正する。

そして、もう少しで水面に叩きつけられる――という瞬間に、水が蠢《うごめ》いてリューの体を受け止めた。

「おわっ、何だこれ？　水なのに触れる？」

有形の水、というリアルではありえないそれに包まれた状態でもリューに驚きは見られない。

興味深そうに自分を受け止めた水を観察したり触ってみたり。突いても破れないことに「へー」と感心したような声を上げていた。

水は船のように形を変えると、リューを乗せて水の操り手――サファイアのもとに、運んでいった。

岩柱の陰にいたサファイアのそばまで近づくと、水の船は凍りついて即席の桟橋となった。

「ん、ボスの足止めお疲れ様」

「おう、そっちも取り巻きの殲滅《せんめつ》ご苦労様。じゃ、こっからも作戦通り……か？」

向き合って互いを労《ねぎら》い、リューは少し期待を込めてそう問いかけた。

「当然。……リューくん、自分だけで突っ込んだほうが早いとか考えてない？」

「ぎくっ、そ、そんなことないぞ？　確かに、普通にぼっこぼこにできそうだったけど、ちゃんと予定通りやってるだろ？」

「……今回は、あくまで大型ボスと戦う時の連携の練習。それを忘れない。いい？」

「あはは……はーい」

リューがサファイアにたしなめられるという珍しい光景がそこにはあった。

サファイアの言う通り、この戦いはボスを討伐することが目的ではなく、リューのソロ体質改善の一環なのだ。

様々なモンスターを相手に行ってきた連携プレイの練習。通常モンスターとの戦闘がそれなりに安定してきたので、今度はボスモンスターを相手にしてみようということになった。

その対象として選ばれたのがテンペスト・ワイバーンロードだった。ステータスは高いが攻撃のバリエーションがそれほど多くない上に、最初に召喚される取り巻きを倒せば、あとは他に邪魔するものはなく、ボス本体の攻略に集中することができる。

今回サファイアが立てた作戦は、リューがテンペスト・ワイバーンロードを足止めしているうちに、サファイアが取り巻きを倒してしまい、残ったボスを連携の練習台にするというモノ。つまり、ここまでは前哨戦《ぜんしょうせん》だったのだ。

ちなみに、取り巻きの排除とボスの足止めの役割を分けたのは、慣れない連携だけだとストレスが溜まるであろうリューに、ソロで戦う時間を作ろうとしたサファイアの気遣《きづか》いだったりする。

「……おしゃべりはこのくらい。リューくん、来る」

「おう。それじゃ、火力は任《まか》せたぜ？」

「ん。リューくんも、壁役と遊撃、よろしくね？」

「任せとけ」

サファイアがリューに課した役割は、前衛での壁役（相手の敵意を集め、攻撃を後衛に通らないようにする）と、遊撃（戦況に応じて攻撃や味方の援護をする）を合わせたもの。

ダメージを受けても即座に【ヒール】で回復することができ、相手の攻撃パターンを記憶することで堅実な防御法を組み立てられるリューは壁役に相応《ふさわ》しい。

また、攻撃魔法や防御魔法も覚えており、トリッキーな動きもできるので、様々な場面での対処ができるところは遊撃にも向いているといえよう。サファイアはリューの適性をしっかりと見抜き、それを活かせるポジションを彼に割り当てたのだ。

「それじゃ……行くぜっ！」

リューは【ソードオブフェイス】を発動し、肉厚な大剣を二本創り出すと、両手でそれらを摑み氷の足場を蹴った。

そのまま上空に舞い上がり、思いっきり両手の大剣を振るった。

二筋の斬撃はちょうど空から降ってきた風の刃《やいば》をかき消す。それに動きを止めることなく上昇したリューに、上空からテンペスト・ワイバーンロードが迫ってきていた。

「ガァアアアアアアアアアアアアアアアアアアッ‼」

リューに散々やられたせいか、叩きつけられる咆哮にはこれでもかと怒りがこもっていた。

飛竜の王の瞳には、すでにリューしか映っていない。

「くはっ、情熱的だな！　デカトカゲ！」

リューは飛竜の王に接近すると、独楽《こま》のように回転しながら連続で斬撃を叩き込んでいく。

「ガァアアアアアアアアアアアアアアアアッ‼」

飛竜の王も負けじと上腕での薙《な》ぎ払いや魔法で応戦してくる。リューはそれらの攻撃を最小限の動きで避け、飛竜の王との距離を開けないように立ち回る。今の彼の役目は、敵を倒すことではない。敵の意識を自分に集中させ、後衛に攻撃がいかないようにすることだ。

右の大剣を左肩の付け根に叩き込み、左の大剣で首を打ち据える。そのまま背後に回り、上昇しながらターン。目の前の頭部に両手の大剣を叩きつける。

ウロチョロと体の周りにまとわりつかれ、チクチクと攻撃を重ねるリューの存在の鬱陶《うっとう》しさに怒りのボルテージを上げる飛竜の王は、徐々に意識をリューの排除だけに向けていく。それが蒼の魔女の狙いだとは気づかず。

「【アイシクルランス】」

「ガァアア⁉　ガァアアアアアアアアアアアアアッ‼」

飛竜の王が、リューめがけて渾身《こんしん》の叩き付けを放とうとした瞬間、その体に下方から飛んできた氷の槍が突き刺さる。意識外の攻撃だったので、風の結界を張ることもできなかった飛竜の王は、魔法を飛ばした術者を探そうと、視線に下に向けた。

「【アイシクルレイン】」

「【インパクトシュート】ォ！」

「ガァアア⁉　グガァアアアアアアアアアアアアアッ‼⁉」

今度は、上。そして、横。飛竜の王が下を向いたのとほぼ同じタイミングで上空に魔法陣が現れ、そこから高速で鋭い氷塊が射出された。

それに背中を打ち据えられていると、追い打ちじゃあッ！　とでもいうように、リューが飛竜の王の横っ面《つら》を蹴っ飛ばす。

飛翔による加速＋アーツの威力＋鱗の薄い部分、とリューの放った蹴りはまさしくクリティカルヒット。決して無視できないダメージを飛竜の王へと与えていた。

それによって飛竜の王の意識は魔法を使った者からリューに移り変わり、飛竜の王は飛び回る神官を捉《とら》えることに再び躍起《やっき》になる。

至近距離でリューが飛竜の王の気を引き、それによって生まれた隙にサファイアが魔法を叩き込む。単純な連携だが、二人はFEOのトッププレイヤー。変に策を弄《ろう》するよりもシンプルな方が絶大な効果を発揮する。

「ガァアアアアアアアアアッ‼　ガァアアアアアアアアアアアアッ‼」

「ハハッ、どうしたよデカトカゲ？　イライラし過ぎだぞ？　カルシウム足りてねーんじゃねぇの？」

「ガァアアアアアアアアアアッ‼　ァアアアアアアアアアアアアアッ⁉」

「攻撃も心なしか単調になってきてるぜ？　おらっ、【クロスアサルト】！」

リューの放った十字の斬撃が飛竜の王の胸に傷を負わせる。度重《たびかさ》なるダメージによって堅牢な守りを誇っていた鱗は剝《は》がれてしまっていた。

「ガァアアアアアアアッ⁉」

「ん？　あっ、おいッ！」

このままではいずれ負ける。飛竜の王はそう判断したのか、リューに向かって風弾を無数に放つと、背を向けて上空に舞い上がった。

とっさに追おうとするリューだが、無差別にばらまかれた風弾は彼をすり抜けてサファイアの方にも襲い掛かっている。それの対処に追われたリューは、飛竜の王を止めることができなかった。

岩柱の高さを越え、リューと戦っていたあたりまで上昇した飛竜の王は、大きく顎を開き、そこに魔力を集束し始めた。周囲の大気が渦巻き、荒れ狂い、やがて小さな嵐が生まれる。

それはブレスの準備行動。だが、集まる魔力の量が尋常《じんじょう》ではない。この一撃に全てを込める。そんな覚悟が窺《うかが》え見えた。

「【ガァアアアアアアアアアアアアアアアアアアッ】!!!」

集まった魔力がすべて風に変換され、咆哮とともに下方に放出される。

強風は暴風になり、暴風は嵐となり、嵐は風の災禍《さいか》となる。すべてを破壊する風は超高速で渦巻くと、岩柱を砕きその破片を巻き込みながら広場全体を覆い尽くす。

テンペスト・ワイバーンロードの奥の手である【颶風飛竜の王息吹《ブレス・オブ・ロードテンペスト》】が、戦場を蹂躙《じゅうりん》した。

凍りついた白き塔も、蒼の魔女が創り出した水の領域も、飛竜の王に向けられた魔力の剣も。

それらすべてを呑み込んで、打ち砕き、塵《ちり》にする。

ズガガガガガガガ！　と、暴風に混じった岩石の破片が岩壁を削る音が響き渡る。飛竜の王が放った奥の手は約十秒ほどで収束し、やがてそよ風レベルとなったが、その短い時間で十分すぎた。

風が収まると、そこには何も残っていなかった。『物』はもちろん、『者』もだ。

飛竜の王と対峙《たいじ》していたリューとサファイアの姿が、見えない。あの強力かつ無慈悲な風の暴威にやられてしまったのだろうか？

「ガァアアアアアアアアアアアアアアアアアアアアッ‼」

自らに逆らう愚か者どもが死んだと確信したのか、飛竜の王は勝利の雄叫びを上げる。少し脅《おびや》かされるようなこともあったが、それは気のせいだったのだと。結局最後に生き残り、勝利の栄光を得るのは王である自分に決まっていると、飛竜の王は機嫌よさげに鼻を鳴らした。

だから、それに気づくことができなかった。

——原始の世界を生んだ始まりの神。大いなるは青の世界より出《い》でて、すべてを寛容する。

響く詠唱。高まる魔力。

——我らはそこより生まれ、そこに帰る。流れ廻《めぐ》る理《ことわり》は繁栄へと繋がるだろう。

それは、飛竜の王の頭上より聞こえてくる。

——なればこそ大いなる汝《なんじ》は母なる神。すべてを見守り、抱き締めるもの。

勝利の余韻《よいん》に浸《ひた》っていた飛竜の王も、遅れてそれに気づき慌てて上を見た。

――しかし母は知るだろう。この世界には大いなる汝に反逆せし者がいることを。

飛竜の王よりも数十メートル上空。そこには、死んだはずのサファイアとリューが浮かんでいた。サファイアは両手で杖を持ちながら詠唱を続け、リューはそんな彼女を肩車していた。

――愚かなり、愚かなり、愚かなり。母の愛を理解できぬ獣たちよ、そなたらの運命は確定した。

珍妙なフォーメーションだが、今の二人はいわば戦闘機。自由に空を飛び、高威力の魔法を上空より雨あられと打ち込むなど、相手からしてみれば地獄でしかない。

――母は悲しみ、嘆《なげ》き、そして怒る。大いなる母の大いなる怒りは青の世界を震撼《しんかん》させ、終末の波濤《はとう》がすべてを押し流す。

高まり続ける魔力に、脅威《きょうい》を覚えた飛竜の王は雄叫びを上げながら飛翔する。自身の奥の手から逃れただけでは飽き足らず、いまだ反抗を続けようとする二人に、猛烈な怒りを燃やしながら。

しかし、リューもサファイアも一切動じることなく、距離を詰めてくる飛竜の王を見据えて

いた。

二人は分かっていたのだ。どれだけ抗《あらが》おうと、時すでに遅し。結末はたった一つに定まった。

サファイアが杖を高く掲げ、口元に三日月のような笑みを刻んだ。彼女を支えるリューも同じ表情を浮かべている。

そして、サファイアの唇が開かれ、終わりを告げる言《こと》の葉《は》を紡《つむ》いだ。

「『愚者よ、母の怒りに呑まれよ』」


――【ティアマットの十一牙《が》】。


サファイアは、掲げていた杖を飛竜の王に向けて振り下ろす。すると、飛竜の王を囲むように蒼い魔法陣が出現する。

驚き戸惑《とまど》う飛竜の王。されど、すでにすべては始まっている。

魔法陣が強く輝きを放ち、そこから煌《きら》めく海水でできた十一体の怪物が現れ、飛竜の王に襲い掛かった。

頭が七つの大蛇、龍、サソリの尾を持つ蜥蜴《とかげ》、大獅子《おおじし》、巨犬、不定形な人型、クラゲのような生物、人型のキメラ、大牛、角の生えた蛇、魚人。姿形の違うそれらは各々《おのおの》の攻撃方法で飛竜の王を傷つけていく。

「ガァアアア⁉　ガァアアアアアアアアアアア⁉」

飛竜の王も爪や牙、太い尾を使って応戦するが、水でできた体は少し破損した程度ではすぐさま再生してしまう。さらに、怪物たちは十一個の魔法陣から自由に出入《ではい》りできるようで、右にいたと思ったら左、左にいたと思ったら上と、不規則な攻撃で飛竜の王を苦しめる。

先程の戦闘で減っていた飛竜の王のＨＰがさらに削れていく。ブレスを使えば魔法陣を吹き飛ばすこともできたかもしれないが、飛竜の王は奥の手を使ったことで魔力《ＭＰ》をほとんど使い果たしてしまっていた。

そして、飛竜の王のＨＰが一割を切った瞬間、水の怪物たちは各自魔法陣に戻っていく。

リンチのような攻撃もこれで終わりかと、飛竜の王が本気の安堵で胸中を埋め尽くした……その時。

――――グシャッ！

「ガァアアアアアアアアアアアアアアアアアアッ!!?　ァアアアアアアアアアアア……」

一つの魔法陣がまた光り輝き、煌めく海水で形づくられた棘《とげ》が高速で伸長し、飛竜の王を貫いた。

ボロボロの鱗ではそれを防ぐことは適《かな》わず、飛竜の王は痛みに苦悶《くもん》の声を上げる。

「ガッ……ァアアアアッ!!」

それでも、飛竜の王は傷だらけの体を動かし、サファイアとリューを睨みつけ……。

――――グシャグシャグシャグシャグシャッ!!

残りの魔法陣から飛び出た十本の棘に、全身を貫かれた。

　水で出来た十一体の怪物を召喚し、それによって敵をなぶるような残酷な攻撃を仕掛ける。その後、相手が弱ったところで一度怪物を引っ込め、これで終わりかと油断させたところを水の棘で貫いて止《とど》めを刺すという情け容赦のない魔法。

　それが、水属性の偽神《ぎしん》魔法【ティアマットの十一牙】。【アウローラの投槍《とうそう》】に並ぶサファイアの切り札。

　全身を貫かれた飛竜の王は、ほとんど黒くなっていたＨＰバーを完全に黒色に染め上げ……。

「ガァア……」

　最後の最後までリューとサファイアに敵意の込もった視線を向けながら、白い粒子となって消えていった。

　それと同時に魔法陣も消え去り、その場には静寂が訪れる。

「ふぅ……焦《あせ》ったぁ……間一髪《かんいっぱつ》だったなぁ」

「ん……ダメかと思った」

　飛竜の王がいた場所をしばらく眺めていた二人は、気を抜くとともに押し寄せてきた疲労に大きく息を吐き出した。

「あのブレスはヤバかったなぁ。ＨＰがレッドまでいったのは久しぶりだぜ」

「わたしはリューくんが助けてくれなかったら死んでた。リューくん、グッジョブ」

　飛竜の王の奥の手、【颶風飛竜の王息吹《ブレス・オブ・ロードテンペスト》】に巻き込まれたと思われたリューとサファイア。

　彼らが無事だったのは、ブレスの予備動作を見たリューがとっさにサファイアを抱き上げ、付与魔法と《闇色覇気《やみいろはき》》で耐久を上げつつ、【エアリアルブリンガー】で強引にブレスを突破したからだ。

ブレスの威力自体は同属性のアーツを使ったことで打ち消すことができたが、岩の破片やなんやらをすべて防ぐことはできず、リューは瀕死《ひんし》のダメージを受けていたが、【ヒール】連発でそれをしのぎ、なんとか死ぬことはなかった。

だが、ブレスを抜け出し飛竜の王の眼につかないように上空に位置取った頃にはリューのMPは尽きかけていたため、サファイアが最後に止めを刺すことになったのである。

なお、魔法を使うときに、体の保持のし方を肩車にしようと提案したのはサファイアである。リューは迷いなく乙女の憧れ《お姫様だっこ》をしようとしていたが、詠唱文が頭から吹っ飛びそうになるのを危惧《きぐ》したサファイアの英断だった。欲望に屈しなかった自分に、サファイアは内心で雨あられと称賛を贈っていた。

戦いが終わり、どこか弛緩《しかん》した空気が流れる中、リューは思い出す。これがただのボス戦ではなく、連携の練習であったことを。

「しかし……これ、連携の練習になったのかね？」

リューがそう呟くと、サファイアは上を見ながらうーんと考える。

「微妙……？　……って、おろ？」

後ろに重心を移動したことでサファイアが思いっきりバランスを崩す。

「お？　お？」

「お、おい、サファイア。あんまり暴れると……」

ふらふらするサファイアにリューがそう言うが、時すでに遅し。

「あっ」

「あぁ!?」

ぐらり、とサファイアの体が大きく傾き、頭が真っ逆さまになる。

「サ、サファイアぁあああああああああああ!!?」

リューが切羽詰《せっぱつ》まった声で叫び、手を伸ばす。……が、それは空《くう》を切った。

「……ッ!?　………………ッ!!?」

暗闇の空に投げ出された小柄な体。闇を引き裂きながら猛スピードで落下していく。

ジェットコースターで急降下する時の、お腹《なか》の下あたりがフワッっとなるアレを数十倍にしたような感覚に、サファイアは声も出せない。

あっ、死んだ。

素直にそう悟ったサファイアは、ぎゅっと瞼《まぶた》を閉じ、体を丸める。システム上痛みはないとはいえ、衝撃はそのまま。高所から地面に叩きつけられる経験などサファイアにはあるわけなく、未知の恐怖は彼女の心を絶望で満たす。

一秒が一時間にも感じられる中、サファイアは突如として衝撃に襲われ——

「サファイアッ！」

ぎゅっ、と。

何か、温かいモノに抱き留められた。

いつの間にか浮遊感はなくなっており、代わりに誰かの息遣《いきづか》いを感じた。

恐る恐る閉じていた瞼を開くと、こちらを覗き込む一対《いっつい》の紫紺の目が映った。

「……リューくん？」

「アホ……ほんっとお前はアホだわ……危ないだろうが……ダアホめ……」

アホアホ言いつつ、リューの表情は罪悪感と安堵が入り交じった複雑なモノになっていた。

目の前で幼馴染みが落ちていくという光景は、リューに決して少なくない衝撃を与えたようだった。

そのころになってようやく、自分が助かったことを悟ったサファイアは、ほっと薄い胸をなでおろし……自分の置かれた状況に気づいた。

リューの腕が背中と膝裏に回され、両肩と両腿《もも》を手で支えられている。サファイアの顔はリューの鎖骨あたりにあり、上半身はぎゅっと密着していた。

要するに、アレである。乙女の憧れ状態《お姫様だっこ》。

しっかりと現状を把握したサファイアは、ボフンッ、と顔を真っ赤に染め上げた。

「リュ、リューくん？　あの、えっと、こ、この体勢は……」

「うっさい、心配させたんだ。このまま運んでくかんな」

「しょ、しょんにゃ⁉」

はーなーせー！　と叫ぶサファイアをまるっと無視して、リューは彼女を抱きかかえたままボスエリアを後にする。

『暴風の竜谷』を飛んで進むリュー。そんな彼にお姫様だっこされたサファイアは、なんとかこの状況から抜け出そうと躍起になるが、リューは鋼《はがね》の意志でサファイアを放そうとしなかった。

「あ、あ、あ……」

「……悪い。ちゃんと俺が摑めていたら……」

「ば、ばらんす崩したわたしも悪い。だ、だからその、こ、この体勢わぁ⁉」

「だーめ。しばらくこうされててくれ。俺が安心できない」

「あ、うぅ……リューくんのばかぁ！」

「バカで結構。……ゲームだから大丈夫だって分かってても、お前が落っこちた時、本気で肝《きも》を冷やしたんだからな？　お前が死ぬかもって想像を、一瞬でもしちまったんだよ。だから……な？」

「……うぅ、分かった。分かったけど……その、あんまり顔は見ないで。見せられる表情じゃないから……」

「了解。……それじゃ、今度は落ちないように、しっかり摑まっててくれよ、お姫様」

「～～～～～～～～ッ‼」

からかうようなリューの言葉に、サファイアは赤い顔をさらに赤くした。

それを隠すためにリューの胸に顔を押しつけるのだが、そうして視界を塞《ふさ》いだせいで、自分を抱き締めている腕の感触や、リューの温《ぬく》もり。さらにはするはずのない匂《にお》いまでしてきて、サファイアの頭の中は一瞬でピンク色になってしまう。仕方ないね、思春期だもの。

次から次へと湧き上がってくる桃色の思考に悶々《もんもん》とするサファイアと、そんな彼女の様子に気づかず、大切に大切に抱きかかえながら空を飛ぶリュー。

とてもボス討伐後とは思えない、ほのぼのとした空気が二人の間には流れていた。

こうして、なんとも締まらない感じに、リューとサファイアの一夜の冒険は幕を閉じたのだった。


なお、街に着いてもリューはサファイアを下ろそうとせず、お姫様だっこ状態を多くのプレイヤーに見られてしまったサファイアが、真っ赤な顔でリューをぽかぽかと叩いたりするのだが、それはまた別の話……。

三章　『花婿の試練』

キーンコーンカーンコーン。

小中高と変わらぬチャイムの音が鳴り響き、授業の終わりを告げた。

先生の指示を受けて「起立」と言った委員長に従って立ち上がり、「ありがとうございました」という言葉の後に頭を下げる。

今まで受けていたのは四限目の授業。そして、今から始まるのは昼休みだ。

午前中の授業の疲れを癒《いや》し、空腹を解消するために弁当を食べる時間。一日だいたい八時間ほどの学校生活の中で、唯一《ゆいいつ》にして最大の憩《いこ》いの時間。俺は割とそう思っている。異論はもちろん認めるけど。

だがしかし、俺の想像していた穏やかな昼休みが訪れることはなかった。

「流《りゅう》」

「流くん」

机の上の教科書やノートを片づけていると、左右から名前を呼ばれた。それも、ほぼ同じタイミングで。

右を見る。そこには、後ろ手を組んで、にこやかに微笑む心白《こはく》が立っていた。

左を見る。そこには、机の上に巾着袋《きんちゃくぶくろ》を置き、じっとこちらを見つめる蒼《あお》がいた。

二人は、一瞬だけ視線を交錯させたかと思うと、互いには声をかけることなく俺に話しかけてきた。

「流、一緒にお昼ご飯を食べませんか？　今日は天気がいいので、中庭なんかどうでしょうか？」

「流くん、一緒にお昼ご飯食べよう？　今日も暑いし、視聴覚室で涼みながら食べようよ」

蒼と心白がほぼ同時にそう言うと、二人は互いの顔を見て「ん？」と首を傾《かし》げた。

「蒼？　昨日抜け駆けしてお昼に流と二人っきりになった裏切り者が、何を言っているんですか。今日は私の番ですよ？」

「心白こそ。昨日学校帰りに流くんの家に寄ってたよね？　二人っきりの時間なら十分以上に堪能《たんのう》したんじゃない？」

「それはそれ、これはこれです。それに昨日は流に料理を見てもらってたんです。今日のお弁当はそのアドバイスの成果なので、流に評価してほしいわけですよ」

「わたしも、流くんと一昨日のＦＥＯ《ファンタジック・エポック・オンライン》のことで話したいことがあるの。今日の夜、二人で遊ぶ時のことだから、早めに話したくて」

「……む」

「……むむっ」

ジィーっと見つめ合う心白と蒼。なんだか二人の間に火花が散っている気がするけど、気のせいだよな？　そうだよね？　そうだと言ってくれよ誰か！

「あっ、そうです。いい考えがあります」

「へぇ、いい考え？　それは奇遇ね。わたしにもあるの、いい考え」

「……私が踵《きびす》を返して机に帰るとかはダメですよ？」

「わたしがそんなこと言うはずないじゃない。心外ね。わたしはただ、当人に決めてもらえばいいと思っただけよ」

「当人に……？　なるほど、そういうことですか」

と、なんだか分かり合った様子の二人。よかった、やっぱり二人の間に火花が散ってるなんて思い過ごしだったんだよ。

「流」

「流くん」

いきなり話の矛先《ほこさき》が俺に向く。さっきまで蚊帳《かや》の外だったのに……。

ずいっ、と二人が顔を近づけてくる。なんだろう。ものっそい目が怖い。浮かべた誤魔化し笑いが引き攣《つ》ってしまいそうだ。

「な、なんだ？　もう相談事は終わったのか？」

そんな内心を必死に隠しつつ、あたりさわりのないことを言う。けど、絶対に無事にゃ終わらないだろう。俺の直感がそう言っている。

心白と蒼は、にっこりと不自然に明るい笑みを浮かべると、ほとんど同時に口を開いた。

「ねぇ、流。今日は私とお昼をご一緒しませんか?」

「流くん、お弁当、いっしょに食べよ?」

わぁい、二人とも笑顔なのに、凄《すさ》まじい威圧感を放ってるよー。……って、現実逃避をしている場合じゃないな。まずはこの状況をどうにかしなければ……。

今ここで俺に取れる選択肢は多くない。心白の申し出を受け入れるか、蒼の申し出を受け入れるか。あと、これは無理な相談だが、適当な話で煙《けむ》に巻いてここからトンズラするかだ。

ふと、イメージが頭に流れ込んでくる。

爆発物処理をしようとする俺。目の前には二つの爆弾。俺に課せられた役割は、それをどうにかすること。ただし、片方に集中するともう片方が即座に爆発するという鬼畜仕様。そして、逃げ場はどこにもない。

……希望はないんですか(泣)。

嫌なイメージを振り払い、不条理な現実を嘆《なげ》く。どこからか「自業自得《じごうじとく》っすね……」という後輩の呆《あき》れたような声が聞こえてきた気がするが、気にしないことにした。

二人の視線は俺に向けられたまま微動だにしない。そして、近くにいるだけで肌がチクチクするようなオーラを放っている。今しがた俺たちのそばを通り過ぎていったクラスメイトが、ビクッと肩を跳ねさせて、そそくさと離れていった。ごめんな佐藤《さとう》、怖がらせちゃって。

さて、これ以上クラスメイトに被害が出ないようにするためにも、早く結論を出さねばならんのだが。何か、いい手はないだろうか……ハッ！　確か、この後の時間割は……。

……うん、これでいこう。きっとなんとかなるはず。なんとか……なってくれるといいなぁ。

というわけで、爆弾処理……開始！

「なぁ、心白、それに蒼。教室以外の場所で弁当を囲むのはいいんだが、この後のことを忘れていないか？」

「……この後の？」

「何かあったっけ？」

首を傾げる二人に、俺は机の中から時間割の書かれたプリントを取り出し、今日の曜日の五限……つまり、次の授業の欄を指さした。

「いいか、次の時間は体育。つまりは移動授業だ。今がお昼休みだとはいえ、時間には余裕を持った方がいい」

「……まぁ、確かにそうですけど」

「でも、少し急げば間に合う」

納得いっていなさそうな二人。だが、その反応は想定の範囲内だ。我が策略はまだ全貌を見せていない。

俺はうんうんと二人の言い分に頷《うなず》いてみせる。下手《へた》な否定は即座に爆発を招くと、俺の直感が冴《さ》えわたる。こんなことで冴えわたるのもどうかと思うけどね、俺は！

「確かにそうだな。だが二人とも、忘れていることがあるぞ？」

「忘れていること……ですか？」

「……？」

またもや首を傾げる二人。いや、これはあんまり忘れていいことじゃないんだが……。

俺は二人に見せている時間割のプリントの、先程示した項目の下に指をスライドさせる。六限目、本日最後の授業は……数学。

「今日の数学は、小テストがある」

「「……あ」」

俺の言葉に、二人が「そういえば」というように目を見開く。

ウチのクラスで数学を教えているのは、我らが担任である高町《たかまち》先生だ。

彼女の授業はとても分かりやすいのだが……その方針は『徹底的な実践《じっせん》主義』。彼女の最初の授業にて、にっこり笑顔で「実践に勝る訓練なんてありません。ということで、テストをしましょう」と言われた時の衝撃はいまだに色濃く残っている。

それから、週に一回必ずテストをするのだが……これがまた、基礎応用入り乱れたおっそろしく難解なモノ。

いや、頑張れば解けるレベルなのだ。高町先生の授業をしっかり聞いて、予習復習をやって、テストの際にギリギリまで知恵を絞って……正直、体育の後にやりたくない程度には体力を消費して、合格できる。そんな小テストのレベルを超えたナニか。

そして、合格点に至らなければ、もちろんのように補習があり、それの行われる放課後の教室は、阿鼻叫喚《あびきょうかん》の巷《ちまた》と化すとか。

以上、経験者《太陽》の談である。俺？　なんとか今まで一度も補習を受けずに済んでるよ。

「今日の範囲の勉強はもちろんしてある。けど、あの高町先生の小テストだぜ？　念には念を入れるに越したことないだろ？」

「……そうですね。ええ、まったくその通りです。……もう補習は嫌です……」

心白……そういえばお前、すでに洗礼を受けていたんだっけな……。転校したてだろうと容《よう》赦《しゃ》をしない高町先生、さすがだぜ。

蒼も、渋い顔をしてプリントの『数学』の文字を睨《にら》んでいる。

「むぅ……確かに、補習は面倒ね。確実に合格点かと言われると、自信ないわ」

よし、狙《ねら》い通り！　意識を完全に逸《そ》らすことができた。あとは……。

「だろう？　というわけでだ。昼は三人で一緒に食べようぜ。心白の弁当の評価もちゃんとするし、蒼の話も聞くからさ。けど、弁当食べ終わったら、ちゃんと小テストの予習をする。……それで、いいか？」

俺がそうまとめると、心白と蒼は顔を見合わせ、しぶしぶといった様子で頷いた。

というわけで、爆弾処理完了である。その後は、なんだかんだ楽しく三人で弁当を食べ、数学の小テストを乗り越えるべく教科書や参考書と睨めっこして、昼休みは終わった。

午後の体育と数学も何事もなく終え（少テストは俺、蒼、心白の三人は合格。太陽《たいよう》？　ああ、うん……絶望してたよ……）、俺は帰路についていた。

「はぁ……。なーんかあの二人、ピリついてるんだよなぁ……」

途中でスーパーに寄るため、一人でいつもと違う道を歩いていた俺は、ここ最近の悩みに思わず独り言を漏《も》らした。

蒼と心白。普段は仲のいい友人同士という感じなのだが、ひょんなことで今日の昼休みのようになってしまうのだ。そのたびに俺が仲裁しており、その場では収まってくれるのだが、またひょっこりと再燃してしまう。

考えてみても何が原因なのか分からず途方に暮れた俺は、クラスメイトたちに知恵を借りようとしたのだが……男子連中にはイイ笑顔で「爆発しろ」と吐き捨てられ、女子たちには「……頑張ってね」と生温かい目で見られた。

結局何も分からなかったのだが、相談した時の彼らの視線から、俺に原因があるっぽいことだけはなんとなく理解したのだが、これまた何をどう考えてみても分からずじまいで……。

「はぁ……意味が分からん……」

何度目になるか分からないため息をつくことくらいしかできずにいた。

いやもう、本当にどうすっかなぁ……。

蒼と心白には仲良くしてほしいし、二人が仲たがいしている原因が俺にあるというのなら、直接言ってほしい。そしたら、すぐにでも反省改善ができるのに……。

「何か、言いにくいことなのかね……？　はぁ……」

「うわっ、辛気《しんき》クサッ。てか、何しょぼくれてんすか、先輩？」

……なんだろう。なんか聞こえた。後輩の声だったようだが……気のせいか？

「いや、なんすかその『気のせいか？』みたいな反応。気のせいじゃないっすからね？　リアルでキュートな後輩ちゃんは、ちゃんとあなたの隣にいるっすから」

いつの間にか、隣に後輩がいた。見たところ学校帰りのようで、制服姿で、重そうなリュックを背負っている。

ＦＥＯではそれなりに会ってはいるが、リアルで後輩に会うのはかなり久しぶりな気がする。制服姿の後輩を見るのは、さらに久しぶりだ。

俺たちが去年通っていた中学校の夏服。半袖《はんそで》のセーラー服で、襟《えり》とスカートは紺色。紅《くれない》のリボンが胸元で揺れていた。

なんだかそれが懐《なつ》かしくて、俺はつい、隣に立つ後輩の姿を、ボーっと見つめてしまった。

「な、なんすか先輩。そんなに熱視線を向けられると、さすがの私も恥ずかしいんすけど……ハッ！　あ、あれっすね？　可愛い後輩ちゃんの可愛い制服姿に見惚《みと》れちゃったんすか。なーるほどぉ！」

「……ああ、そうかもしれないな。久々に見たけど、よく似合ってるよ、その制服」

「ひゃんっ⁉　どストレートぉ⁉　え、ちょ、マジでどうしたんすか先輩⁉『何言ってんだお前……』的な呆れマックスな視線を予想していた私としては、その言葉は威力高すぎというっすか……」

「後輩は可愛いな」

「ぎゃ――――！　やめろぉー!?　絶対におかしいのに嬉しくなっちゃう私ぃ――――！」

「……あっ、スマン。凄《すご》いぼーっとしてたわ。えっと、なんだったっけ？」

「無意識!?　あんな言葉をかけておいて、無意識ってマジっすか!?　さすが先輩！　女子の心を弄《もてあそ》ぶ極悪人っすね！」

「もの凄い言われよう……。え、何？　俺何言ったの？」

「褒め言葉っすよ！　褒め言葉ッ!!」

「えぇ……それでどうして責められてるの……？」

うがーっ！　と荒ぶっている後輩に、俺は首を傾げることしかできない。いやもう、ほんとに何したよ、俺？

「えっと、後輩？　その、よく分からないんだけど……ごめん？」

「……いえ、謝ってもらうようなことじゃないっすよ。ちょっと私の精神が汚染されかけただけっすから」

「それ、ちょっとって言っていいものか!?」

マジでなんて言ったんだ！　ぼーっとしてた時の俺ェ!?　と愕然《がくぜん》としていると、深呼吸で心を落ち着かせた様子の後輩が、いつもより真剣な表情で話しかけてきた。

「……それで、何かあったんすか？　先輩、いつもとかなり様子が違ったっすよ。体調が悪い……って感じじゃないっすから、悩み事っすか？」

「え……？　そ、そんなに分かりやすかったか？」

「そりゃもう、道端《みちばた》であんなため息ついてるところ見れば、誰だって分かるっすよ。そうじゃなくても先輩、結構分かりやすいんすから」

そうかぁ、傍《はた》から見て簡単に分かってしまうほど、俺はまいっていたということか。

確かに、蒼と心白の問題はそれくらい重要なことだし……もう一つ、継続的にストレスを感じるようなことがあり、そちらと重なっているのかもしれない。

「そっか……ありがとな、後輩。このままだとドツボに嵌《は》まるところだったわ」

「いえいえ、私は出来のいい後輩っすから。先輩のお役に立てて何よりっすよ」

「謙遜《けんそん》する気皆無かよ……。けどま、そうだな。いい後輩を持てて幸せ者だよ、俺は」

「……おっと、危ない危ない。まーたすぐそういうこと言うんすから。ゲームでも現実でも火力が高すぎるんすよ」

「おん？　なんのことだ？　……ま、いいか。それじゃ、お前のおかげで落ち着いたことだし、帰ってよく考えてみるわ。後輩も、暗くならないうちに帰るんだぞ？」

そういって俺は、くるりと帰り道の方に体を向けて……。

「ちょいちょいちょいっ、何帰ろうとしてるんすか!?」

後輩に肩を摑《つか》まれ、引き止められた。

「え……？　いや、だから、家に帰ろうと……」

「……はぁ、まったく。いいっすか、先輩。先輩は今、悩み事があるんすよね？」

後輩はジトォ、とした表情で真っ直ぐに俺を見つめる。口にしなくても伝わってくる呆れの感情に、思わずあとずさりしそうになるが、肩を掴まれているのでそれも適《かな》わない。

完全に気圧《けお》された俺は、とりあえずこくりと頷《うなず》いてみせた。

「しかも、一人で考えても答えが出ない系の悩み事なんすよね？」

その通りだったので、もう一度、こくり。

「なら、多少落ち着いたところで、先輩一人じゃ答えなんて一生出ないっすよ？」

「……まぁ、そうだな。けど、相談しようにもな……」

俺が思わずそう呟くと、後輩はさらに呆れたような表情になり、大きなため息をつく。

「はぁ～～～これだからソロ思考の先輩は。目が節穴にもほどがあるっすよ？　いいっすか先輩。今、先輩の目の前には、誰がいるっすか？」

ずいっと顔を近づけ、力強い口調で言う後輩。俺は一瞬言葉に詰まりつつも、その言葉に答えた。

「えっと……後輩？」

「即答してほしかったっすけど、正解っす。……可愛くて、優しくて。なんと、悩める先輩の相談に乗ってあげちゃう、貴方《あなた》の後輩っすよ」

おどけたようにそう言った後輩は、ニコリと微笑んでみせた。

「一人で悩む先輩を見捨てるほど、私は薄情者じゃないっすよ。そうっすね、今度いつものパフェを奢《おご》ってくれるなら、ものすごーく親身になってあげるっすよ。……どうっすか？」

「……ははっ、それはなんともお買い得だな」

肩の力が抜ける思いだった。

どこか、自分一人でなんとかしなくてはと思っていたところがあったのだろう。俺に原因があるのだから、俺が解決しないといけない。そんな強迫観念に囚《とら》われていた俺を、後輩は引っ張り上げてくれた。

これじゃ、どっちが先輩か分からないな。まったく、情けない。

「……おっ、なんだか先輩、いい顔になったっすね？　辛気臭《くさ》い感じが取れたっす」

「そうか？　……ま、どっかの可愛くて優しくて素敵な後輩のおかげかね」

小さく笑みを浮かべながらそう言うと、後輩は「うぐっ」と何かが喉《のど》に詰まったような反応を見せ、頰を赤くした。

「復活したと思ったらすーぐこれなんすから。先輩のばーか」

「今のどこにバカ呼ばわりされる要因があったのだろう……」

そんなことを言い合いながら、俺と後輩は肩を並べて帰り道を歩いた。

その道中で、俺は最近の蒼と心白のことについて話をした。ついでに、もう一つの悩みも。

俺の話を聞いていくにつれ、後輩の顔には『呆れ』の二文字が大量に浮かび始め、話が終わるころには、呆れ過ぎて筆舌《ひつぜつ》に尽くしがたい表情になっていた。俺が原因とはいえ、女の子がそんな表情するのはいかがなモノかと。重ねて言うけど、俺が原因だけどね!?

「はぁ……なんというか、アレっすねぇ。先輩らしいっちゃらしいっすけど……いや、今回に関しては副《ふく》マスと心白の方にも問題があるっすから……。……よしっ、分かったっす。先輩、この件に関しては、私に預けてもらえないっすか？」

「え？　いや、いいのか？　俺だけだとどん詰まりだったから、正直ありがたいといえばありがたいんだけど……」

「まぁ、この場合は適性の問題っすよ。先輩とは相性が悪かったってことっす」

「なるほど……？」

その相性がなんなのかは分からなかったが、とりあえず俺では解決が難しいということは再認識できた。全部話を聞いて、俺より物事を客観的に見れる立ち位置にいる後輩が言うんだから、間違いないだろう。

「そっか。それだったらお願いしてもいいか？　お前に負担をかけちまうことになるが……」

「ふふん、それ相応の労《ねぎら》いを期待するっすよ？」

にんまりと笑いながら言う後輩に、俺も笑みを返す。

「ああ、了解。パフェにケーキもつけてやるよ」

「ちょっ、それはリアルでやると太るっす！　先輩、私を肥えさせてどうするつもりっすか？……もしかして、そういう趣味が？」

「ねーよ！」

わーわー、ぎゃーぎゃー。

夕日に照らされながら、騒がしく帰り道を歩いていく俺と後輩。

心に立ち込めていた暗雲は、いつの間にか消え去っていたのだった。

◇◇◇

FEO、ドゥヴィレの街。

そこにある、知る人ぞ知る生産工房『モノクロ』に、二人のプレイヤーの姿があった。

「サファイア、お饅頭《まんじゅう》食べますか？」

「……ん、食べる。けど、どうしてここには和菓子しかないの？」

「え？　餡子《あんこ》美味《おい》しいじゃないですか」

「まぁ、そうだけど……」

ちゃぶ台を挟んで座布団《ざぶとん》に座るのは、トップギルド『フラグメント』の副ギルドマスターであるサファイアと、この工房の主《あるじ》であるアッシュだった。

二人とも、シンプルな日常装備を身に纏《まと》い、お茶とお菓子を飲み食いしながら、だらんとしていた。

お饅頭をもぐもぐしながら、ちゃぶ台に半身を預けるようにしてだらけるサファイアが、視線は向けずにアッシュに話しかける。

「……それにしても、マオが言ってた『話』っていったい？」

二人がここにいる理由。それは、学校から帰った二人が受け取ったメッセージにある。

差出人はマオ。内容は『話があります。今日の夜にアッシュの工房で会いましょう』と簡素なモノ。

急な話に訝《いぶか》しんだ二人だが、特に用事もなかったので承諾《しょうだく》し、こうして『モノクロ』にてマオを待っているのだ。

サファイアの言葉を受けたアッシュは、手にしていた湯飲みをちゃぶ台の上に置くと、はてと首を傾げた。

「さぁ、私にも心当たりが……。どうでもいいですけど、映画とかで、『電話では話せない、明日直接会って情報交換をしよう』とか言うキャラって、ほぼ確実に明日まで生きられませんよね」

「あるある。『ここは私に任《まか》せて先に行け!』と同レベルの死亡フラグ。……ということは、マオもすでにこの世にいない可能性が……」

「そんな……マオ……。どうして……?」

「……惜しい人を亡くした」

わざとらしい悲愴感を漂わせる二人は、ちらり、と互いを見やった。そして、ほとんど同時のタイミングで『ぷっ』と噴き出す。

くすくすと二つの笑い声が工房内に響く。なんとも仲良しな光景。昼にいがみ合っていたとはとても思えない光景だった。

「うぃーっす。二人とも、いるっす……って、ありゃりゃ、私が最後っすか?」

二人が笑い合っていると、工房のドアが開き、マオが入ってくる。そして、すでにちゃぶ台を挟んでいるサファイアたちを見て、「遅れて申し訳ないっす」と軽く頭を下げた。

「あ、マオ！　生きてたんですね！」

「ん。よかった。てっきりもうあの世に旅立ったかと……」

「……え？　なんで私死んだことになってるんすか？　え？」

先程の二人のやり取りを聞いていないマオは、きょとんとした表情を浮かべながら、サファイアとアッシュの顔を交互に見た。

そんな彼女の反応が面白かったのか、またもや目を合わせてクスクスと笑みを零《こぼ》す二人。そんな様子を見て、マオは自分がからかわれていることに気づいたのか、どこか憮然《ぶぜん》としながら靴装備を脱ぎ、畳敷きの休憩スペースに上がっていった。

マオは二人の間あたりの位置に座ると、アッシュの出してくれたお茶を飲み、お茶請《ちゃう》けのお饅頭をパクパクし、ふぅ、と一息。

「……って、そうじゃないっすそうじゃないっす。確かにお茶もお饅頭も美味しいっすけど、今日はいつもみたく和《なご》みに来たんじゃないっすよ」

「マオ、いつも和みに来てるの……？」

「ええ、よく遊びに来てくれますよ、マオは。私の作ったアイテムに感想を言ってくれたりもしますし、お得意様です」

流れるように休憩モードに入ったマオに、サファイアは「いつもこんなことしてるの……？」とジト目を送り、アッシュはニコニコと嬉しそうにしていた。

その後、本題に入る前に、とマオはお茶のおかわりとお饅頭をもう一つパクつき、二人に話を始めた。なお、サファイアのジト目の湿度がさらに上がったのは言うまでもない。

「ふぅ……ご馳走様《ちそうさま》っす。さて、今日二人に集まってもらったのは、ちょっと話さないといけないことがあるからなんすよ」

お饅頭の最後の一かけらを口に放り込み、お茶でそれを流し込んだマオは、湯飲みをちゃぶ台に置くと、真剣な口調で二人にそう言った。

「気になってたけど……話って？」

「メッセージには何も書いてありませんでしたけど……」

マオの言葉に、不思議そうな顔で首を捻《ひね》るサファイアとアッシュ。そんな二人に、マオは努めて平坦な声音で続ける。

「話の内容は他でもない……先輩に関してっすよ」

「……リューくん？」

「リューがどうかしたんですか？」

「………それはっすね」

尋《たず》ねてくる二人に、マオはそこで言葉を切って僅《わず》かに沈黙した。そして、やたらめったらもったいをつけると……。

「実は……私と先輩、付き合うことになったんすよ☆」

そう、堂々と嘘を言い放った。

きゃぴるーん！　という効果音がつきそうなウインクをし、開けている方の眼に重なるように横倒しにしたピースサインを作り、腹が立つほど自慢《い》げな顔で笑っている。

突如《とつじょ》、工房内から音が消え、完全な静寂《せいじゃく》が生まれ出でる。サファイアとアッシュは動きを止め、微動だにしない。その身からは、揺れ動く陽炎《かげろう》のようなナニカが立ち上っていた。

マオも、ふざけた感じのポーズのまま止まっている。絵に描いたようなドヤ顔スマイルを浮かべてはいるが、その額《ひたい》にはだらだらと冷や汗が流れていた。

工房内の明度と彩度ががくっと落ちたような気さえする重苦しい空気の中、内心「あれ？これってもしかして……やらかした？」と嫌な予感でいっぱいなマオは、恐る恐るといったようにいまだ固まっている二人へと声をかける。

「あ、あの～、お二人とも？　な、なんかものすごく怖ーい雰囲気になってるっすよ？　わ、私はただ、これからちょっと真面目《まじめ》な感じの話をするんで、冗談で場を和ませようと……」

マオがそこまで言ったところで、固まっていたサファイアとアッシュが、ぐるん、と人間がしてはいけないような挙動で首を動かし、マオの方を向いた。

表情は固まる前から一ミリも動いていないが、瞳からハイライトがサヨナラのツバサしている。普通に怖い。

「「……冗談？」」

「そ、そうっすよ～。後輩ちゃんの抱腹絶倒ギャグってヤツっす」

あはは……と白々しい笑い声を上げるマオ。そんな彼女に二人はじりじりと近づいていく。

座ったまま距離を詰めてくる目が逝《い》っちゃってる美少女×2。

「あ、あの、副マス？　アッシュ？　えっと、二人ともなんか怖いなーって、マオちゃんは思ったり思わなかったりするんすけどぉ……？」

無言でにじり寄ってくる二人の姿は、マオの目にはこの世のモノとは思えないナニカのように映っていた。もうホラー以外の何ものでもなく、笑みがどんどん引き攣っていき、顔から血の気がサァーと引いていく。瞳の端にはうっすらと涙さえ浮かんでいた。

「わ、分かったっす！　ちゃ、ちゃんと謝るっすから、これ以上近づいてくるのはやめてほしいっす⁉　二人とも、人間に戻って……って、ぎゃー⁉」

マオの懇願《こんがん》も虚《むな》しく、神話生物と化したサファイアとアッシュは、マオをがしっ、と捕まえると、恐ろしい拷問《くすぐり》を開始した。

「ひゃっ⁉　な、何するっすか！　は、放せぇ！」

「……言ってはならないことを言った、罰」

「……さぁ、マオ。反省、してくださいね？」

「や、やめっ、そこっ、わ、脇腹はダメぇ……く、くすぐった……ひゃんっ⁉　あっ、やっ、ひぅ……ら、らめぇえええええええええええええええええええええええ⁉」

工房内に響き渡るマオの悲鳴。

その数分後、元に戻ったサファイアとアッシュが何事もなかったようにお茶をすする隣では、息も絶え絶えになったマオがうつ伏せに倒れていた。時折びくっ、びくっ、と痙攣《けいれん》する姿から、二人からの拷問《くすぐり》がどれだけ恐ろしかったのかが窺《うかが》える。

「……それで、マオ？　話というのは？」

「そうでした。私たちはそのために呼ばれたんですから、ちゃんと話してください」

「…………ふ、副マスはともかく、アッシュも思いのほか容赦なっすねぇ……酷《ひど》い目に遭《あ》ったっす」

よろよろと身体を起こしたマオは、なんとかさっきまで自分がいた場所に戻ると、こほんと咳払《せきばら》いをし、落ち着くために湯飲みに手を伸ばそうとして……さっきまであったはずのソレがなくなっていることに気づく。

伸ばしかけた手をそのままに、マオがアッシュの方を見るも、アッシュはニコニコと微笑むばかり。

だが、一瞬だけこちらに向けたハイライトの消えた視線が「妙な悪ふざけをする人にはお仕置きです」と言っているのを読み取ったマオは、がっくりと肩を落とした。

「はぁ……って、全然本題に入れてないじゃないっすか。まったく何をやっているんだか……」

「マオに言われたくない」

「サファイアに同じくです」

「……さて、私がこうして二人を集めた理由には、先輩が関係してるんすけど……」

二人からジト目を向けられ、旗色が悪いと察したマオは、さっさと本題に入った。したり顔で話し始めるマオに、サファイアはため息をつき、アッシュは苦笑を漏らした。

そんな反応に見ないふりをしたマオは、人差し指を立てるとそれをくるりと回し、話を続ける。

「今日の帰り道、先輩に相談を受けたんすよ。最近困ってることがあって、解決策が思いつかないって。心優しい私は、その相談に乗ってあげることにしたっす」

そんなふうに言葉ではおどけながらも、マオの浮かべる表情は真剣そのもの。時折二人のことを交互に見つつ、リューが彼女に相談した内容について二人に説明していった。

「……とまぁ、そんなわけで。先輩は、お二方の不仲についてお悩みのようっすよ？」

そして、説明をすべて終えたマオはそう言葉を切って、二人の反応を見る。

サファイアは「むぅ……」と難しい顔をして腕を組み、アッシュはバツの悪そうな顔で縮こまっている。

「……その反応を見る限り、副マスもアッシュも、自覚はあったんすね」

「……まぁ、多少は」

「た、確かに最近、頻度《ひんど》は多いなーって、ちょっと思ってたり……」

歯切れの悪い言葉を返す二人に、マオは大きくため息をつくと、「いいっすか？」と前置きをして語りだした。

「お二人の気持ちは分からないこともないっす。副マスもアッシュも、先輩大好きっ子っすからね。好きな人ともっと一緒にいたい。二人っきりになりたいって思いはおおいに分かるっすよ。……あと、二人が互いに、危機感を抱いていることにもっすね」

「「……ッ⁉」」

マオが最後に言い放った言葉に、二人は大きな反応を見せた。そしてマオは、それを目にして自分の言葉が正解だったことに確信を抱いたのか、うんうんと頷いてみせる。

「その反応を見る限り、当たりっぽいっすね。副マスは突然リアルの先輩に仲がいい異性が現れたことに対して。アッシュは先輩と副マスの距離が予想以上に近いことに対して……とか？」

ちらりとマオが視線を送る。それだけでビクッ、と体を跳ねさせるサファイアとアッシュ。すでにこの場はマオの独壇場だった。

「これまた当たり、と……。いやまぁ、恋する乙女として正しい反応ではあるんすけど、もうちょい何とかなんなかったんすか？　先輩、悩み過ぎてテンションだだ下がりだったっすよ？」

「そ、それは……その……。アッシュがリューくんに近いのを見ると……つい……」

「えっと、私もあの……い、いけないのは分かっていても、サファイアがリューに甘えているのを見ると、こう、もやもやして……」

おずおずとそんなことを言ったサファイアとアッシュは、互いに顔を見合わせると、まるで示し合わせたかのようなタイミングで、「ねぇ？」と頷き合った。

それを見ていたマオは、まるで恐ろしいモノを見たかのような戦慄《せんりつ》の表情で、ごくりと唾《つば》を飲み込む。

「こ、こうしていると、真実この二人が恋敵《こいがたき》同士なのか分からなくなってくるっすね……。なるほど、いつもこんな感じな二人が、突如自分の前だけでは不仲になる……確かに、ものっそい不安になるっすね。正直、恐ろしいっす……」

あれ？　同じ人を好きになった者同士って、こんなに仲がよかったっけ？　もっとこう、ドロドロネチネチした感じになるんじゃ？　と自分の中の常識を疑い始めるマオ。心配しなくても正しいのはマオで、おかしいのが二人である。

正直、お茶でも飲んで気を取り直したいところだが、湯飲みはまだ返されていない。深い悲しみに包まれつつも、ここで怯《ひる》んでいては相談を受けた身として情けなさすぎると自身を奮起《ふんき》させ、やけにのほほんとした恋敵どもへの話を続行する。

「でも、二人とも、忘れてることがあるっすよ？」

「……忘れてる――」

「――こと……？」

「そうっす、確かに二人がやっていることは、恋する乙女のアピールとしては正しいモノなんすが……相手が先輩じゃ、『こうかは　いまひとつのようだ』どころか、『こうかは　ないようだ』なんすよ」

マオがそう言うと、二人はハッとした表情になり、すぐに難しい顔になった。

「いいっすか？　先輩はアホほど鈍感っす。なんかもう、恋愛感情をどこかに落としたんじゃないかってくらいの朴念仁《ぼくねんじん》っす。そのくせ意味深《いみしん》な発言やら、ド直球な褒め言葉やらを駆使して女子を落としにかかる天然ジゴロっす。そんな相手に、『普通の』、恋する乙女アピールなんざ通用するはずがないんすよ……」

「た、確かに……」

「一理どころか、百理くらいあるような……」

ものすごく納得したような顔をしているサファイアとアッシュ。好いている相手に対して随《ずい》分《ぶん》な物言いだが、これは圧倒的にリューの鈍感さが悪い。ニブちんは罪なのだ。

「いいっすか？　先輩は百戦錬磨の恋愛マスターでも手出しをためらうレベルの超々高難度の攻略対象。友情ゲージはどんどん上がるくせに、恋愛ゲージは生半可なことじゃ上がらないクソ仕様！　そんな相手に、恋の微妙な駆け引きなんざやっても意味はナッシング！　初手告白からのキスくらいしないとルートに入ることは不可能っす！」

「そ、そんな大胆なことできませんよ!?　は、恥ずかしいです……」

「…………」

「え？　あの、サファイア？　どうして目を逸《そ》らしてるんですか？　もしかしてですけど、やったんですか？　やっちゃったんですか？　告白からのキスを？」

「……さぁ、何のことか分からない」

「私の方を見て言ってください！」

「はい、そこ。勝手に脱線しないでほしいっす。副マスは初手はいい線いってましたが、その後の対応がよろしくなかったと見るっす。どうせあれっすよね？　ヘタレたんすよね？　やってみたはいいけど、恥ずかし過ぎて今までできたこともできなくなっちゃったとか、そんな感じっすね？」

マオが鋭く指摘すると、サファイアはビクゥ⁉ とこれまで以上に大きく肩を跳ねさせた。

どうやら完全に図星だったらしく、顔を両手で覆《おお》ってちゃぶ台に突《つ》っ伏《ぷ》してしまうサファイア。

戦闘不能である。『フラグメント』内での下克上《げこくじょう》が完了した瞬間であった。

「サ、サファイア⁉」

「おっと、今度はそっちっすよ。アッシュ？」

マオがピシっとアッシュに指をさした。

彼女の瞳は完全に獲物《えもの》を狩る猟師のそれであった。あまりの眼力に、アッシュは「ヒィ⁉」

と短い悲鳴を上げる。

だが、負けるわけにはいかないと、僅かな時間で心構えをし、何を言われても大丈夫！ と
アッシュは気合いを入れる。

「アッシュは……その、あれっすね。このままだと友情エンド一直線っすよ？ 頑張るっす」

「……う、うわぁああああああん！」

一撃。一撃だった。

少しばかりあった心の準備など半紙一枚分の防御すら発揮せず、虚《むな》しく敗れ去っていった。

アッシュはめそめそと泣き崩れる。

サファイアは両手で顔を覆ったまま何かをぶつぶつと呟いており、時折「違うもん……へたれじゃないもん……」とうわ言のような声が聞こえてくる。

アッシュは組んだ両腕をちゃぶ台に置き、そこに顔を埋めながら、「ふぇえええええええん！」

と情けない泣き声を上げていた。

マオ、無双状態。敗因は乙女力と恋愛力の差であった。

だいぶ打《ぶ》ちのめしてしまったが、別に自身の冗談に対する二人から受けた仕打ちを根に持っているわけではない。ないったらないのだ。

一途《いちず》にリュードだけを見続けている猫かぶりの似非《えせ》優等生と脱ヒッキーしたての恋愛初心者が、現役女子中学生でクラス内カーストの頂点に君臨するマオに勝てるはずがなかったのだ。

倒れ伏す二人の恋する乙女を前にして、マオは「ふっ……」とニヒルっぽく笑った。勝利を確信した者の笑みだった。

「……これで、分かったでしょう？　今回のような中途半端なアピール合戦は、先輩相手にはマイナスにしかならないと。先輩はあれっす。押してダメなら押し倒せの精神で行ってもダメかもしんないってレベルっすから。押してダメなら押し倒せ、それでもダメならもう襲えくらいの覚悟で臨《のぞ》むしかないんすよ。まっ、実際に襲っても、先輩の方にその気がなければジ・エンドっすけどね。地道に友好度を上げ、何かしらのイベントで先輩に『恋愛』というモノを完《かん》璧《ぺき》に理解させ、そこからどう自分に目を向けさせるか……先輩の攻略は、こんな感じになると思うっすよ」

優しく語りかけるように言うマオ。敵に塩を送る的な行為だが、出し惜しみする様子は見られない。それは、この程度を相手に教えたところで、自分の優位は覆《くつがえ》らないという余裕の表れだろうか？

（……しっかし、なんで私は先輩を狙《ねら》う敵にこんなこと言ってんすかね？　テンションが上がった結果といえばそれまでっすけど……）

いや違う。こいつノリに任せて何も考えてねぇや。

しかし、内心の焦《あせ》りをまったく表情に出さないようにしたマオは、こほんと咳払いをしてから、話をまとめにかかった。

「まっ、要するにっすよ？　今のままじゃ、先輩にアピるどころか、何の成果も得られず負担をかけるだけだってことっすよ。よかったっすね、二人とも。先輩が完全にまいってしまって、二人に対して苦手意識とかを持つ前に止めてもらえて。そうなったら悲惨っすよ？」

その言葉が止《とど》めだったのか、ちゃぶ台に突っ伏した二人は、ビクンッと大きく上体を跳ねさせて起き上がったかと思うと、そのまま背後にふらぁ～っと倒れ、畳の上にボスンッと背中から沈み込んだ。

カンカンカーン！　とどこかからゴングの音が聞こえてきそうな倒れっぷり。マオは何となく片手を天に掲《かか》げてみた。残念ながら、「ウィナー！　マオ！」と言ってくれるレフリーはいなかったが。

「……うぅ。ごめんなさい、リューくん……」

「……くすん、くすん。ごめんなさい……リュー……」

そして、あとには打ちのめされたサファイアとアッシュが残る。かなり真剣にへこんでいる二人に、マオも勝利を喜ぶ気にはなれなかったのか、バツの悪そうな顔で頬を掻《か》いた。

「あ……、お二人とも？　その……大丈夫っすか？」

「……だいじょばない」

「……むりっぽいですぅ……」

（おっと、ダメージは甚大《じんだい》っすねぇ……いやまぁ、私のせいっすけど。先輩に迷惑がかかってるからやめろって言うだけなら、もっと穏便な方法もあったすけど、思わず恋愛指南《しなん》っぽいことまでしちゃったっすから……。というか、先輩も入れたこの三人、恋愛偏差値が低すぎるんすよ。今時小学生でももう少しまともな恋愛してるっすよ？）

内心でボロクソ言うマオ。しかし、そんなことは知らないサファイアとアッシュは、めそめそと泣き言を漏らす。

「……そんなこと言われても、すぐに大胆なことなんてできない……。前は妹ってことにしてたから大丈夫だったけど……。ちゃんと、女の子に見られたいって思ったら、なんだかすごく恥ずかしくて……」

「私みたいなクソ雑魚《ざこ》には無理ゲーですぅ……。面と向かって話すのだって、実はかなり大変なんですよ……？」

「いや、知らんっすよ」

「……薄情者ぉ」

ブーブーと文句を言うサファイアとアッシュだが、マオはとりあわない。

それどころか、二人の文句をＢＧＭに何やら考え事を始める始末。

顎に手を当て、考える人のポーズをとるマオに、やっと起き上がった二人が訝《いぶか》しげな視線を向けた。

そんな注視を十秒ほど受け続けていたマオは、唐突に拳《こぶし》を手のひらに叩《たた》き付け、「それじゃあ、こうするっす」と軽い口調で話しだす。

「二人は、先輩に自分が好かれているのか。それと、目の前の相手の方が先輩に好かれているんじゃないかってことが不安なんすよね？　だから、最近話にあったような行動に出た、と」

「……まぁ、そう言えないことも……」

「ないと……思います……」

はっきり言葉にされると恥ずかしいのか、二人は顔を赤らめながら歯切れの悪い口調でそう言った。

そんな二人の反応に、満足そうに頷いたマオは、「それじゃあ、こうするっす」と言って何やら空中で指を走らせ始めた。

サファイアたちからは見えていないが、マオはメニューを開きメッセージを作成していた。

カタカタと仮想キーボードを叩き、素早く文章を完成させたマオは、エンターキーをタタンッと二回押し、メッセージを送信した。

「……今、何をした？」

「ちょっと、メッセージを送りました」

「メッセージ、ですか？　誰に、どんな？」

アッシュが恐る恐るといったように訊《き》いてくる。この時点で少し嫌な予感がしていたのだろう。サファイアは気づいていないのか、はて、と首を傾げている。

そんな様子の二人に、マオはにっこりと笑うと、メニューをカタカタッと操作し、メッセージウィンドウを閲覧《えつらん》可能状態にして二人に見せた。

『あっ、先輩っすか？　貴方《あなた》の後輩ちゃんからメッセっすよ！　嬉しいっすか？　嬉しいっすよね？

さて、前置きはこのくらいにして、本題っす。今、副マスとアッシュとのお話が終わりまして、先輩の相談事はだいたい解決したっす！　有能な後輩ちゃんを褒めてくれてもいいんすよ？　チラッ、チラッ。

そのあとに、次のイベントの話になったんすけど……ほら覚えてるっすか？　結婚システムに関係するアレっす。

そのイベントで手に入るアイテムの『エンゲージリング』なんすけど、なんでも副マスとアッシュが欲しいらしくてですね……。それで、先輩に手に入れてもらえないかと思いまして！　どうっすか？　先輩ならきっと手に入れることができるという後輩からの信頼を無下《むげ》にはしないっすよね！

それじゃ、よろしくお願いするっすよー！

PS：今回の報酬は、先輩とのデートでお願いするっすよー』

最後までそれを読んだサファイアとアッシュは、まずふざけまくった文章に若干《じゃっかん》のイラつきを覚えた。

「よくもまぁ、こんなにぺらぺらと……」

「マオって、すごいですよね……というか、あの短い時間でこれを書いたんですか？　すでにそれがスゴイです」

「高速メッセは女子学生のたしなみっすから。二人もできるんじゃないっすか？」

「できるかできないかで言ったらできる。高速チャットはゲーマーのたしなみ」

「サファイアに同じくです」

「……残念な人たちっすねぇ」

「「なんだとぅ⁉」」

ぷんすこと怒る二人を宥《なだ》めたマオは、サファイアとアッシュに向かって、「これでどちらが先輩に好かれてるか分かるっすね」とニコニコしながら言った。

その言葉にぴきっ、と固まるサファイアとアッシュ。その後、もう一度メッセージを読み返す。

「……これ、わたしとアッシュが、リューくんに『エンゲージリング』をおねだりしたみたいになってる」

「……ほ、本当です。しかも、リューなら断れないであろう煽《あお》りまでご丁寧《ていねい》に入っています……！　マ、マオ!?　これはいったい!?」

アッシュが焦《あせ》ってそう問いかけるも、マオはニコニコしたまま「書かれている通りっすよ」とだけ言った。

「……つまりこれは、わたしとアッシュ、イベントで取ってきた『エンゲージリング』を貰《もら》えた方が……」

「リューから好かれている……ということになりますよね？」

「『エンゲージリング』なんて名前のついたアイテムなんだし、さすがのリューくんも、それに気づかないなんてない……はず」

「これはなんとも……いささか悪趣味じゃありませんか？　マオ？」

「そんなことないっすよ。二人だって気にはなっているんすから、いい機会ってことっすよ。こう言っておけば、先輩だって真剣に考えるかもっすし」

マオの言葉に反論が思いつかないのか、黙り込んでしまうサファイアとアッシュ。

そんな二人に、ニッコリと綺麗な笑みを浮かべたマオが、追い打ちをかけるように言う。

「それに……貰いたくないんすか？　先輩からの『エンゲージリング』」

その言葉に、二人の脳裏にはとある妄想《もうそう》が展開される。

海辺の教会。鳴り響く鐘《かね》の音《ね》。純白のドレスに身を包んだ自分の前に、タキシード姿のリューがいる。

そして、リューが自分の手を取り、優しい手つきで指輪を左手の薬指に嵌《は》める。

うっとりとそれを見つめるわたし／私。そして最後には、優しげに微笑むリューの顔が近づいてきて……。

「「～～～～～～～～～～～～～～～～～～～～～～～～～～～ッ!!」」

顔を真っ赤にして、バンバンとちゃぶ台を叩くサファイアとアッシュ。よほど刺激が強かったのか、目をぐるぐると回し、頭からは蒸気が上がっていた。

「………ふふっ」

そんな二人を見て、マオは小さく笑みを浮かべる。

なんとも乙女な反応をしていたサファイアとアッシュには気づけなかった。

マオの浮かべている笑みが、なんとも意味深《いみしん》であくどいものだったことに。

それに加え、マオの目の前に浮かぶ、閲覧不可状態のメッセージウィンドウ。先程サファイアたちに見せたのと『ほぼ』同じなソレには、本文とPSの間に、こんな一文が挟まっていた。

『あっ、イベントの詳細についていくつか分かったことがあるっすから、今度教えるっすね！』

◇　◇　◇

──『花婿《はなむこ》の試練』。

それが、ＦＥＯで行われる新しいイベントにして、後輩に言われて参加することになったイベントのタイトルだ。

『エンゲージリング』を手に入れるためのイベントなので、『花婿』。うん、分かりやすくていいと思う。

ちなみに、こちらのイベントは男性プレイヤー限定であり、同時に女性プレイヤー限定のイベントである『花嫁の試練』も開催されている。まぁ、こっちは俺には関係ないな。

イベント開始まであと一時間ほど。俺は時間を潰《つぶ》すために『モノクロ』を訪ねていた。

ここには、俺にイベントのことをいろいろと教えてくれた後輩、ここの主であるアッシュ。

そして、遊びに来たと思われるサファイアの姿があった。

畳には上がらず、土間に足を投げ出すようにして座っている俺が、アッシュの淹《い》れてくれたお茶をすすっていると、後輩が話しかけてきた。

「それで先輩？　ちゃんとやることは覚えてるっすか？」

「おう、カトルヴィレにいるイベント限定の職人ＮＰＣ《ノンプレイヤーキャラクター》に話しかけて、クエストを受ける。あとはクエストの指示に従って条件を達成していく……だろ？」

「さすが、記憶力お化けっすねぇ。一回しか言ってないことをよくもまぁ忘れずに覚えていられるっすね」

「ふふん、凄《すご》いだろう？」

「いや、ぶっちゃけ引くっす」

「怒るぞおのれが……！」

ふざけたことを抜かした後輩をギロリと睨《にら》みつけるも、「きゃー」とわざとらしい悲鳴を上げて部屋の隅に逃げられてしまう。

……はぁ、疲れる。わざわざ追いかけるのもアレだし、もうアイツは放っておこう。

浮かしかけた腰をまた畳に下ろした俺は、ちゃぶ台の前に座っている二人へと、おもむろに声をかけた。

「引くはないだろ引くは……ったく、酷《ひど》い後輩もいたもんだ。二人もそう思うだろ？」

「……ふぇ!?　な、何？」

「……あ、えっと……ご、ごめんなさい。ちょっとぼーっとしてました……」

しかし、返ってきたのはなんとも歯切れの悪い言葉。

後輩はいつも通りなのだが、サファイアとアッシュの様子がどうにもおかしい。

サファイアはずーっと心ここにあらずといった感じだし、アッシュも上の空でいることが多いように思える。何か気になることでもあるのだろうか？

あと、そんな二人を見てニヤニヤと嫌らしい笑みを浮かべている後輩も気になるといえば気になるのだが……絶対にロクなことを考えていないので、しばらくスルーしておこう。

さて、まだ時間はあるし、様子のおかしい二人に話しかけてみるか……。

「なぁ、サファイア、アッシュ。なんかずっと上の空というか、心ここにあらずな感じだけど……どこか具合でも悪いのか？」

「そ、そういうのじゃない。なんでもないから、大丈夫」

「は、はい。私も大丈夫です。心配してくれて、ありがとうございます」

ストレートに訊いてみても、返ってくるのはそんな答えだった。

なんでもないってことはないと思うが……こうして話してくれないということは、俺には言いたくないことなんだろう。……気になりはするが、あまり詮索《せんさく》するのも悪いだろう。

なお、サファイアとアッシュの突発的不仲現象（命名、俺）は、あの後ぱったりとなくなった。それはいいことなのだが、こうもあっさり解決されると、悩んでいた俺の立つ瀬がないというか……まぁ、いいんだけどね？

後輩がどんな感じで解決に導いたのか、その詳しい方法は聞かされていない。当の本人は、「まっ、後輩ちゃんの手にかかればちょちょいのちょいってヤツっすよ」とドヤ顔で言っていた。まったく分からん……。

今こうして二人の様子がおかしくなっているのも、後輩が関係しているのか？　そう思いいまだに部屋の隅へ避難している後輩に視線を送るも、きょとんとした表情を返されて終わった。うーん、関係ないのか？　いやしかし、後輩が何もしていないとは思えないんだよなぁ。

だが、本人たちが自発的に話そうとしない今、俺にできることは何もない。変に疑うのはやめて、サファイアたちの言葉を信じるとしますか。

さて、あとはイベントの開始を待つばかりなのだが……一つ、気になっていたことがあったので、後輩に質問をする。

「なぁ、後輩よ。このイベントって、確か前半後半に分かれていて、前半は収集系のクエストをやらされるんだよな？」

「ええ、そうっすね」

「なら、なんで前半は一週間も期間が設《もう》けられているんだ？　収集系のクエストってそんなに時間かからんだろ」

「えっ、一週間⁉」

「……それは、初耳」

後輩が俺の質問に答えるよりも早く、アッシュとサファイアが驚いたように声を上げる。

「二人はイベントの詳細、知らないのか？　いや、後輩に全部教えてもらった俺が言えることじゃないんだが……。俺が知っていて、二人が知らないなんて、珍しいな？」

「……ちょっと最近は、それどころじゃなかった」

「あ、あはは……。私も、すっかり忘れてました……」

二人はどこか誤魔化すような感じでそう答えた。

ふむ、そういえばここ最近……後輩が相談に乗ってくれて、問題が解決したあたりから、二人とも少し様子がおかしかったような？

その時は気にしていなかったけど……思い返してみるとアレだな。今日みたいに上の空になっていたような気がする。

別のことに気を取られているといった感じだが、まさかＦＥＯのイベント内容を把握していないレベルとは思わなんだ。

「ふっふっふ……先輩、副《ふく》マス、アッシュ。三人とも情けないっすねぇ。ここは役に立つことに定評のある私が、特別に教えてあげちゃうっす！」

と、そこまで考えたところで、いつの間にかちゃぶ台のそばまで移動していた後輩が、にんまりと得意げな笑みを浮かべながら、そんなことをのたまった。

うっわ、腹立つ……。俺がそう思っていると、サファイアとアッシュも「イラッ」とした感じの表情を後輩に向けていた。

でも、イベントについての情報を知らないことは事実なので、何も言えない。後輩もそれが分かっていて、ああいう物言いをしているのだろう。嫌らしい後輩だなぁ……。

とりあえず、無言で話の続きを促《うなが》すと、後輩は立てた人差し指をくるくると回しながら、俺の質問に答えた。

「何故《なぜ》イベント期間が一週間もあるのか。これにはとても深い意味が……あるわけじゃないっす」

「いや、ないのかよ」

「ないんすよね、これが。ただ、単純にそれだけの時間が必要ってことっすよ。イベントの前半で集めなくちゃいけないアイテムは、採集成功率もドロップ率もかなり、かーなーりー低いらしいっすからね。その分、時間もかかるんすよ」

なるほど、つまりは運の要素が絡《から》んでくる……と。……運かぁ。

「あの、マオ。ドロップ率が低いって、どのくらいなんですか？」

「そっすねぇ……詳しくは分からないっすけど、闇鍋《やみなべ》ガチャで欲しい最高レアリティのキャラを出すのと同じくらいじゃないっすか？」

「なるほど、百連爆死は当たり前……ということですか。それは苛酷《かこく》ですね……」

「ん、厳しい道のり。やっぱり運ゲーは悪い文明」

「人を容易に人類悪へと変貌させるっすからねぇ。……ちなみにアッシュや副マスは、爆死からの闇落ちを経験したことがおありで？」

「……夏休み限定水着キャラに、貯めに貯めた石全部持ってかれた時の話、します？」

「あ、大丈夫っす。その死んで腐りきった目を見れば、どんな感じだったかは分かるっすから」

「アッシュがやっているソシャゲだから……もしかして、〇〇〇？　今年の水着キャラ、無料十連で来た」

「なっ……限定キャラを無料十連でっすか⁉　こ、これは素直にうらやましいっすね……」

「ふ、ふふふ……ふふふふ……サファイア？　それはあれですよ？　許されざる行為ですよ……？」

「アッシュ⁉　ダークサイドに落ちないでほしいっす！　ほら、戻ってくるっすよー！」

なんだか楽しそうにわちゃわちゃしている三人を眺めつつ、俺は湯飲みのお茶をすすりながら、小さく息を漏《も》らす。

……………運、かぁ。

　さて、そうこうしているうちに、イベント開始まで十五分前になった。

　移動時間を考えると、そろそろ出発するのがベスト。そう考えた俺は、よっこいしょと立ち上がり、お礼を言って湯飲みをアッシュに返した。

「よし、じゃあ行ってくるわ」

「およ？　……おおう、いつの間にかこんな時間になってるっすね。気づかなかったっす……」

「……ありのまま、今起こったことを話すぜ？」

「どちらかといえば、キンクリでは？」

「なんだそれは」

　サファイアとアッシュの言っていることは、俺にはよく分かりませんでした。

　一応、最後に所持アイテムとステータスの確認をし、俺の準備は完了した。

　さぁて、イベントに出発出発……と、意気揚々《ようよう》と『モノクロ』を出ようとした俺だったが、ここで何故かサファイアとアッシュから待ったがかかった。

「えっと、リューくん」

「あの、リュー」

　二人の方に向き直ると、そこには頬《ほお》を朱に染めて目を逸《そ》らすサファイアと、瞳を潤《うる》ませ上目《うわめ》遣《づか》いにこちらを見るアッシュの姿が。二人ともなぜかもじもじと体を揺らしており、落ち着かない様子だった。

どうしたのかと問うと、二人は少しだけ口ごもった後、意を決したように言葉を紡《つむ》ぎ出した。

「その、ね？　今回のイベント……あの、わたしの……じゃなくて、わたしたちのために、やってくれるんでしょ？」

「な、なのでその……その応援といいますか、ちょっとした支援をと思いまして……」

ふむ、なるほど？　いやまぁ、確かにこのイベントは『エンゲージリング』を取ってくるためのモノであり、それを欲しがっているのはこの二人。となれば、サファイアたちのためとも言えるわけか。

正直なところ、このイベントも自分のためと思っていたため、こういうことを言われると、嬉しいようなこそばゆいような……。けれど、悪い気はしなかった。

「そっか。それは嬉しいな。二人とも、わざわざありがとう」

「……ん」

「べ、別にお礼を言われるようなことは何も……」

感謝の気持ちを笑みとともに伝えると、サファイアは顔の赤みを濃くし、アッシュは広げた両手を横にぶんぶん振って恐縮そうにしていた。

で、そんな二人から『応援』または『支援』の名目で送られたのは、激励の言葉……とかではなく、一人各一つずつの装備アイテムだった。

トレードで送られてきたそれを、手元に実体化させる。すると、両手にずっしりと重みがかかる。

「おっと……。へぇ、これは……」

二人からの贈り物は、それぞれ片手持ちメイスだった。

俺の左手には黒を基調としたメイスが、右手には白を基調としたメイスが握られている。

それを交差させて目の前に翳《かざ》してみる。黒い方は先端のヘッドの部分が、イバラが幾重《いくえ》にも巻きついているようなデザインをしており、白い方は先端が十字架のようになっており、そこに蛇をモチーフにした装飾がなされていた。

おぉ……カッコいい。なんか、こう、胸が熱くなる感じのデザインだ。

「……黒い方は、モンスタードロップの装備で、名前は［黒棘苛む戦棍《ブラック・ソーン・ペイン》］。殴《なぐ》りつけた相手に棘《とげ》での追加ダメージを与えた後、『出血』とか『猛毒』とかダメージが継続する系の状態異常を複数与える」

「白い方は、私の作ったリュー専用装備です。名前は［聖蛇十字《ケリユケイオン》］。こちらは回復効果上昇と攻撃した相手からＨＰを吸い取るドレイン効果があります。あと、サファイアからのも私が強化を施《ほどこ》してありますので、両方とも現状最強装備に近い性能をしているはずです」

俺が二本のメイスに見とれていると、二人がそれらの性能を解説してくれる。……かなりの強武器だと思うのだが、本当に貰ってしまっていいのだろうか？

「もちろん。これは、リューくんのために取ってきたやつだから」

「私のも、リューのために作ったものですので。イベントで活躍してもらえると嬉しいです」

「……そういうことなら、存分に使わせてもらうよ」

にこやかに笑ってそう言ってくれた二人に、俺も笑みを返す。

メイスをアイテム欄にしまい、今度こそ出発だ。

扉に手をかけた俺は、ふと思い立って工房内を振り返る。

「『指輪』、楽しみにしておいてくれよ？」

それだけ言って、『モノクロ』から出ていく。さぁ、イベントを始めようか。

「…………ん、待ってる」（赤面中）
「……待ってます、リュー」（赤面中）
「いやぁ、青春っすねぇ」（ニヤニヤ）

◇◇◇

場所は変わって、カトルヴィレ。

そこにはイベントに参加するプレイヤーたちが続々と集まってくる。

男性プレイヤーばかりが広場に集まっている絵面《えづら》はだいぶむさ苦しいモノになっていた。

「……ここに集まっている全員、リア充なんかね？」

「そうなんじゃないのか？　てか、完全にリア充用だろ、こんなイベント」

「名前からして『花婿』と『花嫁』だしなぁ……」

広場の外れのベンチに腰かける二人のプレイヤーは、そんな光景を眺めつつ、そろってため息をついていた。彼らはイベントの参加者……ではなく、イベントに参加するプレイヤーの顔を拝《おが》もうとやってきただけの野次馬である。

「というか、運営も酷なことするよなぁ。確かに結婚システム実装はゲームとしちゃありふれたモンだが……」

「……おかげで、参加できた者はリア充、それ以外は非リア充という図式が明確になっちまうからなぁ……」

「……ところでお前、先週あたりに言ってなかったか？　イベントまでに彼女を作るって。結局どうなったんだ？」

「…………ここでお前とこうしているのが全ての答えだよ。チクショウ」

「なんというか……ドンマイ？」

「言うな。クッソ虚《むな》しくなる」

一人身同士が、聞いているだけで悲しくなるようなことを言っていると、二人から少し離れたところからざわめきが届いてきた。

なんだなんだとそちらを見やると、広場の一角で人垣が真っ二つに割れており、その中央を一人のプレイヤーが歩いていた。

漆黒《しっこく》の衣装に身を包み、首の後ろで一つ括《くく》りにしている長めの髪は白銀に輝き、きょろきょろと周囲を見渡す瞳は紫紺《しこん》に染まっている。

「なんだありゃ、モーセみたいになってんぞ？　あのやけに禍々《まがまが》しい恰好《かっこう》してる奴は何者だ？」

「……お前、リューのこと知らないのか？　……って、そういえばお前、こないだのイベントには参加してなかったな」

「ああ、ちょいと用事があってな……。それで、リューって？」

そう尋《たず》ねる一人に、もう一人は周りの反応に戸惑《とまど》っている様子のリューの方を見ながら、説明を開始した。

「あいつはリュー。もともと一部で有名だった奴で、神官職なのにソロプレイをする変わり者。そして、『紅月《こうげつ》の単独征伐者《せいばつしゃ》』のレベル最小値記録保持者。戦闘スタイルはメイスを使った近接戦闘なんだが、よく分からん魔法だかスキルだかで魔力の剣を創って、それに摑《つか》まって空を飛んだりもする。《召喚魔法》という特殊なスキルを覚えていて、ケモミミ美幼女な使い魔を召喚したり、デカいドラゴンを召喚したりもする。夏のイベントでは重要NPCの聖女様の危機を救い、それによって聖女様の護衛役に抜擢《ばってき》された。その後も戦闘訓練でプレイヤー百人斬りをしたり、トップギルド連中の会議に潜入していた敵をいち早く発見したりと大活躍。最終決戦でラスボスに止《とど》めを刺したのもあいつだよ。その圧倒的な戦闘力と、戦いを誰よりも純粋に楽しむ精神性。見る者に恐怖を与える神官スマイルで有名なトッププレイヤーの一人だな」

「何お前めっちゃ詳しいな⁉　ワズペディアさんかよ……」

淀みなくリューについて説明したプレイヤーは、もう一人の驚いたような言葉に、少しばかり肩をすくめてみせる。

「まぁ、俺は夏のイベントよりも前から……それこそ、あいつがレベル10とかそこいらの時から知ってるからな。何しでかすか分かんねぇし、見てて飽きないんだよな、リューのやつ」

「へぇ……でも、このイベントに参加してるってこたぁ、リア充なんだろ？　つまりは、オレらの敵じゃん」

「いやまぁ、確かにあいつもハーレム野郎ではあるんだが……リューはさ、イイやつなんだよな。前に嫉妬《しっと》バリバリで突っ込んでった時も、普通に許してくれたしさ」

「いや、何やってんだよお前……」

「若気の至りってヤツだよ。だからまぁ、モテるのも頷けるし、文句も言いづらいってこと」

「ふぅーん、……って、もう広場に集まってた奴ら、ほとんどいなくなってんじゃねぇか⁉︎　いつの間に……」

「ついさっき、イベントNPCっぽいのが現れて、全員さっさとクエスト受けて出発したぞ？　おっ、リューのやつも移動するみたいだな」

「はぁ……結婚システムの恩恵に与《あずか》れる幸せ者の顔を拝んで、憎悪の炎を燃やしてやろうと思ったのに……ちくせう。これじゃあ無駄足じゃねぇか」

がっくしと肩を落として、一人がベンチから立ち上がる。

「おっ、もう行くのか？」

「おうよ、ここにいる意味がすでにねぇしな。お前はどうするよ？」

「んー……俺はもうちょいゆっくりしてくわ。やることねぇし、たまにはのんべんだらりんとさせてもらうぜ」

「あっそ。じゃあな、また遊ぼうぜ」

「おうよ、またな」

ひらひらと手を振ってベンチから離れていくプレイヤーを見送ったもう一人は、相手の姿が完全に見えなくなると、おもむろにメニューを開き、そこから掲示板にアクセスする。

そして、お気に入りに登録してあった記事を開くと、そこに何かを書き込んでいく。

『194：ヤマト
今回の結婚イベント、リューのやつが参加してるみたいだけど？

これは……リア充がリア充する未来しか見えねぇぜ……！』

そんな一文に、いくつものコメントが返ってくる。面白がる者、訝《いぶか》しんでる者、呆《あき》れている者、怒っている者、荒ぶっている者と、各自の反応はそれぞれだ。

コメントの書き込み数が加速していく掲示板を見つめる男性プレイヤー……ヤマトは、面白がるようにニヤリと笑みを浮かべる。

「さぁて、今回はどんなことをやらかしてくれるんだろうな、リュー？」

自分の行動がすでに掲示板の住人に捕捉《ほそく》されているとは夢にも思っていないリューは、イベントＮＰＣ（気難しそうな壮年の職人っぽい人）から受けたクエストをこなすため、フィールドに出ていた。

イベント『花婿の試練』。その前半は『エンゲージリング』を作るために必要な素材アイテムを集める収集クエストだ。

『エンゲージリング』は、男女が神の前で誓いを行い、互いの結びつきを強め、さらには神の祝福を受けるための儀式、通称『永遠の婚儀』に必要な道具とされている。その正体は特殊な金属が使われた高度な魔道具であり、製作にはこれまた特殊な職人が必要となる。

プレイヤーが集めなくてはいけないアイテムは、『オリハルコン鉱石』、『アダマンタイト鉱石』、『ヒヒイロカネ鉱石』の三つを各三十個の、計九十個。

指輪を作るのにどうしてそんなに必要なのかといえば、これらのアイテムから製錬できる金属はごくごく微量であり、三十個ばかしではインゴット一つすら作れないとか。（イベントNPC談）。

イベントの前半は一週間。その間は各フィールドに鉱石をドロップするモンスターが現れる。

なお、ドロップ確率はかなり低く設定されており、かなりの数のモンスターを討伐《とうばつ》する必要がある。

「……おっ、アレか。イベント限定モンスター」

数を倒さなくてはいけないということで、広さのある『大樹の草原』にやってきたリューは、さっそくお目当てのモンスターを発見した。

リューから十数メートル先の地面から湧き出るように姿を現したのは、全身に結晶でできた棘のようなモノが生えた、黒い岩の巨人だった。

全長は二メートル半ほど。両腕の先はハンマーのようになっており、そこだけ金属質な輝きを放っている。顔と思わしき部分には赤い水晶が一つだけ嵌《は》まっていた。

名前は『マインゴーレム・オルタナティブ・ミドル』。ミドル、ということはスモールとラージもいるのだろうか？　と首を傾げるリュー。

「まぁ、いいや。とりあえず……行くぜっ！」

疑問をひとまず脇に置いたリューは、紅戦棍《こうせんこん》を取り出すと、力強く地面を蹴《け》ってゴーレムへと向かっていった。

ゴーレムはその見た目通りあまり敏捷性《びんしょうせい》が高くないのか、接近してきたリューにすぐには反応できず、一打目を無防備に食らってしまった。

「おらっ！」

そんな掛け声とともに放たれたメイスの一振りは、ゴーレムの胸に吸い込まれるようにしてヒットし、ドゴンッ、と大きな音を立てる。

「グゴゴゴ……グゴォ！」

わずかに体勢を崩したゴーレムだが、すぐさま立て直し、右腕を横薙《よこな》ぎに振るってリューを吹き飛ばそうとする。しかし、リューは【ハイジャンプ】でそれを回避すると、ゴーレムの頭上を取り、思いっきり紅戦棍を振りかぶった。

「遅いんだよッ！　【フォースジェノサイド】ォ！」

アーツを発動し、威力を底上げした一撃がゴーレムに叩《たた》き込まれた。ドゴォンッ！　とさっきよりも大きな音が響き、ゴーレムの顔にビキッ、と罅《ひび》が入った。

「グゴ、グゴゴォ……」

「HPは……あんま減ってないな。速さはないけど硬さはあるって感じか」

着地したリューはアーツを使わないバックステップでゴーレムから距離を取り、ゴーレムの頭上に表示されたHPゲージを見てふむ、と頷いた。

「グゴッ！　グゴゴォ！」

余裕綽《よゆうしやく》綽《しやく》といったリューの様子に怒ったのか、ゴーレムは雄叫《おたけ》びを上げると両腕を持ち上げ、地面に叩きつけた。

すると、ゴーレムの周囲の地面が盛り上がり、そこから黒い鉱石でできた槍《やり》が飛び出し、リューめがけて殺到した。

一瞬、面食らったような表情になったリューだが、すぐに口元に笑みを刻んで、紅戦棍を構えなおす。

それなりの速度で迫る槍をしっかりと見つめるリューは、一発目が自身に当たらんとするタイミングを見極め、その瞬間に紅戦棍を振るった。

深紅《しんく》の閃光が走り、鉱石の槍が砕け散る。リューはさらに笑みを深めると、紅戦棍を連続で振るった。リューが紅戦棍を一振りするたびに鉱石の槍は砕け散っていき、結局リューには一本も届かなかった。

そして、鉱石の槍での攻撃がやんだ瞬間に、リューは地面を蹴って駆けだした。向かう先はゴーレムの左側。

「グゴォ‼」

自分から近づいてきた敵に、ゴーレムは金属製の拳《こぶし》を振るった。ブオンッと風圧を纏《まと》いながら迫る大質量。しかし、リューの浮かべる笑みは一ミリたりとも崩れていない。

リューは紅戦棍を短く持つと、そのヘッドの側面を、ゴーレムの拳の側面に添えるように動かした。

そして、拳とメイスの先端が触れ合いそうになったその瞬間、くるん、と手元で紅戦棍を横に回転させる。それによってゴーレムの拳は横に逸らされ、リューは逸らした分の力を縦《ほしいまま》に加速。

「ゴォ⁉」

リューはそのままゴーレムの背後に回り、思いっきりその膝裏《ひざうら》を殴《なぐ》りつけた。

ゴーレムはその衝撃で片足が刈り払われ、背中から地面に落下する。

リューは倒れるゴーレムに押し潰されぬよう素早く離れると、【ソードオブフェイス】で大剣を四本創り出し、それをゴーレムの四肢の付け根めがけて放つ。

魔力の剣はリューの命令を忠実に実行し、刀身をゴーレムの体を構成する岩と岩の間へとめり込ませる。

「これで……どうだ？」

リューはしばらくゴーレムの様子を見ていたが、ジタバタと踠《もが》くばかりで起き上がってくる様子はない。

「よっしゃ！　あとはタコ殴りィ‼」

その後、リューは動けなくなったゴーレムをぼっこぼこに叩きのめすのだった。

一体目の討伐は五分ほどで終わり、『オリハルコン鉱石』が一つドロップ。幸先《さいさき》のよさに頬《ほお》を緩《ゆる》めたリューは、次の獲物《えもの》を求めてフィールドを彷徨《さまよ》い始める。

しかし、彼は知らなかった。ここから一週間にも及ぶ地獄が始まることに……。

さて、ここからはリューがゴーレムを殴殺《おうさつ》し続けるだけのシーンが続くため、ダイジェストでお送りしよう。

一日目。リューが討伐した『マインゴーレム・オルタナティブ』は、ラージが三体、ミドルが十体、スモールが三十体の計四十三体。

手に入ったアイテムは『オリハルコン鉱石』が三つ、『アダマンタイト鉱石』が六つ、『ヒヒイロカネ鉱石』が四つ。

二日目。リューが討伐したゴーレムは、ラージ五体、ミドル十五体、スモールは四十二体の計六十二体。前日でゴーレムの動きをほぼ見切ったリューは戦闘時間の大幅な短縮に成功し、結果として昨日よりも多くのゴーレムを討伐することに成功していた。

しかし、アイテムのドロップ率の方は振るわず三種合わせて六個。十体に一個の割合である。

本当に間に合うのだろうか？　とリューは少しだけ不安になるが、すぐに「まぁ、やるしかないか」と気を取り直した。

三日目。今日はアヤメも召喚してさらに戦闘時間が短くなり、さらにはエンカウント率も高かったため、なんとゴーレムを合計で百体以上倒すことができた。

アイテムのドロップ率もリューにデレてくれたのか、合計で四十個以上手に入った。それも、どこか一つだけに数が偏《かたよ》るということもなく、三種類それぞれが均等になる感じに集まっている。

残り四日。この調子ならちゃんと数がそろうだろうと、リューは安心感を覚えていた。

そして、四日目、五日目と順調にアイテムを稼《かせ》いでいき、ゴーレムをどれだけ早く倒せるかを試す余裕すらあったリュー（記録は二十三秒、開幕バフブーストからのアーツ連打でゴーレムに何もさせず粉砕した）。

これは七日目を迎えずしてすべてのアイテムが集まってしまうかぁ？　と思っていたリューだが……ここで、思わぬ事態が発生する。

それは六日目のことだった。

「……おかしい」

リューは流れるようにぼっこぼこにした二十九体目のゴーレムが消えていくのを後目《しりめ》に、ドロップアイテムを確認しながら口を開いた。

「いつもなら、これだけ倒せば最低二つくらいはドロップしてくれてもいいんだが……出ないな？」

リューはこの日、いまだに鉱石を一つも手に入れることができていなかった。あと必要な鉱石は少しとはいえ、ここまで手に入れることができないと、さしものリューでも不安を覚える。

「うーん？　何か原因でもあるのかね？　……まぁいいや、考えてる暇《ひま》があんなら、一体でも多くゴーレムを倒そう」

しかし、さすがはリュー。素早く切り替えて次の獲物を探して移動を開始する。またすぐにでもモンスターを発見し、それを粉砕するのだろう。

ドロップアイテムがなかなか出ない。昨日までと確率が違う。何かあるんじゃないか……？

そんなことを考えていたリューだが、これは別におかしいことでもなんでもない。ゲームをしていれば、言葉として矛盾《むじゅん》するが『稀《まれ》によくある』ことなのだ。

仕事をしない確率論。シーソーかよってくらい偏る運ゲー。

すべてのゲーマーが恐怖する存在……『ガバ運』がリューに襲い掛かったのだったッ！

「……ま、まじかぁ」

そして、六日目が終了し、リューは今回のリザルトを見て顔を引き攣《つ》らせる。

今日手に入れたアイテムは……たったの三個だった。

そして、運命の七日目が始まる。

「……今日で前半戦は終了。昨日の調子が続くと間に合わないんだが、大丈夫かね……？」

ここ数日と同じように、リューはフィールドに出ていた。その立ち姿はどこかやつれているようにも見える。

幸いなことに、今日は休日であり、学校があったこれまでより長い時間アイテム収集に時間を割くことができる。家事やら宿題やらは高速で片づけた。

「……よしっ、行くか！」

少しだけ瞼《まぶた》を閉じて心を落ち着かせたリューは、力強くそう呟《つぶや》くと、目を開いて駆けだした！

最終日のボーナス的な何かなのか、今日はモンスターの出てくる数も多いらしく、走るリューの視線の先には、ゴーレムが複数体湧いていた。

「おらぁああああああああッ‼　くたばれぇえええええええッ！」

数が増えた？　だから？　とでもいうように、リューはゴーレムの群れに突っ込んでいく。

深紅の閃光が駆け、幾重にも破壊音が響く。リューはここ六日で見抜いたゴーレムの弱点を一体一体確実に砕き、その動きを鈍《にぶ》らせる。

あとはもう、アーツや魔法を嵐のように叩き込むことで残ったHPを全損させる。

「次ッ！」

一回一回ドロップアイテムの確認なんぞやってられるかとばかりに、リューは白い粒子になって消えていくゴーレムになど目もくれず、次の獲物を求めて走りだす。

ラン&クラッシュ。そんな言葉でしか表現できないほど、リューがゴーレムを倒す手つきは鮮やかであり、もし見るものがいたら思わず拍手をしていただろう。

最短で、最速に。戦いに楽しみを見出《みいだ》すリューらしくない戦いぶりだが、今のリューはそんなことを気にしている余裕はなかった。

今日は『稀によくある』が発動していなかったのか、アイテムそのものは結構なペースで集まっていく。

一時間、二時間、三時間……と時間が経ち、リューにも疲れが見え始めたころ……ついに、その時が訪れる。

「はぁはぁ……あと、少しッ！」

残るアイテムは本当に少しだけ。昨日のようにならなければ、一時間で集まるだろう。

そう、昨日のようにならなければ……。

その後も、一時間、二時間と過ぎていき……フィールドに、リューの悲痛な叫びが上がる。

「で、出ない……⁉　どうして……」

あと少し、もう少しというところで、無情の『ガバ運』。順調に集まっていたアイテムがぱたりと集まらなくなってしまった。

そんな焦《あせ》りから、ゴーレムを相手にするのにも手間取ってしまう……なんてことはないが、どうしても精神的なダメージが嵩《かさ》んでいく。

「くっ……あと、少しなのに……」

フィールドを駆けずり回り、目についたゴーレムは即座に殲滅《せんめつ》。しかし、それらをあざ笑うように『ガバ運』はリューを苦しめる。

純粋な運。確率論が入り込めない領域にあるソレは、これまで数多《あまた》の敵を屠《ほふ》ってきた無双の神官に、膝をつかせようとしていた。

まぁ、それもさもありなん。運は殴っても倒せないのだから。

そうこうしているうちに、前半戦終了まであと一時間というところまできてしまった。

いまだに鉱石は必要数に届いておらず、リューは「くっ」と歯嚙みした。

約束をしたのだ。絶対に指輪を手に入れると。それを破るわけにはいかないっ！　リューは弱音を吐きそうになる心を奮《ふる》い立たせるために、両手で頰を思いっきり叩いた。

そんな彼の前に、一際《ひときわ》巨大なゴーレムが姿を見せる。『マインゴーレム・オルタナティブ・ラージ』。五メートルを超える巨体、それに見合った太く重い両腕をリューめがけて叩きつけてきた。

「……邪魔だァ！」

【ハイジャンプ】、【ハイステップ】、【エンチャントブースター】、《獣撃》、【フォースジェノサイド】、【タイラントプレッシャー】。

跳躍で回避し、瞬間移動でゴーレムの頭上を取り、強化倍率を引き上げ、威力を上げまくった一撃をゴーレムの頭部へと叩き込む。

「絶対に、――へ、指輪を渡すんだよ。分かったら、退《ど》け」

その言葉の一部分は、ゴーレムの体が崩れる音で周囲には聞こえなかった。

ゴーレム撃破TAの記録を更新したリューは、ギラギラと眼を光らせ次の獲物を探そうとし

て……。

「焦っているようだな！　リュー！」

背後から聞こえてきたそんな声に、ぴたり、と足を止めた。

「この声……ヤマトさん？」

そう言って、リューは振り返る。視線の先には、彼の言葉通りヤマト……と、十人くらいのプレイヤーが立っていた。

その集団の顔ぶれに見覚えがあったリューは、一人一人名前を呼びあげていく。

「えっと、ヴァーミリオンさん、カトリックさん、ネロさん、ヒビキさん、マキノさん、サンジョウさん、イスカさん、アザミナさん、ナナホシに、黒炎《こくえん》さんも……？」

ヤマトを入れて十一人。夏のイベントにおいて、聖女親衛隊として戦ったメンツが勢ぞろいしていた。それぞれ、面白がるようだったり、呆れたふうだったり、ちょっと不機嫌そうだったりと、様々な表情を浮かべてリューの方を見ている。

「ヤマトさん？　あの、どうして……」

「よう、リュー。どうやら随分《ずいぶん》お困りのようだな？」

「え？　あ、はい。それで、どうしてここに……」

「しかぁし！　もう安心だ！　お前のその憂《うれ》い、俺たちが晴らしてやるからよぉ！」

「あっ、こっちからの話は聞いてもらえない感じなんですね……」

リューのもとに近づいてきた彼は、どこか芝居がかった感じでリューに話しかける。ただ、リューの返答をまるで聞いていないところを見るに、用意してきたセリフをそのまま口にしているのだろう。

　そんな彼の様子に苦笑を浮かべたリューは、ヤマトについてきたヴァーミリオンたちに、説明を求めるように視線を向ける。

「たくっ、ヤマトのやつめ……。よっ、久しぶりだな、リュー。元気ではなさそうだが、元気だったか？」

「お久しぶりです、ヴァーミリオンさん。それで、何故皆さんはここに……？」

「そんなの、リューさんのお手伝いをするために決まってるじゃないですか！」

「ナナホシ？」

　リューの質問にいち早く答えたナナホシ。彼の言葉に、しかしリューはきょとんと首を傾げることしかできない。

「うふふ〜、リューさんがお困りになっているようなので〜、その手助けをしようかと〜」

「ハッ、卑小《ひしょう》なこの身ではありますが、微力ながらご助力させていただけないかと」

　ナナホシに続くようにして、イスカとアザミナがそれぞれの口調でリューに協力を申し出てくる。

「まぁ、そういうことですよ。全員、リューさんのお手伝いがしたくてここにいるんです」

「私は暇《ひま》だったから……その、気まぐれよ」

「ふっふー、俺たちが来ればもう安心！」

「大船に乗った気持ちでいな！」

「泥船じゃないことは保証するっスよ！」

カトリック、ネロ、ヒビキ、マキノ、サンジョウも言葉を重ねる。

そして、最後に一人。不機嫌そうに頰を膨《ふく》らませ、拗《す》ねた視線をリューに向ける黒炎も、そっぽを向きながらではあるが、こくりと頷き。

「……我が漆黒の炎を頼るがいい、リューよ」

と、小さな声で呟くのだった。

ここにもひょっこり恋する乙女。自分の好きな人が、ゲーム内とはいえ、他の誰かに渡す結婚指輪を求めているなど、決していい気はしないだろう。

それでもこうしてリューの前に姿を見せているのは、ひとえに好きな人の役に立ちたいという健気《けなげ》な想いから。この厨二《ちゆうに》少女、その本質は彼女の好きな色とはまったくの真逆《まぎやく》であった。

それでもまだ戸惑った様子のリューの肩を、いつの間にか近くにいたヤマトがポンと叩いた。

「まっ、そういうこった。リュー、イベントアイテムの集まりが悪くて困ってんだろ？」

「えっ、なんでそのことを……」

「そりゃあもちろん、ブ……か、風の噂で聞いたんだ！　で、このイベント、別に外部のプレイヤーが手伝っちゃいけないなんてルールはない。だからまぁ……」

ヤマトはリューの正面に回り込むと、にかっと笑みを浮かべた。

「助けに来た！　……ってな」

恥ずかしそうに頬を掻き、照れ臭そうにそう告げるヤマト。彼の背後で、他のメンバーも笑顔で大きく頷いた。

「皆さん……」

リューは、そんな彼らを見る目を、眩《まぶ》しそうに細めた。そして、ほっと肩の力を抜くと、優しげに微笑んでみせる。

「俺、約束したんですよ。絶対に指輪を手に入れるって。けど、このままじゃ、その約束を破ることになりそうなんです。……俺を、助けてくれませんか？」

リューがそう言うと、ヤマトたちは顔を見合わせて笑い、もう一度、強く頷きを返した。

そうして組まれた、奇妙な協同戦線。リューを中心とした彼らは、破竹《はちく》の勢いでゴーレムを殲滅していく。

「おらおらおらっ！　鉱石をよこせぇえええ！」

「ゴーレムって炎魔法効きにくいんだよなぁ。まっ、オレの炎に相性なんざ関係ねぇ！」

「誰もダメージを受けないせいで、僕の出番が全然ないですねぇ……。まぁ、あれですね。デバフでもかけておきますか」

「せいっ、とうっ！　ほら、私の拘束が解ける前に、さっさと片づけちゃいなさい！」

「はい！　ネロさん！　リューさんのためです……とりゃぁあああああ！」

「うふふ～、この敵さんは、わたしと相性がいいみたいですね～。簡単にこわれちゃいます～」

「……ゴーレムに、薬品って効くんでしょうか？　とりあえず、爆薬でも投げておきましょう。

とりゃ……あっ」

「「「ん？　なんかこっちに……ぎゃぁああああああああああッ!!?」」」

「そこの三バカは何を遊んでおるのだ!?　真面目にやれい！　真面目にぃ！」

妙にハイテンションな一同に、フィールドにいた他のプレイヤーたちは、驚きに目を見開く。

作業速度が何倍にもなったことで、ドロップアイテムは次々と集まっていく。リューを邪魔していた『ガバ運』も、彼らの勢いに負けてどこかに去っていったようだった。

そして……。

「……最後の一つ、出ました！」

「「「ッ！　ぉおおおおおおおおおおおおおおおおッ！　やったぁあああああああああああああああああッ!!」」」

イベント前半終了五分前。

リューが殴り倒したゴーレムからドロップした『オリハルコン鉱石』で、ついに必要数が集まった。

リューがアイテム欄から取り出した鉱石をぐっ、と掲《かか》げて見せれば、その場に歓声が上がった。次々にリューのもとに集まり、労《ねぎら》いと祝福の言葉をかけていく。リューも、笑顔を浮かべて礼を言ったり、頭を下げたりしていた。

「……ミッションコンプリート。だな」

そんな様子を少し離れた場所で見ているヤマトのもとに、まだ若干膨《ふく》れっ面《つら》な黒炎がやってくる。

「よっ、黒炎。なんだ？　まだヘソ曲げてんのか？」

「当たり前だろう？　お主《ぬし》は恋する乙女をなんだと思っておるのだ。こんな敵に塩を送るような真似なんぞ、やりたいわけがないだろうに」

「そんなこと言って、ちゃんと協力してくれたじゃねぇか」

「……『リューが戦闘中に笑ってねぇ。おいお前ら！　どうせ暇みてぇだし、ちょっと行くぞ！』なんて言われたら、行くしかあるまいに。それに……」

黒炎は視線をリューの方に向ける。そこには、人に囲まれ、自然な笑みを浮かべるリューの姿があった。

「あっ、ヤマトさん、黒炎さん！　二人も、ありがとうございました！」

ヤマトたちが自分を見ていることに気づいたリューは、二人に向かって手を振ると、笑顔で礼を言う。

「……あんな姿を見せられれば、最早《もはや》何も言えんわ」

「くくっ、黒炎？　顔が赤いぜ？」

「ええい、うっさい！　あれだけカッコつけといて、結局一個もアイテム手に入れられなかった奴は黙っておれ！」

「がふぅ!?」

黒炎の一言に思いっきりダメージを受けたヤマトは、胸を押さえてその場にへたり込む。

そんなヤマトの姿を冷たい目で一瞥《いちべつ》した黒炎は、すぐさまそれを笑顔に切り替えて、リューのそばに近寄っていった。

「リューよ、間に合ってよかったの」

「ああ、黒炎さんたちが手伝ってくれたおかげだ。本当にありがとう。これは何かで恩返しをしないと……って、なんでヤマトさんは四つん這《ば》いに？」

「あやつのことは放っておけ。それよりもだな、お礼というならその、我と……」

ワイワイ、ぎゃーぎゃー。

そんなこんなで、イベント前半戦は終わりを告げたのだった。

◇　◇　◇

「ただいま……って、誰もいないか」

イベント前半戦が終わり後半戦が始まるまで、三日間のインターバルが存在する。

そんなインターバル期間中のある日の朝、いつも通りランニングを終わらせた流《りゅう》は、玄関を開けた。

「……ん？」

靴を脱ごうとした流は、玄関に見覚えのある女物の靴があることに気づく。

「これって蒼《あお》のだよな？　どうして……」

不思議に思いつつ、流は洗面所に直行し、シャワーを浴びて汗を流した。そして、用意しておいた着替えに袖《そで》を通すと、リビングに向かった。

がちゃり、とドアを開けて中に入ると、ソファの前に人影があった。蒼だ。

「……あ、流くん。お帰り」

「おう、ただいま。……じゃなくてだな。いったいどうしたんだ、こんな時間に」

流がそう問いかけると、蒼はそわそわと肩を揺らしながら、チラッと視線を食卓のテーブルに向けた。

それにつられるように流もテーブルを見る。そこには、一人分の朝食があった。

「……は？」

流は驚いたように目を見開く。彼は朝食を作った覚えがない。ということは、これを用意した人物は……。

「なぁ、蒼？　これ、もしかして……お前が作ったのか？」

流の質問に、蒼は少しばかり視線を逸らしつつ、こくりと頷いた。

その反応を確認した流は、もう一度テーブルに目を向ける。

メニュー自体はシンプルなもの。トーストとスクランブルエッグ、レタスとトマトのサラダ。あとはコーヒーの注がれたマグカップが置いてある。

作ろうと思えば、そう難しい思いをせずに作ることができるだろうそれら。しかし、料理をはじめとした家事全般がダメダメな蒼が作ったとなれば、その驚きは一入《ひとしお》というモノ。

ただ、前科がある分、流が慌ててキッチンを見に行き、被害のないことを確認したのち、ほっとした表情で戻ってきた……なんて一幕があったのは、ご愛敬というヤツだろう。

「むぅ……わたしだって、ちゃんと練習した」

「いや、悪かったって。ただ、どうしても不安が隠せなかったというか……」

「むぅ……」

不機嫌そうにする蒼に謝った流は、「それで」と前置きをし、蒼の作った朝食を指さしながら尋ねた。

「なんでまた、唐突に？　学校で調理実習でもあったっけ？」

「……そうじゃない。それは、その……お礼」

「お礼？」

オウム返しに言った流に、蒼はこくりと頷くと、サイドテールを指先でいじりながら、答える。

「……夏休みの間、流くん、わたしたちのお世話いっぱいしてくれた。わたしも、いっぱい迷惑かけた。……だから、そのお礼」

「ふむ、俺は別に気にしてないんだが……」

「いいの。これは、わたしがお礼したいって思ってやったことだし」

そう言うと、蒼は流の背中を押してテーブルにつかせると、きょとんとしている流に向かってぺこりと頭を下げた。

「流くん、いつもありがとう。この程度で返せるとは思ってないけど、わたしのお礼、受け取ってください」

かしこまった口調で言う蒼に、流はまたも面喰ったような反応をしたのちに、苦笑を浮かべた。

「気にしなくていいんだけど……でも、そういうことなら、いただかせてもらうわ」

「……ん」

微笑みながら言う流にわずかに頬を染めた蒼は、そそくさとその対面に座った。そして、

「いただきます」と手を合わせた彼を、不安そうな眼差《まなざ》しで見つめる。

「さて、それじゃ……あむ」

流はまずスクランブルエッグ……だと思われる、黄色い固形物を口に含む。仄《ほの》かに出汁《だし》と醤油《しょうゆ》の風味がする。炒《い》り卵だこれ。

今度は、トーストを手に取る。マーガリンとジャムが塗られており、こちらは問題がなさそう……と思ったら、裏面がだいぶ焦《こ》げていた。マーガリンの塩気、ジャムの甘さ、焦げの苦みが絶妙に微妙なハーモニーを醸《かも》し出していた。

そして、サラダ。手でちぎられたレタスも、包丁を頑張って使ったことが窺《うかが》われるトマトも、どちらも不揃《ふぞろ》いだが、味の方はとても素材を活《い》かしていた。つまり、塩もドレッシングも使用されていない。

最後に、コーヒーを一すすり。……インスタントの粉の分量を間違えたのだろう。だいぶ苦

かった。

流が一つ一つ料理を口に運ぶたびに、蒼の表情はどんどん不安さを増していった。

「りゅ、流くん。その、料理は一応お母さんに教えてもらったんだけど……その、結構失敗しちゃったから……。お、お腹《なか》壊すかもだし、その辺でやめた方が……」

そんなことを言って流に食事をやめさせようとする蒼だが、流の手は止まることがなかった。ただ黙々と料理を口に運び、しっかりと咀嚼《そしゃく》し、嚥下《えんか》する。それを、目の前の料理がなくなるまで繰り返した。

流は最後にコーヒーを飲み終えると、マグカップを机の上に置いた。カタン、という音に、蒼がビクンッと肩を震わせる。

「流、くん……？」

不安げに訊く蒼。流はそれに反応することなく、静かに両手を合わせて、ゆっくりと頭を下げ、呟く。

「……ご馳走様《ちそうさま》」

そしてふと、下げていた顔を上げ、蒼の方を見た。

「美味《おい》しかったぞ、蒼」

にかり、と本心から喜んでいることが分かる笑みを浮かべる流。

「ほ……本当？　嘘じゃない？」

「こと料理において、俺が嘘を言うわけないだろ？　確かに失敗しているところも多々あったが……ほとんど料理をしたことのないヤツが、少しの練習でこれだけやれるようになったんだ。上出来だと思うぜ？」

「そう……やった」

胸の前でぐっと拳を握り、嬉しそうにしている蒼を見て、流も優しげな笑顔を見せた。

「なぁ、蒼。今度は、一緒に作るか。みっちりと仕込んでやるから、覚悟しとけよ？」

「ほんと？　ん、がんばる」

「やる気になってくれたようで何よりだ。それで、なんかリクエストとかあるか？　作りたいものとか……」

流に問われ、蒼は少しだけ考えるそぶりを見せる。

「んー……お味噌汁、とか？」

「へぇ、洋食の次は和食ってことか？」

「そんな感じ」

蒼はこくりと頷くと、テーブルの上で両手を重ね、流の瞳を見つめながら柔らかく微笑んだ。

「わたし、頑張る。流くんに、ちゃんと美味しいって言ってもらいたい」

祈るように、謡《うた》うように、真っ直ぐに想い人に視線を送りながら、蒼は言の葉を紡ぐ。

「あと……『毎日蒼の味噌汁を飲ませてくれ』って、言わせたい、な」

その発言の意味するところを理解しかねた流は、ん？　と首を傾げるが、すぐにそれに含まれる意図に気づいたのか、カァ、と頬を染めてみせた。

そんな流を見た蒼は、浮かべている笑みを大人びたものに変えた。

「わたし、頑張るから……よろしくね、流くん?」

「お、おう……」

流の眼に映る、朝日に照らされた幼馴染《おさななじ》みの姿。

それは、いつもよりも可愛らしく……そして、とても綺麗なものだった。


これまたインターバル期間中のある日のお昼。

四限が終了し、昼休みに突入。一年三組の生徒たちは思い思いに過ごしている。

そんな中、カバンから弁当を取り出し、昼餉《ひるげ》の時間じゃ、と呟いている流のもとに、同じく弁当を持った心白《こはく》がやってきた。なお、このクラスの四限の授業は日本史である。

「流、ちょっといいですか?」

「お、なんじゃ……じゃなくて、なんだ?」

流が訊き返すと、心白はきょろきょろと周囲を見渡した後、少し恥ずかしそうに頬を染めながら、小さな声で告げる。

「その……今夜は、どうしますか?」

なんだかこれだけ聞くと、怪《あや》しいお誘いのようにも聞こえるが、不純異性交遊がらみのアレコレではないことを先に明言しておこう。

心白のこの言葉は、「今夜は(FEOにログインするの)、どうしますか?」という意味だ。

過去の経験から、学校でサブカルチャー関連の話をすることを、心白は避けているのである。

しかし、事情を知らない者が、こんな意味深《いみしん》な言い回しでの質問を耳にしたらどうなるだろうか？　しかも、聞いただけではいかがわしいお誘いとしか取りようのないようなセリフを、だ。

当然、誤解が発生する。

心白も周りに聞こえないように配慮はしていたのだが、その態度が逆に注目を集めることになってしまい、その場にいた生徒……特に男子生徒たちは、聞き耳をクリティカルさせていた。

「……今夜？」

「どうしますかって……何をだ？」

「そりゃお前……うら若き男女が夜に……だぞ？　ナニに決まってんだろ？」

「新城《しんじょう》ォ……てんめぇ……！　黒咲《くろさき》さんとナニ……だとぉ……！」

ゆらり、と黒いオーラが立ち昇ってきそうな様子で、地獄の亡者の怨嗟《えんさ》にも似た声を上げる男子生徒ども。

そんな彼らに、流は呆《あき》れたように声をかける。

「何言ってんだ、お前ら。これはただの『遊ぶ（FEOで）』約束だぞ？」

「『遊ぶ（性的に）』だと⁉　貴様ァ‼」

「許せん……！　許せん……！　こんな巨悪、断じて許しておけるか……！」

「てめぇ、千代原《ちよはら》さんだけでは飽き足らず、黒咲さんまでその毒牙《どくが》にかけようというのか

「……！」

「今、はっきりと理解した！　新城流、貴様は我らが倒すべき存在ッ！　その邪悪な目論見《もくろみ》、我らが打ち破ってやる！」

結果はご覧の通り。リューの弁明は完全に逆効果となり、男子生徒たちの怒りは頂点に達したのである。流は訳も分からず首を傾げた。

なお、女子生徒たちはそんな彼らをゴキブリに向けるような目で見つめている。「男ってやーね」という視線だった。

「「「許さない……許さない……死を……リア充に死を……」」」

なんだか別の生物に進化している感じの男子生徒たちは、流と心白を囲むようにフォーメーションを組み、じりじりと距離を詰めてくる。

「なんだこいつら……」

「私、こういうの、ラノベで見たことありますよ。やっぱり流ってラノベ主人公だったんですね」

「ふぇ？」

「なんも嬉しくねぇ……とりあえず、逃げるぞ」

これ以上付き合ってられるかと、流は弁当を掴んで立ち上がると、興味深そうに男子生徒たちを見ていた心白の手を取って、包囲網の隙を衝《つ》いて逃げ出した。

「あ、テメェ!?　くそっ！　逃がすな！　絶対に捕まえろぉ！」

「「「「イィ――――ッ‼」」」」

そのまま教室を出て、廊下を走る二人。その背後からは暴徒と化した男子生徒たちが追いかけてくる。

「逃がすな！　者ども！　出あえ、出あえぇぇぇぇぇ‼」

「まぁーてぇー！　新城ォ――――――！」

「あっ、他の教室からも人が出てきましたよ。人気者ですねぇ、流」

「いい迷惑だよ、本当に。……ここから逃げるなら、あそこだな。走れるか、心白？」

「そんなに長い距離じゃないのなら……」

「よし、十分だ。それじゃ、行くぞ！」

そうして始まった逃避行。当然大騒ぎになるが、ノリがいい校風の、ここの生徒たちは、やんややんやと囃《はや》し立てたり、流たちに協力したりしてくれた。

廊下を駆け、階段を下り、どこかの教室に身を隠したりしながら二人が向かったのは、学校の屋上だった。それまでの間に男子生徒たちの追跡から逃れることに成功しており、追っ手の姿はない。

「ふぅ……ここまで来れば大丈夫だろ」

「はぁ、はぁ……わぁ、屋上って、私初めてです。結構眺めがいいですね」

「今日はやけに空《す》いてるな……。まぁいいや、とりあえず弁当を食べちまおう」

そう言った流に心白も「ですね」と同意し、屋上に設置されたベンチで並んで弁当を食べる。

そうして、半分ほど弁当を食べ進めたころに、心白がぽつりと呟く。

「楽しいなぁ……」

流はその言葉に、心白の方を見る。そこには、笑みを刻む心白の横顔があった。

「……心白？」

流がそう問いかけるも、何かを嚙みしめるように瞼《まぶた》を閉じた心白には届いていない。

心白の口から漏《も》れたのは、過去の彼女が言えなかったセリフだった。

学校という環境下で、青春の日々を刻んでいくことを楽しむ。祖母の影響で日本のサブカル文化に触れてからずっと望んでいた日常に、心白は笑みを深める。

「私、知りませんでした。学校がこんなに楽しくて、クラスのみんなはすごく優しくて、――な人と食べるご飯は、とってもとってもおいしくて」

弁当をそっとベンチに置き、立ち上がった心白は屋上のフェンスに近づくと、そこから校庭を見下ろす。流はそんな彼女を背中を、無言で見つめた。

「知らなかったことを知れたのも、憧《あこが》れていたことができたのも……ふふっ、貴方《あなた》のおかげです。引っ越してきた日も言いましたが……流、ありがとうございます」

振り返った心白と流の視線がぶつかる。彼女の顔に浮かぶ笑みは、流が思わず見惚《みと》れてしまうほど、魅力的なモノだった。

「心白……」

流が、思わずといったように声を漏らす。その表情は、彼にしては珍しく呆けているようだった。

眩しいものを見るような流の視線に、心白はわたわたと慌てだした。

「え、えへへ。なんか、恥ずかしいですね」

「あ、ああ。なんというか……こそばゆい」

顔を赤くし、流の隣に戻る心白。ハッとした流も、彼女から向けられた真っ直ぐなセリフを思い出したのか、照れを隠せていなかった。

心白の顔を見ないように弁当に意識を集中させる流。心白はそんな彼の横顔を盗み見る。

耳まで赤くした、これまた流にしては珍しい『はにかんだ男の子』の表情。

それを見た心白は、自分の心のとある欲求が湧き上がってくるのを感じる。

ようやく手に入れた楽しい毎日。夢見ていた時間。

それが、ずっとずっと続きますように。

……そして、叶《かな》うのなら。

これからの日々、私の隣に――

「ずっと、いてくれませんか？」

小さく呟かれた言葉は幸か不幸か彼の耳には届かなかった。心白は零《こぼ》れた言葉に我に返ると、自分が何を言ったのかに気づき、全身が朱に染まるくらいに恥ずかしがった。

昼休みの屋上、青空の下。

顔を赤くした一組の男女が、ただ黙々と弁当を口に運ぶという、なかなかに奇妙な光景が繰り広げられていたのだった。

さらにまたインターバル期間中のある日、その夕方。

「あれ、先輩じゃないっすか。何してるんすか？」

「普通に下校途中なだけだよ、後輩」

学校が終わり、家路を歩いていた流の前に、中学の制服を身に纏《まと》った万桜《まお》が現れる。

「なんか最近、帰り道でよくお前と会うよな。偶然か？」

「まぁ、あれっすよ。家の場所が同じ方向っすから、そういうこともあるんじゃないっすかね？」

「ふぅん、まぁいいや」

そう言って視線を前に戻した流。万桜はその隣に並びつつ、流に見えないようにほっと胸をなでおろした。

毎度毎度、流の下校時間と帰宅ルートを計算して、さも偶然を装《よそお》ってそこに現れるという努力は、恋する乙女の秘密だった。

なお、世間一般では、万桜のしている行為を『ストーカー』と言ったりする。

仲のいい先輩後輩二人組で肩を並べて歩いていれば、当然のように会話が生まれる。学校のこと、FEOのこと、日常で起こったちょっとした出来事。会話はゴムボールのようにポンポン弾んでいく。

そうしてとりとめない話をする中、万桜がふとなんでもないように、「そういえば」と切り出す。

「先輩って、結局のところどっちが好きなんすか？」

何と何の、という部分が抜けている質問に、流ははてと首を傾げた。

そんな彼に、からからと笑う万桜が言葉を続けた。

「いやだから、副マスと心白のどっちが好きなのかなーって」

「……どこからそんな話が出てきたんだ」

不意打ちを喰らって、流からその言葉が出てくるまでには間があった。それを悟られぬようにつっけんどんな態度で返すも、万桜の笑みは崩れない。

「いやぁ、あんだけ好き好きオーラ放ってる美少女二人に挟まれてんすよ？　正常な男の人なら、好意の一つや二つ抱いてしかるべきじゃないっすか。正常な男の人なら」

「いや、そう言われてもな……」

まるで自分が正常じゃないと言われているような万桜の言葉に、憮然《ぶぜん》とする。しかし、反論の言葉は出てこなかった。

万桜が今言ったことは、流がずっと……『あの夜』から延々と悩み続けており、なおかついまだに答えの出ていない問題だった。

恋、愛。それらは大抵のことが無難にこなせる流にとっては、鬼門《きもん》と言ってもいいだろう。

本当にこれだけは、考えても考えても答えが出ず、彼も困っていた。

「どうなんですか？」と視線で問いかけてくる万桜に、流は口ごもりつつも、自分の悩みを素直に告げる。

するとと、万桜は笑みを消し、すごく……ものすごぉく呆れたような表情になった。

「……は？　いまだに恋愛のなんたるかが分からない？　好きの違いも？　はー、つっかえ！先輩って頭いいのに馬鹿っすよねぇ。今時小学生でも分かってる子は分かってるっすよ？」

「……最近の小学生は進んでるんだなぁ」

「何他人事《ひとごと》みたいに言ってるんすか？　小学生でも理解してることが理解できていない、それを恥じるべきっすよ、先輩」

「ぐはっ⁉」

万桜の情け容赦のない言葉は、流の心にぐっさりと深く突き刺さる。

正論なだけに何も言えず、ただ項垂《うなだ》れることしかできない流。彼は今、自分が情けなくて仕方がなかった。

見るからに落ち込んだ様子の流を見て、万桜は冷たい視線……ではなく、どこか艶《つや》めいた瞳を笑みの形に歪《ゆが》ませ、口角を吊り上げていた。

「ほんとにもー……先輩はしょうがないっすねぇ」

「うぐっ……め、面目《めんぼく》ない……」

がっくりとしながら、弱々しい声を出す流。万桜の笑みはさらに深くなった。

万桜はそっと流に近づくと、その耳元にふっ、と息を吹きかける。

「ひぅ⁉」

「あはっ、先輩。随分と可愛らしい声っすね？」

「こ、後輩⁉　お前今、何を……」

「何って、コレっすよ。……ふっ」

「ひぃん⁉」

再度、耳に万桜の吐息《といき》を喰らった流は、甲高《かんだか》い声を上げて肩を跳ねさせた。

そんな流の姿に、万桜はクスクスとからかうように笑う。流は三度目は喰らわないと耳を両手で押さえて、じりじりと万桜から距離を取る。

すると万桜は、おもむろに流に接近し、両手を耳に当てていることでがら空《あ》きになった彼の胸に飛び込んだ。

流は、衝撃で僅かに体を後退させるも、とっさに両手で万桜の肩を掴み、足を踏ん張ることで、彼女ごと引っくり返る事態を回避する。

何をする……と、万桜に文句を言おうとした流は、視線を下に向けたとたん、口をつぐんでしまった。

こちらを見つめる、万桜の潤《うる》んだ瞳。ふわり、と花のような香りが流の鼻孔《びこう》をくすぐった。

「先輩……『好き』も『愛してる』も分からないなら……私が先輩に、全部教えてあげるっすよ」

囁《ささや》くように、誘《いざな》うように。蠱惑《こわく》的な響きが流の耳を犯す。

万桜の言葉に、流は一瞬放心したような顔になり、すぐにカァッと頬を赤く染めた。

「な、な、なぁ⁉」

「言葉になってないっすよ～。先輩、可愛い……」

うっとりと呟く万桜は、わざとらしく舌を覗かせると、その舌でゆっくりと自身の唇の縁《ふち》をなぞった。

柔らかそうな桜色の唇が唾液《だえき》で濡れ、てかりを見せる。流はそれを間近で目にしてしまい、思わず生唾《なまつば》を飲み込んだ。

気がつけば、二人の距離はもう少しでゼロになりそうなほど近くなっている。このままじゃいけないと、流は万桜の肩を掴む手に力を込めようとして。

「私は、本気っすよ？」

囁かれた切なげな声に、思わず力が抜けてしまう。

その隙に、万桜は躊躇《ちゅうちょ》することなく距離を詰めてきて……。

「せんぱぁい……」

「こ、後輩……ダメだ……」

流はぎゅっと目を瞑《つぶ》り、その瞬間を待つ。そして――。

ゴツン、と。

二人のおでこが、割といい音を立てて、ぶつかった。

「なーんてね！」

目を白黒させる流を、にやにやしながらからからかう万桜。

「冗談っすよ。じょ・う・だ・ん」

「じょ、冗談って、お前なぁ……」

ひらり、と流から身体を離した万桜は、疲れたようにため息をつく流に、したり顔で話しだす。

「だいたい、花も恥じらう乙女な私が、こんな、なんのムードもない告白なんてするわけないじゃないっすか。ふむふむ、先輩は耳と、こういうボディーコンタクトにも弱い、と……」

期待しちゃいましたか？　顔真っ赤っすよ？　と、スマホに何かを書き込みながら煽る万桜。

そんな彼女に、ぷつん、と。

散々からかわれた流の怒りが爆発した。

「こ～う～は～い～！　待たんかぁ！」

「きゃあ～！　先輩が怒ったぁ～！　捕まったら傷モノにされちゃうっす～！」

「誤解されるようなことを言うな！」

ぷんすかと怒る流に、万桜は笑いながら逃げ出す。

傍《はた》から見たらバカップルにしか見えないやり取りをしながら、彼らは帰路を駆けるのだった。

◇　◇　◇

インターバル期間が終わり、ついにイベント後半戦が開始された。

前半戦で無事アイテムを集め終わったプレイヤーたちは、事前にＮＰＣ《ノンプレイヤーキャラクター》の職人にそれを渡してある。ここから何が起こるのかとドキワクしていたプレイヤーたちに、その職人キャラはこんなことを話した。

「お前さんが注文した『エンゲージリング』なんだがな、工房のある場所からこの町に運ぶまでの間に、モンスターの襲撃に遭《あ》って奪われてしまったそうなんだ。そのモンスターは指輪の持ち主を名指しして、とある場所に行くように言ったそうだ。その場所がここだ（マップに光点が追加される）。……え？　襲い掛かってきたモンスターはどんな奴かって？　それが、襲われた奴らは全員恐怖でどうにかなっちまったらしくて、まともに話もできないんだと。だが、襲撃があった日に、指定された場所の方角に向かって飛ぶ、大きな影を見たという噂《うわさ》もある。……出来上がった物を渡せないなんて職人失格もいいところだが、俺じゃあモンスターには勝てない。すまないが、指輪は自力で取り返してくれないか？　そのモンスターを討伐《とうばつ》してくれたら、報酬も出そう。よろしく頼む」

指定された場所に行き、そこでなんらかのクエストを乗り越え、イベントボスを討伐する。後半戦はそういう流れというわけだ。

プレイヤーたちは、マップに現れた光点に向かっていき、そこで大地に空《あ》いた大穴を発見する。プレイヤーたちが大穴の近くに来た瞬間、アナウンスが流れ、イベント後半戦の詳細な説明が運営より発表された。

この大穴は『エンゲージリング』を奪ったモンスターが作ったインスタントダンジョンであり、プレイヤーはこのダンジョンを攻略し、最奥《さいおう》にいるイベントボスモンスターを討伐することで『エンゲージリング』とイベント報酬を手に入れることができる。

ダンジョンはパーティー単位で入ることができる。中は個別ダンジョンとなっており、他のパーティーとかち合うことはない。ダンジョンは全十階層。難易度はプレイヤーのレベルによって異なる。

途中で離脱したり、ダンジョンのギミックに引っかかったり、HPがゼロになった場合、イベント退場となる。その場合、イベント終了後に『エンゲージリング』を作るのに使った素材のインゴットが報酬として渡される。

それだけをプレイヤーたちに伝えると、アナウンスは終了した。基本的なことは分かったが、ダンジョンについては何も分かっていない。

パーティーを組んでいるプレイヤーたちがどうしようかと相談している中、リューはさっさと大穴の縁《ふち》に立ち、そこから中を覗《のぞ》き込んだ。

穴は深く底が見えず、深淵《しんえん》が広がっているだけだった。じっと見つめているだけでどこか恐怖感をあお――

「そいやっ」

……る、ハズなのだが、リューはなんのためらいもなく飛び降りた。こないだの飛竜の王戦でリアル落下耐性がついたのだろうか？

しかし、見た目の印象を裏切り、リューが感じた浮遊感は本当に一瞬だった。ちょっとふわっとして、それで終了。

「——……ん、着いたか」

視界が真っ暗になったと思えば、次の瞬間には石造りの通路に立っていたリューは、きょろきょろと辺りを見渡す。視界に入るモノといえば、幅一〇メートル、高さ四メートルほどの通路と、その壁に設置された燭台《しょくだい》くらい。

通路は真っ直ぐ前方に続いており、リューの立っている場所の背後は壁だった。

「なんか、まんま『ダンジョン』って感じの場所だなー」

リューはそう言うと、とりあえず武器を取り出して通路を進み始めた。

通路は数十メートル歩くと直方体をした部屋に出た。部屋には正方形の床石が敷き詰められており、リューが背後を確認すると、通路の床もそのようになっている。

部屋の広さは縦が五〇メートル。横が一〇〇メートルほど。リューが入ってきた出入り口とは別に、三つの出入り口がそれぞれの面に見えた。

そして、数体のモンスターが部屋の中を好き勝手に徘徊《はいかい》していた。

リューはここで、ダンジョンの構造を見てふと思いついたことがあった。そう、昔遊んだゲームでこんな感じの見たこととある、というヤツだ。

「……不思〇のダンジョン？　入るたびに構造変わるのか、ここ？」

きょろきょろと床にアイテムが落ちていないか見てみると、少し離れたところにポーション瓶が落ちていた。近づいて拾ってみると、ウィンドウが現れ、『［？？？のポーション］を手に入れた』と表示された。

「無駄に細かいなぁ……。というか、イベントで一回しか入れないのに、構造が変わるもクソもなくない？　……まぁいいや、とりあえず今は……」

そんなことを言いながら、リューは部屋の中にいるモンスターに目を向けた。

三メートルほどの大きさの粘液状のモンスターが二体。二メートルほどのコウモリが二体。そして、羽と嘴《くちばし》を持った蛇が一体。

「どこかで見たことあるような……いや、気のせいか」

リューはモンスターの見た目に既視感《きしかん》のようなモノを覚えたが、気のせいだと頭を振る。

そして、紅戦棍《こうせんこん》を振りかぶり、一番近くにいる『ダンジョンバット』……コウモリAに襲い掛かった。

「まずは試しに……そぉい！」

「キキッ！」

リューが放った攻撃はコウモリAに予測されていたようで、ひらり、と軽い身のこなしで躱《かわ》されてしまう。

「キキーッ‼」

そして、攻撃直後のリューめがけて、コウモリAは牙を剝《む》き出しにして襲い掛かってきた。

「【バックステップ】。……思ったより素早いな。それなら……【ソードオブフェイス】！」

コウモリの攻撃を回避したリューは、宙に浮かぶ魔力の剣を複数創り出し、それをコウモリめがけて射出した。

高速で迫る魔力の剣。コウモリAは必死に身を躱《かわ》し、一本目、二本目と回避に成功する。

だが、三本目の剣を避けることができず、右の翼が傷ついてしまう。

「キィ⁉」

「これで、機動力は奪ったぜ！　切り裂け、【ソードオブフェイス】！」

リューは残った剣をコウモリAを囲むように展開すると、狙《ねら》いをコウモリAに定め、一斉に発射。

「……ッ‼」

コウモリAはなすすべもなく全身を貫《つらぬ》かれる……と思った次の瞬間。

「何ッ⁉」

なんと、横合いから伸びてきた粘液状の触手が、魔力の剣からコウモリAを守ってしまい、攻撃は不発に終わった。

リューとコウモリAとの戦闘に乱入してきたのは、一番近くにいた粘液状のモンスター『ダンジョンスライム』……スライムAだった。

「へえ、ここのモンスターは種族が違うのに共闘もするのか。ますますダンジョンっぽいな！」

リューは嬉しそうに言うと、紅戦棍を構えなおして不敵に笑う。だが、ダンジョンのモンスターたちは神官スマイルを前にしても怯《おび》えるそぶりはなかった。

……まぁ、コウモリとスライムなので、リューの表情など見えていない可能性も存在するが。

そうこうしているうちに、部屋にいたモンスターたちがリューのもとに集まってくる。完全に囲まれてしまったリューは、口元に浮かべた笑みを深めると、紅戦棍をしまい、【ソードオブフェイス】で長剣を二振り創り出し、両手に持った。

リューが武器を構えたのを見て、モンスターたちは敵意もあらわに襲い掛かってくる。

コウモリが闇《やみ》属性の魔法を放ち、スライムは触手を伸ばす、鳥のような蛇は鋭い嘴を光らせてリューに突っ込んできた。

リューは【決戦式《バトルエンチャント》・魔法破壊《マジックブレイク》】を付与した蹴《け》りで魔法を砕くと、その勢いで宙返りをして触手を回避。突っ込んできた鳥のような蛇に【エアリアルブリンガー】を叩《たた》き込み、地面に串刺しにした。

そのまま【インパクトシュート】で鳥のような蛇の頭を粉砕すると、飛び上がって空中のコウモリに躍《おど》りかかった。

「さぁ、次はお前らの……番だァアアアアアアアアアアアアッ‼」

実に楽しそうなリューの声が部屋の中に響き渡った。

そして、五分後。

「ふぅ、なかなか楽しめるじゃねぇか。ゴーレムが雑魚《ざこ》だった分、こっちで調整されてんのかね？」

そんなことを言いながら、部屋を出て探索を開始するリューの姿があった。

彼がいた部屋には静寂《せいじゃく》が広がっており、モンスターもアイテムも、何一つ残されていない。

こうして、リューのダンジョン攻略は、初《しょ》っ端《ぱな》から禍々《まがまが》しく始まったのだった。


このダンジョンは、確実にリューを殺しにかかっていた。

出てくるモンスターは質、数ともにほどほどというレベルではなく、通常のフィールドでは決して出会うことのない強さを誇っていた。

コウモリやスライムをはじめ、近接パワー系のエイプ。物理防御の高いメタルゴーレム。とにかく攻撃を回避しまくるハチドリ。そもそも物理攻撃の効かないゴースト。

さらには、遠距離から延々と矢を放ち、接近すれば四本の機械腕で武器を振り回すマシンナリーや、デバフと状態異常を引き起こす胞子《ほうし》をまくキノコ、突然現れてモンスターを回復させ、さっさと消えてしまうフェアリー。

さらには、見た者の正気を削る最悪のフォルムを持つGなど、物理・魔法・防御・支援・精神攻撃と隙《すき》のないラインナップのモンスターたちが、リューの命を狙って殺意マシマシに襲い掛かってくる。

さらに、いたるところに設置されている罠《わな》も厄介《やっかい》だった。

床のタイルのどれかがスイッチになっており、それを踏むと罠は発動する。

ダンジョン内で拾える［ダウンジング・ペンデュラム］というアイテムで発見することはできるのだが、解除のスキルを持っていないので無効化はできない。

そして、このトラップが戦闘中に発動すると、あっという間に劣勢に叩き込まれるのだ。

毒矢や棘《とげ》トラップなら大丈夫だが、麻痺《まひ》や眠り、金縛《かなしば》りに暗闇といった厄介すぎる状態異常の罠。いきなり別の場所へ飛ばされる転移の罠。武器を強制的に落とされる装備解除の罠などは、踏んだら最後、モンスターたちに袋叩きにされてしまうだろう。

さらに、この罠はプレイヤーだけに反応するらしく、罠を利用した戦法は使えないときた。

敵の戦力は罠という地の利を得ることで何倍にも膨《ふく》れ上がる。

しかし、それらを駆使しても、ダンジョンはリューを殺せていなかった。

敵が強い？　ならば、こちらがそれよりも強くあればいい。または、弱点を探してそこを突けばいい。

罠が厄介？　来ると分かっているのなら対策のしようがある。または、その場から足を動かさずに戦闘を行えばいい。……というか、床のタイルが罠の発動条件である以上、飛んでいれば一発で解決だったり。

そんな感じで、リューは迷宮内を鼻歌交じりで……というほどの余裕はなくとも、笑みを絶やすことなく進んでいた。

進軍を続けること二時間ほど。リューは順調に攻略を行っており、今現在は第六層を探索していた。

リューはとある部屋に続く通路の前で、おもむろに立ち止まる。この場所に入ろうとした瞬間、猛烈に嫌な予感に襲われたのだ。

「おん？　……なんだ、今の？」

通路から見える範囲に何かがないか確認。しかし、アイテムはおろか、モンスターの影すら見えない。

が、奥の方に下の階層に降りるための階段を発見。嫌な予感がする部屋に、敢《あ》えて入ることが決定した。

罠の可能性もあるので、［ダウンジング・ペンデュラム］を取り出して先端の結晶を垂らす。罠が近くにあるとこの結晶が黄色く発光し、すぐそばにある場合は赤く発光するという代物《しろもの》だ。

しかし、結晶はうんともすんとも言わず、嫌な予感の正体が罠ではないことが分かっただけで終わった。

「うーん、気のせい……か？」

結局、そう結論づけたリューは、警戒だけは怠《おこた》ることをせず、部屋に足を踏み入れた。

そして、次の瞬間。

「……ッ⁉　うっそだろ……オイ……！」

リューは、目の前の光景に思わずといった様子で呟《つぶや》いた。

部屋はこれまで探索してきたどの部屋よりも広く、四方の一辺が五〇〇メートルはある。天井も、かなりの高さがある。これだと［ダウンジング・ペンデュラム］の探知範囲では届かない。

そして、そんな広大な空間に、床や壁が見えなくなるほどの膨大《ぼうだい》な数の魔法陣が輝いていた。

リューはその魔法陣に見覚えがあった。なにせ、自分が『ある』魔法を使うときに現れる魔法陣に、非常によく似ていたのだから。

「この数の……召喚――ッ⁉」

次の瞬間、魔法陣が強い光を放ち、その効果を発揮しようとする。

「まずッ……【決戦式《バトルエンチャント》・範囲拡大《レンジオーバー》】【決戦式《バトルエンチャント》・効果感染《エフェクトチェイン》】【決戦式《バトルエンチャント》・魔法破壊《マジックブレイク》】ッ！」

リューはとっさに三つの【決戦式《バトルエンチャント》】を発動させると、思いっきり紅戦棍を振りかぶった。

「【グレネードブラスト】ッ‼」

発動するアーツは、【タイラントプレッシャー】よりも低威力の衝撃波を、【タイラントプレッシャー】よりも広範囲にばらまくモノ。

それによって、魔法破壊効果を持った衝撃波が空間を打ちすえ、リューの前方十数メートル以内の魔法陣をすべて消し去ってみせたが、焼け石に水だった。

「来るか……ッ！」

リューがそう言った瞬間、数多《あまた》の魔法陣からモンスターが現れ、産声《うぶごえ》をあげるかのように咆哮《ほうこう》する。ここまでリューの行く手を阻《はば》んできた厄介なモンスターたちが、一、十、五十、百……それ以上は、数えることができなかった。

それは、ダンジョンのお約束にして、最大級の罠。掛かってしまえば最後、待っているのは大抵――死。

「「「「ガァアアアアアアアアアアアアアアアアアアアアアアアアッ‼」」」」

「「「「キィイイイイイイイイイイイイイイイイイイイイイイ‼」」」」

「「「「グラァアアアアアアアアアアアアアアアアアアアアアア‼」」」」

部屋中を埋め尽くすモンスターの群れ……『モンスターハウス』だ。

現れたモンスターたちは、リューの姿を見ると、殺意をまき散らしながら我先にと襲い掛かってきた。

（さすがにこの数は……ッ！　チッ、使う気はなかったんだがな……仕方がないッ！）

絶体絶命の危機。リューは内心での葛藤《かっとう》をコンマ数秒で捨て去ると、自身の手札の中で、この状況を打破できそうな鬼札を切ることを決める。

「まずは……【ソードオブフェイス】！　【シールドオブフェイス】！」

リューの周りに、魔力の剣と魔力の盾《たて》が無数に現れる。

攻撃力を捨て、耐久性を大幅に上げたそれらを自分を守るように配置すると、リューはポーションを飲み、ＭＰを満タンまで回復させた。

そして、紅戦棍を持った手を頭上に伸ばし、もう片方の手を胸元で握りしめ――詠唱《えいしょう》を開始する。

それは、あまりに効果が高く、リューが意図的に（戦闘がつまらないという理由で）使わないようにしていたモノだった。夏のイベントを乗り越えたことで使用可能になった、特殊かつ特異な魔法。

その魔法を内包するスキルの名は――《古代召喚魔法》。

リューがもともと持っていた《召喚魔法》が進化したものであり、従来の召喚魔法に比べ、より戦闘に特化した魔法を覚えることができる。

今のリューが使えるのは、たった一つの魔法だけ。その効果は……広範囲殲滅《せんめつ》。

「『眠りから覚めよ、永遠なるものよ。汝《なんじ》は悠久を揺蕩《たゆた》うものにして、月なき夜に蠢《うごめ》くもの。星々が輝き狂い、汝を讃《たた》える歌が響く今、その影を我に遣《つか》わせたまえ。我が魔力を贄《にえ》として、その神威の一端を知らしめよ。その末に何も残らないとしても、我は汝を願い続ける』」

詠唱によりモンスターたちの頭上、天井付近に広大な魔法陣が現れた。線を構成する色は黒。光さえ呑み込む漆黒《しっこく》だった。

膨大な魔力と、どこか恐ろしく忌《い》まわしい雰囲気を纏《まと》った魔法陣は、詠唱が終わるとともに白色の鈍《にぶ》い輝きを放つ。

モンスターたちは、その魔法陣の危険性を本能で察したのか、魔法行使を止めようとリューを狙う。だが、配置された魔力の剣や盾がそれらを阻む。容赦なく破壊されていくが、モンスターたちがリューにたどり着くより……魔法が完成する方が、早い。

「【降り注げ、古き神々の威光・影《ヴィティトゥス・オラティオ・ウムブラ》】」

リューが魔法名を口にした瞬間、頭上の魔法陣から、『ナニカ』が姿を現した……ような気がした。

その『ナニカ』は本当に一瞬だけ、その姿をこの場に披露《ひろう》し、すぐに魔法陣に戻っていった。

だが、その一瞬で十分だった。

いつの間にか、部屋の中からあれだけ騒がしかったはずのモンスターの叫び声が聞こえなくなっていた。

リューが視界を遮《さえぎ》る剣や盾を除《の》けると……そこには、地獄絵図が広がっていた。

「ガァ……ア……」

「ギァ………イィ……」

モンスターたちはその場に倒れ伏し、全身が黒い帯のようなモノで巻かれていた。その帯のようなモノをよく見ると無数の文字で構成されており、それがモンスターの体を侵蝕《しんしょく》していた。そして、黒い帯の侵蝕が、ある一定の範囲まで広がると、そのモンスターはその場から忽然《こつぜん》と姿を消してしまう。

次々と消えていくモンスターたちを見て、リューは顔をしかめ、ため息を漏《も》らした。

「はぁ……強力なのはいいんだが……さすがにあっけなさすぎるというか、味気がないというか……まぁ、一度使ったら一日は使えないし、基本的に使う気もないからいいんだけどさ……」

【降り注げ《ヴィテイトウス》、古き神々の威光《オラティオ》・影《ウムブラ》】。

《古代召喚魔法》の一つで、古き神々の影を一瞬だけ顕現《けんげん》させ、その存在から降り注ぐ呪詛《じゅそ》によって広範囲の敵を消滅させる恐ろしい魔法だ。その代わり、この魔法で倒した敵からは、経験値もドロップアイテムも手に入らない。

しかも、魔法名に影とついていることから、この魔法よりも強力で、より恐ろしい魔法があることが分かってしまうのが怖い。

この魔法はお蔵入りにしよう、とリューは心に決めるのだった。

そしてリューは、モンスターがいなくなったモンスターハウスの入り口から見えた階段を使い、次の階層へと進むのだった。

◇　◇　◇

「ふぅん、順調っぽいっすね、先輩」

「リューくんなら、当然」

「今のリューの魔法、すごかったですね。何が起きたのか分からなかったのに、敵が消えていって……独裁ス○ッチ？」

そんなふうな姦《かしま》しい会話が、『モノクロ』の休憩スペースに響いた。

そこには、サファイア、アッシュ、マオの三人がおり、ちゃぶ台の上に展開した大きいサイズの仮想モニターをみんなそろって眺めていた。

モニターにはダンジョン攻略中のリューが映っており、彼女たちはその姿を見ながら、わいわいきゃっきゃと話を弾《はず》ませる。

リューは今現在、第七層を探索中だ。

「それにしても、ハンパない殺意っすねぇ、このダンジョン。私じゃ入ってすぐにやられちゃうっすよ」

「ん。罠も容赦ないのが多い。盗賊がいないとヤバそう」

「あの罠発見器みたいなの、どうなっているんでしょうね？　探査魔法でも込められているのでしょうか？　……似たようなものなら、作れそうですが。でもまぁ、使い道がないんですよねぇ～」

「製作者は今回のイベント参加者たちに何か恨みでもあるんすかねぇ」

「恨み？」

「ええ、なんだかそんな感じがするっす」

マオがそう言うと、その隣でアッシュが何かに気づいたようにハッとなった。

「イベント参加者……共通点……恨み……結婚システム……。……分かりました！　私、分かりましたよ！」

突然、そんなことを言いだしたアッシュに、他の二人は首を傾《かし》げつつ、問いかける。

「アッシュ、どうしたの？」

「えっと、何がっすか？」

「だから、今マオが言ったことが、ですよ。製作者が参加者に対して恨みを持っているというヤツです」

「ああ……いや、アレはただの冗談……」

マオがそう告げるが、テンションが上がっているアッシュは話を聞かない。

「ふっふっふ、今回のイベント参加者は、『エンゲージリング』が目当ての人がほとんど。つまり、結婚システムの恩恵に浴せるような状態にある者ばかりということ」

「……それが？」

「ですから、今回の参加者たちのほぼ全員が、リア充だということを示しているんですよ！」

「「……はぁ」」

この時点で何となく話のオチが見えた二人だが、楽しそうにしているアッシュの邪魔をするのは忍びないと、空気を読んで聞き手に徹している。

そんな二人の様子に気づかないアッシュは、ビシッとモニターを指さし、まるで犯人を追い詰めた探偵のように、自身の出した結論を口にした。

「つまり、今回のイベント製作者は非リア充！　このダンジョンも、リア充に対しての強烈な恨みからできているのです！」

「「な、なんだってー!?」」

律儀《りちぎ》に乗ってあげる二人。やさしい。

「『花婿の試練』とは仮の名前……このイベントの真名《まな》は、『リア充絶対殺すマン』です！」

「おー……。さすがアッシュ、経験がモノを言ってる」

「同類の思考に対する鋭い洞察っすねぇ。私たちには到底真似できねぇっすわ」

「それどういう意味ですか!?」

ガーン、とショックを受けた様子のアッシュに、くすくすと笑う二人。

そんな和《なご》やかな雰囲気とは裏腹に、リューの映るモニターの方では、血腥《ちなまぐさ》い光景が続いているのだった。

◇◇◇

モンスターハウスを突破した後は、これといって特筆することは起きず、殺意に溢《あふ》れたモンスターや罠を撃破したり回避したり粉砕したりしつつ、リューはついに最下層である第十層に到達していた。

「……ここで最後、だな」

階段を降り、見るからに雰囲気の異なる真っ直ぐな通路を歩きながら、リューは独《ひと》り言《ご》ちる。それに答える者はおらず、壁に取り付けられた燭台で、蠟燭《ろうそく》の火が少しだけ揺らめいただけだった。

通路を進むこと数分。いまだに変わったものは見えてこない。が、ここで突如《とつじょ》、通路が僅かに震動したかと思えば、「……ォオン」と地獄の底から響いてきそうな重低音がリューの耳に届く。

「これは……そうか、今の声がイベントボスの声ってわけだな」

リューは確信を持ちつつそう言うと、前傾姿勢になって駆けだす。その時の彼が浮かべていた表情は、新しいおもちゃを前にした幼子のそれとあまり変わりなかった。

そうして走ること三分。リューの目の前に、両開きの重厚な扉が現れる。扉は金属製で、開けるのにも一苦労しそうだった。

だが、リューがその扉に手を伸ばすと、それはひとりでに動き、内側に開いていった。まるで、「入ってこい」とリューを招き入れているかのよう。

それをイベントボスの挑発と受け取ったリューは、笑みを深めつつ扉の向こうへと足を踏み入れた。

入った先は、一辺が一キロメートルはありそうな巨大な広間だった。上を向いても天井は見えず、暗闇が広がるのみ。どうやら高さもそれなりにあるようだ。

部屋の中には太い柱が均等に並んでおり、どこか神聖な雰囲気を放っている。

そして――部屋の奥から感じる、明らかにただものではない殺意。

殺意そのものが質量を持ち、津波のようにリューを押し潰《つぶ》そうとする。リューはとっさに《威圧》を発動し、それを相殺《そうさい》すると、いつでも戦闘ができるように紅戦棍を構え、自身に強化魔法を施《ほどこ》した。

リューは殺意の放たれた広間の奥に向かって歩を進めていく。こつこつ、とグリーヴが床を叩く音だけが響く。

やがて、リューが広間の中央にたどり着いた瞬間に、『ソレ』は姿を現した。

『――――来たか、虫けら』

部屋全体を振動させるかのような重低音。

それは、リューの視線の先、暗闇からのっそりと現れた存在が放った声だった。

「おいおい……マジかぁ」

リューは思わず、ぼやくような声を漏らした。

彼の視界に映ったのは、誰もがよく知るモンスターだった。大抵の作品では強大な存在とされ、時には神とも同一視される。

蛇や蜥蜴《とかげ》に似た頭部、天空を統《す》べる両翼、憤怒《ふんぬ》に燃える蒼眼《そうがん》、強靭《きょうじん》な四肢、堅牢なる鱗《うろこ》は暗灰色《あんかいしょく》をしている。

リューはそんな姿の存在を、一つしか知らなかった。

「――ドラゴン」

ぼそり、と呟く。リューの前に姿を現した『ソレ』――ドラゴンにその呟きが届いたかどうかは定かではないが、ドラゴンはまるで返事をするかのように天を見上げ、鋭い牙の生えそろう口を開くと――咆哮した。

『ガァアアアアアアアアアアアアアアアアアアアアアアアアアアアアッ‼』

気が弱い者ならそれだけで意識を失ってしまいそうな大音声に、リューはたまらず耳を押さえた。

『待っていた……待っていたぞ……！　この瞬間を……！　貴様らを殺せる今この時をな

あ‼』

「……ははっ、随分と殺《や》る気まんまんじゃねぇか。俺、お前とは初対面のハズだが？」

『フンッ！　貴様が我の存在を知らずとも、我は貴様らの存在を知れるのだよ。あまり我を見くびるな、矮小《わいしょう》なる人間よ』

ドラゴンは小馬鹿にするようにそう言うと、すっと前脚の爪を一本伸ばし、リューに突きつけた。

『さて、人間よ。今ここで我が領域に侵入したことを詫び、潔《いさぎよ》くその命を差し出すというのなら、苦しめずに殺してやろう。だが、あくまで抵抗するというのなら……』

そこで言葉を切ったドラゴンは、おもむろに尾を高速で動かし、近くにあった柱に叩きつけた。

その一撃で太く屹立《きつりつ》していた柱は粉々に砕け散った。ガラガラと瓦礫《がれき》が崩れる音が響く中、ドラゴンは言葉を続ける。

『この柱のように、ズタズタのボロボロになるまで弄《もてあそ》んでから殺してやろう。どうする？　言っておくが、これは格別の慈悲だぞ？』

しかし、その程度の脅《おど》しでこの神官が怯《ひる》むはずもなく、より一層戦意を滾《たぎ》らせると、高らかにドラゴンへと言葉を叩きつけた。

「そんなの、考えるまでもねぇよ。――お前を倒して貰っていくぞ、『エンゲージリング』を！」

『…………』

ドラゴンはあくまでも敵対する道を選んだリューへゴミ屑《くず》を見るような視線を送ったのち、盛大に火炎交じりのため息をついた。

『ハァ……愚か……愚かに過ぎる……。なぜ勝てぬと理解できない？　なぜ自分が強いなどという勘違いをする？　貴様はなんの根拠があって我を打倒できるなどと考えたのだ？　我にはとても理解できん……』

「そんなの、決まってんだろ？」

ドラゴンの呆れ返ったというような物言いに、リューはなんでもないとばかりに返す。

「俺は信じているんだよ。お前を倒せると確信している俺自身を。そして、俺の帰りを待ってくれてる奴が信じてる俺ってヤツを、俺は心から信じてる。……言っておくぞ、ドラゴン。俺は、強いからな？」

どこまでも真っ直ぐに、不純物の一切ない心でそう言い切ったリューは、いつもの笑みを浮かべて紅戦棍をくるり、と回した。

「お前が矮小だの虫ケラだの言う奴の力……舐《な》めてると痛い目を見るってことを教えてやる。覚悟しろよ？」

そして、すっと紅戦棍の先端をドラゴンへと突きつけ、宣戦布告した。

『……これだから、――は嫌なんだ……』

すると、ドラゴンは纏う雰囲気をわずかに変え、ブツブツと呟き始める。

『信じてる？　なんだそのクソみたいな言葉は。自分を信じるならともかく、他人を信じるとか愚かの極みだろ？　それをさも当然のように言いやがって、だからお前らはバカなんだろうが。仲間？　友情？　ハッ、そんなものに縋《すが》らなきゃならないなんて大変だな。ええ？　おい。今時流行《はや》らねぇんだよそんなの』

先程までの畏怖《いふ》するようなオーラとはまったく違う、ドロドロに煮詰まった汚泥《おでい》じみた障《しょう》気《き》を全身から立ち昇らせ、ドラゴンは昏《くら》い瞳をリューに向ける。

『それにアレだよ。あの自信満々な顔。自分が失敗するなんてこれっぽっちも考えていない顔だ。ああいう顔をしている奴ほど、自分のミスを他人に押しつけたりするんだ。ほんとに醜《みにく》いな。ゴミじゃねぇか。ああ嫌だ嫌だ。視界にすら入れたくない』

「……さっきから、何言ってんだお前？」

『あ？　何話しかけてんの？　いつ誰がお前の発言を許可したよ？　黙れよほんとに。クソッ、なんでこんな奴が……この世には見る目のない女しかいねぇのかよ。どう見てもコイツより俺の方が優れてるだろうがその目は節穴かよオツムに脳みそ入ってねぇのかよ。だから同じような奴らとくっついてんのか？　ハッ、バカじゃねぇのバカだろクソクソクソォ‼』

「……えーっと、ちょっと落ち着いたら？」

ついには呪詛をまき散らし始めたドラゴンに、リューは困惑し切った表情で語りかける。

「いやあの、お前が何に対してキレてんのか分からんのだが……昔なんかあったの？」

なんでドラゴンに人生相談じみたことしてんだろ……と思ったリューだが、努めて気にしないようにした。

『煩《うるさ》い、話しかけんなって言ってんだろ？　いいから死ねよ、早く死ね。目障《めざわ》りなんだよ耳障《みみざわ》りなんだよ俺じゃない奴が俺より幸せそうにしてんじゃねぇ俺をあざ笑ってんじゃねぇ俺を馬鹿にしてんじゃねぇクソがクソがクソがクソがクソが死ね死ね死ね死ね死ね死ね死ね死ね死ね死ね……』

ドラゴンは、ばさりと翼を広げると、首を伸ばしてリューの方を向き、ガパリと口を開いた。

ドラゴンの行うその動作が意味することはただ一つ――ブレスだ。

『何もかも全部消え去っちまえよ！　この――――クソ『リア充』がぁあああああああああああああああああああああああああああああああッ!!!!』

「マズっ、【ソードオブフェイス】！」

ドラゴンの口内に一瞬で魔力が充塡《じゅうてん》され、鼻先に展開された魔法陣がそれを火炎に変換する。放たれた火炎のブレスは広間中を容赦なく灼熱《しゃくねつ》の地獄と化し、その威力をまざまざと見せつけた。

リューは間一髪《かんいっぱつ》で空に逃れることに成功したため、それに巻き込まれることはなかった。しかし、眼下の惨状を目に入れると、思わず固唾《かたず》を呑んだ。

『何避けてんだ？　死ねって言ってんだろォオオオオオオオオオオオオ!!?』

「うおっ!?　アブね!?　つうか、お前は何を言ってるんだよ!?」

『煩いッ！　リア充に発言権があると思ってんじゃねぇよ！　テメェらみたいなのがいるから、

俺が……俺が……ッ！　ァあアアアアアアアアアアアアアアアアアアアアアアアアアアアッ!!?』

「し、静まりたまえ！　静まりたまえーッ！」

怒《いか》り狂っているのに、ドラゴンの攻撃はやけに正確だった。リューにはよく分からないことを喚《わめ》き散らしていても、さすがは魔物の王といったところだろうか。

『何が『エンゲージリング』だ！　何が『永遠の婚儀』だ！　女といちゃつくことに神聖さを求めるんじゃねぇよ!?　んなことに現《うつつ》を抜かしてるボケナス野郎が、ここまで来てんじゃねぇよ！　このヤリ○ン屑野郎がッ！』

「なんかとんでもなくヒドいことを言われてる気がする……なんだこのドラゴン!?」

ひらり、ひらりと攻撃を回避し続けるリューの視界に、ドラゴンのHPゲージと名前が映り込む。HPは言うまでもなく膨大。

そして、訳の分からない呪詛をまき散らすこのドラゴンの名は――『シンスドラゴン・エンヴィーラース』。

嫉妬《しっと》と憤怒《ふんぬ》、七つの大罪のうち二つを名に冠する業《ごう》深き竜は、リューへと怨嗟《えんさ》の叫びを叩きつける。

『リア充は、死ねぇえええええええええええええええええええええッ!!』

「あああああああッ！　うるせぇな分かったよ！　そんなに俺を殺したいならやってみろよアホドラゴン！　やれるもんならなァアアアアアアアッ!!」

『そのセリフがもうウザいんだよぉおおおおおおおおおおおおおおッ!!』

言われっぱなしで腹が立っていたのか、リューも多少怒りの込もった叫びをあげた。
最終決戦――開幕。

リューとドラゴンの戦いは熾烈《しれつ》を極めていた。

『ガァアアアアアアアアアアアアアアアアアアアアアアアアッ!!』

「くっ……オラァ!?」

『効かぬ！　その程度の攻撃など、蠅《はえ》が止まったほどにしか感じぬわ！』

「はっ、精神的ダメージがデケぇな、そいつは！」

いつの間にか口調が元に戻っているドラゴンの攻撃をリューが回避し、一撃を叩き込む。先程から戦闘の流れはほぼコレだけ。

しかし、リューの攻撃は当たってはいるものの、ほとんどダメージを与えることができていない。

それは、ドラゴン種の持つ特殊な能力の一つ。物理と魔法に高い耐性を持った結界の存在が原因だった。全身を覆うように展開されている結界は、竜の玉体《ぎょくたい》を傷つけようとする攻撃の威力を著《いちじる》しく減衰させる。

リューはテンペスト・ワイバーンロードの討伐を行った際、攻撃の通りが悪かったことに疑問を覚え、サファイアにそれを話したことで、この結界の存在を知った。

その時に、結界の弱点が『逆鱗《げきりん》』であることも聞かされているので、そこを狙っているのだが、上手くいっていなかった。

『死ね！　死ね！　死ねぇ！　【イーグニス・クンポールシオ】！』

一つ、雨あられと降ってくる火炎魔法の存在。

攻撃範囲が広く、魔法を避けたとしても着弾点に炎が残るので、移動の自由を制限されてしまう。おかげでリューは戦闘中、ほとんど床に降りていない。

「おらっ！　【タイラントプレッシャー】ッ！」

『ふんっ……どこを狙っている？』

二つ、その巨体に似合わぬ敏捷性《びんしょうせい》。

体が大きい＝ノロいというイメージを粉々に打ち砕くほどに、ドラゴンの動きは機敏であり、真正面から殴りかかったところであっさりと躱されてしまう。防御力も高いクセに回避力も高いとは厄介にもほどがあると、攻撃を避けられたリューは内心でぼやいた。

『そろそろちょこまかされるのも鬱陶《うっとう》しい。いい加減くたばってもらおうか！　ガァアアアアアアアアアアアアアアアッ‼』

「断るッ、くたばんならお前がくたばれ……よっ！」

三つ、すべての攻撃が一撃必殺な破壊力の高さ。

爪や尾での薙《な》ぎ払い、叩きつけ攻撃は、真正面から受け止めれば、確実に防御ごと潰されてしまうほどの威力を有していた。

回避や受け流しに専念しているからこそ生き残っていられるが、それでも少し掠《かす》っただけで

HPを半分は持っていかれるのだ。まともに一発喰らえば、その一撃だけでHPが消し飛ぶのは目に見えている。

「こんなッ……強いのにッ……リア充だのなんだのって、なんなんだお前？　だいたい、いつ俺がそのリア充とやらになったよ。身に覚えがねぇぞ？」

『はい殺すぅー！　絶対に殺すぅー！　そのリア充特有の「俺、別にリア充でもなんでもありませんから」ってヤツ、死ぬほどムカつくわー。何それ余裕？　余裕なん？　それともこの世にはリア充しかいないとでも思ってんの？　非リアは世界に存在する資格がないとでも言いたいワケ？　傲慢《ごうまん》もいい加減にしとけよこのクソリア充がよぉ⁉』

「……どこにスイッチがあるか分からんなぁ」

四つ、時折発動するモード『リア充死すべし慈悲はない』。

ふとした発言から対象のリア充オーラを敏感に感知し、烈火のごとく怒り狂い、怨嗟と呪詛をまき散らすモードである。攻撃の威力は上がるが動きが単調になり、言動が支離滅裂《しりめつれつ》になる。口調も威厳ある超越者という感じから、喚き散らす若造みたいになり、一気に小物臭《しゅう》が漂うようになる。

リューは怒り狂うドラゴンの攻撃を回避しつつ、ここからどうするのかを考える。

単純に突撃、粉砕！　ということができるのなら話は早いのだが、多少どころじゃないステータス差を考えれば、愚策中の愚策。いつも通りの戦い方では歯が立たない。

だが、搦手《からめて》を狙おうにも、生半可な策ではステータスの暴力の前に敗《やぶ》れ去ることとなる。

（まずしなくちゃならねぇのは、結界の排除……つまり、結界の要《かなめ》である逆鱗の破壊だ。それをなんとかしないことには、勝ち目はねぇ……。だが、相手だってバカじゃないんだ。こちらが逆鱗を狙ってることくらい分かっているはず。だいたいの場所は把握できてるし、何とか動きを止めることができれば……。だが、どうやって？　【バインド】やら【召喚《束縛する悪魔の黒腕《こくわん》》】でも厳しいだろうな。となると、こちらからではなく、向こうが勝手に足を止めてくれるように仕向けるしかない……か）

迫りくる爪に紅戦棍をぶつけ、自《みずか》ら吹き飛ぶことで攻撃の威力を殺しつつ、ドラゴンと距離を取ったリューは、これまでのドラゴンとのやり取りを思い返しながら、作戦を考える。

（あのアホドラゴンが動きを止めるのはいつだ？　……魔法を使う時だ。集中する必要があるのかどうか知らねぇが、毎回その場にとどまって魔法を発動させている。……隙があるとすればそこだな。だが、その隙を狙うにしてもあまり一瞬だと何もできない。今よりももっと強力な魔法を使わせて、そこで…………。今考えられるのはこのくらいか？　上手くいくかどうかは分からんが……くはっ、やるっきゃねぇか！）

作戦の定まったリューが、ニヤリと口元を吊り上げる。視線をドラゴンに向ければ、全身に闘志が駆け巡り、今にも叫びだしてしまいそうなほどの歓喜が胸中を満たす。

「楽しい……」

その呟きは、リューも意図せずに零したもの。

「敵は強大……戦況は敗色濃厚……誰がどう見ても窮地《きゅうち》……だがッ！」

リューは摑んでいる魔力の剣を操作し、さらには移動系アーツを駆使することでドラゴンに接近する。

当然のように迎撃に出るドラゴンだが、爪を振るおうが尾を叩きつけようが、リューに当たることはなかった。

記憶にある攻撃の軌道から推測し、攻撃が届くよりも早く回避行動に移るリューの妙技。それに少しだけ面喰らった様子のドラゴンの頭部めがけてリューは飛ぶ。

『馬鹿めッ！　このまま喰らってくれるわッ！』

飛翔してきたリューを、ドラゴンは口を大きく開けて迎え撃つ。

だが、リューはドラゴンの口に収まりそうになった刹那《せつな》、左腕を上に突き出して【エアリアルブリンガー】を発動。上に移動することで嚙みつきを回避。

『何ィ!?』

「バカはお前だ、アホドラゴン。【ファングエッジ】！」

リューはドラゴンの左目に程近い場所まで飛ぶと、抜き手の形にした左腕をそこに突き刺した。

『ガァ!?』

「ご自慢の結界も、ここなら少しは効力が弱まるんじゃないかと思ったが、案《あん》の定《じょう》だったな。これはおまけだ、取っておけ……【エアリアルブリンガー】」

『ツガァアアアアアアアアアアアアアッ!?』

目玉を抉《えぐ》られ、そこに渦巻く烈風なんてものを発生させられたらどうなるか。ドラゴンの目玉はまるでミキサーにかけられたようになり、もう二度と光を得ることは適《かな》わなくなった。

『貴様ァアアアアアアアアアアアアアアアアアアッ‼』

「ハッ、リア充憎しとか言ってるくせに、そのリア充とやらにヤラれてんじゃねぇか。情けないなぁ、アホドラゴン？」

『我の目を……！　許さぬ！　絶対に許さぬ……！』

「許す許さないを決める権利がお前にあるとでも？　はっ、身の程ってもんを知れよ。なんだっけ、えーっと……非リアドラゴンさん？」

『……ッ！　……ッ！』

「あれ？　怒ったの？　さんざん俺のこと矮小だのなんだの言っといて、そんな奴の言葉に怒っちゃうの？　プライドってもんがないのかお前。……ああ、めったやたら他人を妬《ねた》んで貶《けな》すアホドラゴンだもんな、ないかそんなもの」

リューはドラゴンの顔の周りをぶんぶん飛び回りながら、辛辣《しんらつ》な言葉を嘲笑とともにぶつけていく。

これは別に、リューの隠れたドSが発揮されたとか、そういうわけではない。目的は、ドラゴンを怒らせること。

『殺すッ！　惨《むご》たらしく殺してやる！　もはや骨の一本も残ると思うなっ！』

「御託《ごたく》はいいからさぁ……来なよ？」

『上等だクソリア充ガァアアアアアアアアアアアアアアアアアアアアアアアアアアッ‼』

ドラゴンの精神的に不安定なところを揺さぶるリューの口撃は、ドラゴンの怒りを引きずり出すことに成功した。

そして、怒りに支配されたものは、思考が普段より単純になる。

『ガァアアアアアアアアアアアアアッ‼』

「ぐぁ⁉」

ドラゴンが振り回した前脚がリューに命中し、その体がもの凄い勢いで吹き飛ばされる。そのまま壁に激突したリュー。HPは一気に危険域に突入したが、とっさに紅戦棍で受け取めたため、ゼロにはならなかった。

しかし、その衝撃で紅戦棍を手放してしまう。紅戦棍はドラゴンの近くにカラン、と転がった。

壁にめり込んだリューは、がっくりと項垂《うなだ》れており、その顔は窺《うかが》えない。

この時、ドラゴンは気づけなかった。

直撃を喰らい、武器を落とし、あと少しで死ぬところまで追い詰められたはずのリューが、「ニヤリ」と笑みを浮かべたことに。

『我が最強の一撃を以《もっ》て、貴様を地獄に送ってやろう！　存分に苦しめ！　リア充ッ！』

ドラゴンはそう言うと、自身の眼前に巨大な魔方陣を出現させる。

『人の身では扱えぬ究極の魔法……《竜魔法》の力を思い知るがいいッ‼　【ドラコ・ダムナ

ティオ・ルベル】！』

ドラゴンが魔法名を高らかに謳《うた》い上げるとともに、魔法陣が光り輝き、そこから真紅《しんく》の閃光が広間中に向けて乱射された。

閃光が命中した箇所は一瞬で焼失していく。直撃を喰らえば即死は免《まぬか》れない。

そして、閃光はドラゴンの意を汲《く》んで屈曲し、壁にめり込んだままのリューに向かっていく。

『さぁ！　死ぬがいい！　跡形もなくなってしまえッ！』

「……ソイツは聞けない相談だな。【召喚《装霊降臨》】」

リューはおもむろに顔を上げると、【ハイジャンプ】でその場を離脱。一瞬前まで自分がいた場所に魔法が着弾したことを確認すると、すぐに地面へと着地した。

『なっ……だが、まだだッ！』

ドラゴンの魔法はまだ途切れていない。閃光が相次いでリューへと降り注ぐが、体勢を低くして走りだしたリューにはかすりもしなかった。

『グッ、ならば直接……ガッ⁉』

魔法が当たらないことに業《ごう》を煮やしたドラゴンがリューに近寄ろうとした瞬間、横合いから衝撃を受け、行動を阻害されてしまう。

『だ、誰だ⁉』

「ぐるるぅううう……」

ドラゴンの足止めをしたのは、いつの間にか現れた深紅《しんく》の巨狼《きょろう》だった。低い唸《うな》り声をあげながら、ドラゴンを睨みつけている。

『なんだこの狼《おおかみ》は……いったい、どこから……？』

怒りのあまり、リューにしか注意を向けていなかったドラゴンが気づかなくて当然だったが、この狼はリューが最初にドラゴンの魔法を回避したのとほぼ同時に、ドラゴンに程近い場所……具体的には、落ちていた紅戦棍から現れていた。

狼の正体は、リューが回避直前に発動させた召喚魔法、【召喚《装霊降臨》】により現れた召喚獣。

この魔法は、武器に宿った魂に肉体を与えて使役《しえき》するという一風変わった魔法。

今回、媒介《ばいかい》にした紅戦棍から現れたのは、リューが以前戦った深紅の魔狼《まろう》、ディセクトゥムの姿をした狼だった。

魔狼は、ドラゴンに向けて牙を剝き、全身の毛を逆立てている。

「犬ッコロ！　時間を稼《かせ》げ！」

「がぁあああああああああああああッ！」

『ちっ、クソッ！　狼風情《ふぜい》が、我の邪魔をするなど！』

リューの大雑把《おおざっぱ》過ぎる命令を受けた魔狼は、狼狽《うろた》えるドラゴンへと駆けだしていく。四足獣の俊敏さを存分に生かした動きでドラゴンを翻弄《ほんろう》し、爪や牙で攻撃を仕掛ける。

ドラゴンはまとわりつく狼を何とかしようとするが、攻撃は事前に察知されているかのようにやすやすと躱されてしまう。ならば魔法を……と口を開こうとすると、それよりも早く魔狼から魔力弾が放たれ、構築途中の魔法陣を破壊されてしまう。

『あぁあああああ！　飼い主に似てウザったいな貴様ァ！　いいから早く死ねぇえええええええぇッ!!』

「がうっ！　わうっ！」

魔狼が、ドラゴンの言葉に対して、とても不服そうな顔で「一緒にすんな」と言ったような気がした。

召喚獣にそんなことを思われていることなど知る由《よし》もないリューは、魔狼が時間を稼いでいる間に、あることを行おうとしていた。

「『契約により我に従え魔界の徒。奈落《ならく》よりもなお深き場所より現れしは邪悪の化身《けしん》。光を奪い世界を閉ざす深淵より昏き存在。絶望を振りまけ災禍《さいか》の如《ごと》く。【憑依《ひょうい》召喚『デモニック・ディスピア』】』」

走りながら詠唱するのは、夏のイベントで猛威を振るった特殊な強化魔法【憑依召喚『デモニック・ディスピア』】。詠唱が終わるとともに、リューの姿が変貌し、異形《いぎょう》と化す。

だが、リューの口の動きはここで終わらず、さらなる言《こと》の葉《は》を紡いでいく。

「『光よ、神聖なるものよ、我が身を見よ。闘争の果て、血に濡れた我が身を見よ。我は聖戦を生き抜き数多の邪悪を屠《ほふ》りし戦士。我が命が尽きるその時まで、汝のために戦うことを赦《ゆる》したまえ』」

先程とはまるで真逆《まぎゃく》の詠唱を終えると、異形と化したリューの体が白き光に包まれる。

「《猛り狂え神の子よ《アディクティバ・ゲルスト》》」

それは、リューが『狂戦神官《ベルセルクレリック》』にランクアップした時に修得してから、一度も使われることのなかったスキル。

戦闘中、HPの十倍以上のダメージを受けると発動することが可能となる強化スキル。リューはこれまで使用経験のなかったそれを、自身の最強形態に重ねるようにして発動するという暴挙に出た。

リューとしては、ドラゴンとのステータス差を少しでも埋めようと思っての行為だったのだが……ここで、まったくもって想定外のことが起こる。

《条件を達成しました。プレイヤー：リューは称号《聖邪混合》を取得しました》

《条件を達成しました。プレイヤー：リューはスキル《聖邪融合・混沌使徒《カオス・アポストルス》》を取得しました》

鳴り響くアナウンス。

そして、異形と化していたリューの姿が、さらに変わっていく。

カラーリングが反転し、黒を基調としていた神官服は純白に染まる。フードは外れ、両側頭部の角は右側だけになった。

肥大化していた左腕はデザインはそのままに元のサイズに戻り、右腕の甲冑《かっちゅう》にも深紅のラインと鎖、鋭利な爪が現れる。グリーヴは洗練されたデザインに変わり、黒と赤の装飾がなされている。なお、両腕の甲冑とグリーヴは変わらず闇の如き黒さを湛えていた。

背中の羽は右の片翼が白に染まり、瞳孔《どうこう》が縦に避けていた瞳は、角の生えていない方だけ黄金色に輝いている。

さらに、全身に漆黒と純白の光子がまとわりついていた。

「……は？　なんだこれ……？」

禍々しさを残しつつ、どこか神聖さを感じさせる装《よそお》いになったリューは、自分の変化に戸惑《とまど》いの声を上げた。

リューとしては、ドラゴンを倒すために自分の持てるすべてをぶつけようと、普段は使わないスキルにまで手を出しただけなのだが、この結果はさすがに予想外だったようで。

思わず足を止めて、変貌を遂《と》げた己《おのれ》の姿をまじまじと見つめてしまう。

（え、なに？　悪魔憑依とあのスキルを一緒に使うと、こんなことになるのか？　普段の戦闘じゃどっちも使わないから、気がつかなかった……。どっちか一方でもやりすぎだし、スキルの方に関しては発動条件が発動条件だから、使う機会がなかったというか……。いやまぁ、ステータスはすげぇ強化されてるみたいだし、結果オーライってことにしとくか）

『おい貴様っ！　なんだソレは⁉』

「おん？　これは……奥の手だよ、奥の手。お前を倒すための、な」

まさか、自分もよく分かっていませんと言うわけにもいかず、リューは誤魔化すようにそう言うと、アイテム欄から二本のメイスを取り出した。サファイアとアッシュから受け取った、白黒二本のメイスを。

「それじゃ、行くぜ？　犬ッコロ、ドラゴンの気を引いておけ！」

リューは魔狼にそう指示を出すと、ドラゴンに向けて疾走を再開する。

新たなスキルによって強化されたステータスで行われた疾走は、ドラゴンとリューの距離を瞬《また》く間に食い潰す。

「まずは……一撃！」

リューは右手に握った黒のメイスをドラゴンの前脚に叩き込む。すると、これまでよりもずっと重い音が響き、ドラゴンのHPが目に見えて減少した。

『ガァ!? な、なんだ……その威力は……』

「自分でも若干《じゃっかん》驚いてるところだよ。だがこれなら……！」

リューはそう言って視線をドラゴンの首のあたりに向ける。何かを探すように視線をさまよわせたリューは、すぐにお目当てのモノを発見できた。

(あれが逆鱗か……よしっ)

「犬ッコロ！　俺の足になれ！」

リューは、ドラゴンに攻撃を仕掛けていた魔狼を呼び戻すと、素早くその背にまたがった。

「いいか、攻撃に注意しながら、首元を目指せ。頼んだぞ」

「がぅぅぅっ！」

『何をするつもりか知らんが、そうやすやすと行くと思うなァ!!』

ドラゴンが吠《ほ》え、魔狼に乗ったリューを押し潰そうと爪を振るうが、魔狼はひらりとした身のこなしでそれを回避。さらに、軽やかな動きで跳躍すると、ドラゴンの体を駆け上がっていく。

『我を足場にするなど……ッ!?』

「デカいんだから少しぐらいいいだろ？　そんじゃま……オラァ!!」

魔狼に運ばれてドラゴンの首筋にたどり着いたリューは、事前に目星をつけていた箇所に容赦なく両のメイスを叩き込んだ。

バリンッ、と音を立てて、その鱗は砕け散る。

周りの鱗とは違い、一枚だけ逆様に生えているソレは、ドラゴン種が展開している結界の要《かなめ》となるパーツ。

同時に弱点でもあるそこを破壊されては、さすがのドラゴンとはいえ、ただではいられない。

『ガァアアアアアアアアアアアアアアアアアアアアアアアアアアッ!?!?　貴様ァアアアアアアアアアアアアッ!?　わ、我の逆鱗をォオオオオオオオオオオオオオッ!!?』

「これでお前を心置きなくタコ殴りにできるってもんだ！　覚悟しろよアホドラゴン！」

悲痛な声をあげるドラゴン。リューはさらに笑みを深め、殺意を高ぶらせる。

超強化されたステータスで両手のメイスを振るい、ドラゴンの身体のあちこちに痛手を与えていく。結界がなくなった今、リューの攻撃を阻むモノはなく、回避行動を取ろうにも逆鱗を破壊されたダメージがドラゴンの動きを鈍らせる。

苦し紛《まぎ》れに繰り出す攻撃では、敏捷性に優れた魔狼を捉《とら》えることはできず、ドラゴンはいつの間にか、自身がいたぶられる側になっているという現実に愕然とした。

『認めない……我が矮小な人間に……それも、リア充なんぞにこんな……ッ！　クソクソクソッ！　なんで貴様らは我の邪魔をするんだ！』

「いや、今回に関しては、邪魔してんのはお前だろ？」

『煩いッ！　黙れッ！　そして……死ねッ!!』

ドラゴンはすでに怒りで理性を失っているのか、リューの言葉に耳を貸そうとしなかった。

「……いや、それは最初からか。なんつーか、哀《あわ》れなヤツ」

『何をごちゃごちゃ言っている！　また我を馬鹿にしているのだろう！　貴様も、アイツらと同じようにッ!!』

「過去のお前に何があったかなんて知らない。俺にとってお前は、倒すべき敵でしかないからな。お前も妙な僻《ひが》み根性なんぞ捨てたらどうだ？」

『偉そうなことを言うなァアアアアアアアアアアアッ!!　消し炭になれッ!!　【フラムマ・デーストルクティオー】!!』

「犬ッコロ、その場を動くな！」

リューは魔狼にそう指示を出すと、自身はその背中からひらりと降りて、翼を羽ばたかせながら飛翔した。

ドラゴンが放つ獄炎のブレスをまともに受けた魔狼。完全にデコイ扱いされたことに「ぐるぅ……」と不満げな声で鳴きながら消えていった。あとには、紅戦棍だけが残る。

「いい加減終わりにしよう。これ以上、あいつらを待たせるわけにはいかないからな」

『なっ⁉　いつの間に……』

「怒りで目を曇らせ過ぎだ、アホドラゴン」

ブレスの下をかいくぐるようにして飛翔し、ドラゴンの胸あたりに肉迫したリューは、両手のメイスを振りかぶった。

「いくぞ？　ああ、存分に抵抗してくれていいからな、その方が……長く楽しめる」

リューの口元が、裂ける。

「【決戦式《バトルエンチャント》・最終決戦《ラグナロック》】……【スターライトミーティア】ッ！」

彼の持つ両の戦棍に光が灯《とも》る。リューはフッと短く息を吐くと、全身に力を入れ――

「おらぁあああああああああああああああああああああああああああああああああッ!!!」

『ガァ⁉　アァアアアアアアアアアアアアアアアアアアアッ‼　ガァアアアアアアアアアアアアアアアアアアアアアッ‼?』

リューは、両手を交互に、とにかく速く動かし、腕が残像で何本にも見えるほどの速度でメイスを叩き込んでいく。

ガリガリと削れていくドラゴンのＨＰ。悲痛な叫びと肉が潰れる音が広間に響き渡る。

ドラゴンも抵抗を試みるが、ぴったりと張りついて、ただひたすらに打撃を加え続けるリュー相手ではそれも適《かな》わぬ、ただこの地獄の終わりを待つことしかできない。

耐えて、耐えて、耐えて。ドラゴンにとっては永遠に等しく感じる時間が過ぎ去り、ようやく打撃の雨がやんだ。

ああ、ようやく解放された。我をこんな目に遭《あ》わせたクソリア充に目にものを……そう思うドラゴンだが、何故か体は動かない。

「……終わりか。まぁ、お前は本当にどうしようもないアホドラゴンだったが……それでも、楽しかったぞ」

そんな言葉が耳に届き、そこでようやくドラゴンは自分のＨＰ《命》が無くなっていることに気づいた。

『が……ぐ……』

昏くなっていく視界の端に、メイスをだらりと下げたリューの姿が見える。

『クソ……この……リア充め……ばくは……つ……し……ろ……』

そう言って、ドラゴンの意識は闇に沈み、二度と浮かび上がることはなかった。

息絶えたドラゴンのそばに立つリューは、じっとそれを見つめながらポツリと零した。

「……いや、最期《さいご》の言葉がそれでいいのかよ……？」

イベント後半戦、閉幕。

ダンジョンを見事攻略し、イベントをクリアしたリューは、カトルヴィレの広場に戻っていた。

「リューくん！」

「リュー！」

そんな彼のもとに、どこか緊張した様子のサファイアとアッシュが姿を現した。彼女たちを見て、リューははてと首を傾げた。

「二人とも、よく俺が戻ってきたの分かったな。連絡したたっけ？」

「……幼馴染みの勘」

「えっと、テレパシーがそう言ってました」

「どういうことなんだ……？」

貴方《あなた》の様子を逐一《ちくいち》モニターでチェックしていましたとは言い出せない乙女心。しかし、そんな複雑怪奇なモノがリューに理解できるわけもなく、さらに困惑するだけだった。

「せ～んぱい！　イベントクリア、お疲れ様っす」

「おっ、後輩じゃねぇか。お前もいたんだ」

そうこうしていると、二人に遅れてマオも姿を現す。ひらひらと手を振った彼女に、リューも同じように手を振り返す。

「後輩も勘とかテレパシーの類《たぐい》か？」

「……なんの話っすか？」

「いや、俺が戻ってきたのが分かった理由。二人に訊《き》いたところ、今の回答が返ってきてな」

「副《ふく》マス、アッシュ……気持ちは分からんでもないっすけど、何を答えてるんすか？」

「……つい」

「あはは……そ、それしか思いつかなかったといいますか……」

ジトォ、とした目で二人を見つめるマオ。サファイアはふいっ、とそっぽを向き、アッシュは苦笑いを浮かべている。

そんな彼女たちのやり取りをきょとんとしながら見ていたリューは、「そうだ」と何かを思い出したかのように呟いた。

「どうしたんすか、先輩？」

「いや、ちょうどいいから渡しちゃおうと思ってな」

「……ちなみに訊くっすけど、何をっすか？」

あっけらかんと話すリューに、マオがそう問いかける。

リューは何故そんなことを訊くのか？　と不思議そうな顔をするが、すぐにその問いに答える。

「何って……指輪、『エンゲージリング』に決まってんだろ？　ほかに何があるってんだよ」

その言葉に、サファイアとアッシュが凍りつく。

（……え？　ここで？　この衆人環視の中で？　リューくん、大胆すぎる……）

（リュ、リューは何を考えているんです⁉　こ、こんな場所でなんて、そんな……！）

内心、桃色パニックになっているサファイアとアッシュ。

周囲で彼らの話に聞き耳を立てていた野次馬たちも、リューの言葉に驚きを隠せないようで、あちらこちらからざわめきが聞こえてくる。

「おいおい、神官のヤツ、マジかよ……？」

「この場でとか、大胆不敵にもほどがあるだろ。どういう心臓してんだ？」

「……場面から察するに、これって『魔導蒼妃《まどうそうひ》』とあの白い髪の子、どっちに指輪を渡すかって話だろ？　……修羅場《しゅらば》じゃねぇか」

「あっ、そっか。『エンゲージリング』は普通一つだもんな。さすがの神官でも……いやでも、アイツなら……？」

「さすがリュー！　俺たちにできないことを平然とやってのける！」

「そこにしびれる憧《あこが》れるゥ！　でも修羅場は怖いので勘弁して？」

「いやぁ、これは見ものっスねぇ」

「オイこら、そこの三バカども。それくらいにしねぇと、あとで『リュー狂い』と黒炎《こくえん》が怖いぜ？」

「ふん、リューのやつめ。デレデレしおって……。わ、我だって。我だって……！」

いつの間にか、掲示板のメンバーも集まり、リューたちのやり取りを注視していた。

リューはそんな周囲の様子に気づくこともなく、並んで立つサファイアとアッシュの方を向いて、ニコリと穏やかな笑みを浮かべた。

そして、アイテム欄から一つの指輪……『エンゲージリング』を取り出す。銀色に輝くリングがリューの手のひらの上できらりと光った。

「あぅ……」

「…………」

それを見たサファイアとアッシュは、緊張のし過ぎで声も出せない状態であった。

そんな彼女たちの様子に少しだけ不思議そうな表情をしたリューだったが、すぐに笑みを浮かべ口を開いた。

「約束通り、取ってきたぞ」

そんな言葉を口にしたリューが、二人のもとに歩み寄ってくる。

サファイアとアッシュはうるさいくらいに高鳴る鼓動を感じ、顔が赤くなるのを自覚した。緊張でカラカラに渇《かわ》いた喉は、無意識のうちにゴクリと唾を飲む。

二人だけではなく、今この広場にいる全員が、同じように緊張感に包まれており、皆真剣な顔でリューがどうするかを見守っている。

ただ一人、優しげな笑みを浮かべているリューは、そこでは酷く場違いのように見える。

広場からは一切の音が消え、静寂がその場を支配していた。その中で、リューの足音だけがやけに大きく響く。

一歩一歩、二人に近づいてきたリューは、彼女たちに手が届く位置まで来ると立ち止まり、手のひらに乗せた指輪をもう片方の手でつまみ上げた。

ついに、その瞬間が訪れる。どちらが選ばれ、どちらが選ばれないのか。広場にいるほとんどの者がそればかりを考えていた。

指輪をつまみ上げた手を伸ばし、リューは二人との距離を一歩分だけ詰める。

そして——

「……はい——アッシュ」

手にした指輪を、アッシュの手に乗せた。

紫紺の瞳がかち合い、リューは爽《さわ》やかに微笑む。

「あ……」

「……ッ」

アッシュは目を見開き、サファイアはさっと目を伏せる。

野次馬からは、「おぉ!?」という声があがった。

勝負がついた。誰もがそう思っただろう。アッシュの胸にはたとえようのない歓喜が、サファイアの胸には、耐えきれないような悲しみが押し寄せる。

「リュー……」

勝者であり、選ばれた者であるアッシュが、感極まった表情でリューとの距離をさらに詰めようとし、震える声でその名を呼んだ……次の瞬間。

「で、こっちがサファイアのな」

リューが、アイテム欄からもう一つの『エンゲージリング』を取り出し、サファイアの手に乗せた。

刹那《せつな》、広場の空気が凍りつく。

「……………………は?」

サファイアは自分の手のひらの上で銀色に輝いているそれを見て、呆けたような声を上げる。

そして、油の切れた機械みたいな動きでアッシュの方に視線を向ける。

アッシュも似たような動作をし、相手の手のひらに指輪が乗っているのを再確認し、そのまま視線を動かしてサファイアと見つめ合った。

なにこれ？　とアッシュが視線で問う。

なんだろうね？　とサファイアが視線で答える。

そして、二人そろってかくん、と首を傾げた。

「……ん？　二人とも、どうかしたのか？」

リューは、そんな二人を見て、不思議そうに声をかける。その瞳はどこまでも純粋な疑問に満ちており、サファイアたちの胸の内などこれぽっちも理解していないことが窺える。二人はなんだか、無性にリューのことを殴りたくなった。

サファイアとアッシュが指輪の乗っていない方の手をぐっ、と拳の形にしていると、リューのそばにとてて、と近づく影が一つ。

「せーんぱい、可愛い後輩ちゃんの分がまだっすよ？」

「おっ、そうだったな。そんじゃ、ほい」

「んもー、なんすかそのロマンチックさのかけらもない渡し方！　せめて直接先輩の手で指に嵌《は》めてほしかったっす！　左手の薬指とかに！」

「ハハッ、後輩、面白い冗談だな」

「冗談扱いされた⁉　酷《ひど》いっすよ～、私はいつでも本気っすよ？」

「本気で……。リアルでそういうことするならともかく、その指輪はただのパワーアップアイテムなんだろ？　お前が自分でそう言ってたじゃねぇか」

当然のように出てくる三個目の『エンゲージリング』。

そして、聞き捨てならないリューの言葉。

三個目が出てきたあたりでまたもや凍りついていたサファイアとアッシュは、慌ててリューに詰め寄った。

「リュ、リュー⁉　これはどういうことですか⁉　な、なんで『エンゲージリング』が三つも……」

「……それに、『エンゲージリング』がただのパワーアップアイテムって……」

ものすごい剣幕で詰め寄ってくる二人に、リューは僅かに目を見開くと、まるで「何故そんなことを訊くのか分からない」とでも言いたげなおとぼけ顔で答えた。

「なんでって……サファイアもアッシュも、その指輪欲しかったんだろ？　確か、『永遠の婚儀』っていうクエストを起こすのに必要で、それをやるとパワーアップになるって……確かそう言ってたよな、後輩？」

リューがそう問いかけた相手……マオは、にこやかな笑みでそれに答える。

「ええ、そうっすよ。私は確かにそう言ったっす。でも、無理して三つ取ってくる必要はなかったんすよ？　このイベント、製作してもらった『エンゲージリング』の数で後半戦のダンジヨンの難易度が変わる仕組みだって説明したっすよね？」

「おう、だから三つ手に入れることにしたんだが？　お前たちは欲しいアイテムが手に入って、俺は強い敵と戦える。見事なウィンウィンじゃねぇか」

「はぁ、先輩はブレないっすねぇ……どこまで戦闘狂なら気が済むんすか？　てか、ほんと神官要素どこ行ったっすか？」

「どこからどう見ても神官だろ？　それに、夏のイベント終わったあたりから歯応えのある敵が全然いなくて、少し退屈してたんだ。今回のダンジョンはちょうどよかったよ。フラストレーションが解消できた」

「やっぱり、どこから見ても戦闘狂……いや、狂戦士っすね。本当にありがとうございました」

「……バカにしてんだろ、お前」

「いーえー？　別にっすよー？」

ジト目を向けるリューに、満面の笑みですべてを誤魔化そうとするマオ。二人の姦《かしま》しいやり取りを聞いていたサファイアとアッシュ、それに野次馬たちは、事の真実にたどり着く。

「……つまり、リューくんは今回のイベント、最初から『エンゲージリング』を人数分……それもマオの分まで取ってくるつもりで……」

「マオはそれを知っていた……いえ、あの口ぶりからして、リューに間違った認識を植えつけたのも、私たちに勘違いさせるように仕向けたのもマオの仕業《しわざ》……？」

「迂闊《うかつ》……。指輪が貰えるかどうかに意識を持っていかれ過ぎて、リューくんの考えとイベントの詳細を確認しなかった……痛恨《つうこん》のミス……！」

「私もです……！　あ、でも、マオも純粋に指輪が欲しかっただけで、こういう状況になったのは偶然という可能性も……」

アッシュがそう言った時、マオがリューから見えないようにサファイアたちの方を向いて、笑みを浮かべた。

……見る者を、心からイラっとさせるような、そんな笑みを。

「「…………」」

それを目にした二人は確信する。すべての元凶の正体。そして、自分たちがマオの手のひらの上で踊らされていたという事実。

黙り込み、プルプルと身体を震わせるサファイアとアッシュ。そんな二人のもとに、当のマオが近づいてくる。

そして、リューに聞こえないように二人のそばで声を潜《ひそ》めて口を開く。

「これで、分かったっすか？　先輩とどうこうなろうってのは、まだまだ時期尚早《しょうそう》なんすよ。それにしてもお二人とも……ふふっ、随分とまぁチョロイっすね。『恋は病』って本当だったんすね。副マスもアッシュも本当に周りが見えていない♪」

にこやかに、さわやかに、悪気の一つもないような声音と口調が、逆に厭味《いやみ》ったらしい。

「と、いうわけで。先輩争奪戦はまだまだこれからっすね。……お二人とも、うかうかしてると、私が先輩、取っちゃいますからね？」

「「………マオーっ‼」」

「きゃっ、副マスとアッシュが怒ったぁ！　先輩、助けてほしいっす～」

「「逃げるなぁ！」」

マオがリューの方へと逃げ出し、サファイアとアッシュがそれを追いかける。

リューを中心にして突然始まった追いかけっこ。ギャーギャーワーワーと騒がしい三人の真ん中に立つリューは、怪訝《けげん》そうな表情で首を傾げ……。

「……何やってんだお前ら？　はしゃぐのもほどほどにしておけよ？」

と、相も変わらず何も分かっていないようなことを口にする。

サファイアとアッシュは立ち止まり、リューの方をキッと睨みつける。その瞳は湿っており、半分涙目だった。

「リューくんの……」

「リューの……」

二人は、声をそろえると、ぐっと拳を握りしめる。そして、とぼけた顔をしたリューの無防備な胴体めがけて、それを叩き込んだ。

「「どんかんくそやろ――っ‼」」

「ガフッ⁉　……な、なぜ……？」

見事に決まった友情ダブルパンチ。恋する乙女の怒りが炸裂し、リューはその場に崩れ落ちた。

そんな彼を見下ろし、「ふんっ」とそっぽを向いたサファイアとアッシュに、野次馬たちから拍手喝采《かっさい》が贈られた。

特に、男性連中からのがスゴイ。他人の不幸は蜜の味。それが幸せ者ならより一層。リア充が痛い目に遭うところを見るのがたまらないのだろう。

ドラゴンが死に際《ぎわ》に放った一言は、こうして奇《く》しくも叶えられたのだった。

こうして、リューにとっての、イベント『花婿の試練《つつ》』は終わりを告げた。ただ、当の本人は地面に倒れ伏し、ケラケラと笑うマオに体を突かれていたのだが。

……なんともまぁ、締まらない終わり方である。

エピローグ

イベントも終わり、またいつもの日々が戻ってくる。

朝、玄関から表に出た流《りゅう》は、ちょうど向かいの家から出てきた蒼《あお》と太陽《たいよう》と視線が合い、なんとなしに笑みを浮かべた。

「おはよう、蒼、太陽」

「ん、おはよう」

「おう！　おはようだぜ！」

流の言葉に、二人もそれぞれ挨拶《あいさつ》を返し、三人で学校に向かおうとする。

「ま、待ってください！　私も行きますぅ！」

そこに、慌《あわ》てた様子で隣の家から出てきた心白《こはく》が合流する。そんな彼女をにこやかに迎え入れた三人。

「およ？　先輩たちじゃないっすか。こんな時間に奇遇っすね？」

四人パーティーになった流たちが通学路を歩いていると、曲がり角でばったり万桜《まお》に出会う。

途中まで通学路が一緒な万桜も加わり、五人はまた歩きだした。

そんな中、流はふと周りにいる人物たちに視線を巡らせた。

蒼がいて、太陽がいて、心白がいて、万桜がいて。そしてそこに、自分がいる。

彼らと過ごす日常。尊くかけがえのないそれが、これからも続くことを、流はそっと胸の内で祈り——。

くすり、と穏やかに笑みを浮かべるのだった。

完

あとがき

私は神だァ！　ゔぇはっはっはっはっはっはっはっはァ!!

……執筆中はこんな感じのテンションだった気がする、どうも原初《げんしょ》です。

『ソロ神官』第六巻、読んでくださりありがとうございます。そしてあとがきから読み始めた方は、いきなりこんなことを叫んでいる変人がいて驚いたかと思いますが、そっと本を閉じないでいただけるとありがたいです。

小説家になろうで書き始めたこの作品も六巻目を迎えました。しかも今回はなろうで書いたものに加筆修正をしたわけではなく、最初から最後までオリジナルとなっております。疲れました。

完全書き下ろしとかやったことなかったので、そりゃあもう大変でした。寝ても覚めても執筆のことが頭から離れず、一時期ゾンビみたいになってました。

さて、本編の内容ですが……いつも通りっちゃあいつも通り、リュー君がＶＲバトルを楽しむ話なのですが、ラブコメちっくなシーンがマシマシになっているかと。ヒロインの一人が本格参戦してきたり、ゲーム内イベントもリア充向きだったりと……まぁ、これまでとは一風変わったソロ神官をお楽しみいただけるかと思います。

話は変わりますが、作者はラブコメの主人公と言えば『鈍感』と『難聴』と『天然ジゴロ』のスキルを高レベルで持っていることがデフォルトだと思っています。なんか最近そんな感じのラブコメ主人公をあんまし見なくなった気もしますが、私の中でラブコメ主人公と言ったら『鈍感』、『難聴』、『天然ジゴロ』なんですよ。

ウチのリュー君も例にもれずこの三つのスキルを身に着けています。我が子ながらなんて攻略の難しい……こいつどうやったら堕《お》とせるんでしょうね？　ラヴ師匠とか連れてくるしかないかもです。


さてさて、更に話は変わりまして、皆さんに少しご報告が。

なんとこの度《たび》、ソロ神官がコミカライズされることになりました。わぁい（喜びの感情が振り切れ一周まわって冷静になった歓喜の叫び）。

コミカライズしてくださるのは『ＬＩｔｔＬＥ13《サーティーン》』や『たった一人の君と七十億の死神』で知られる『松永孝之《まつながたかゆき》』先生です。

多分この巻の発売と同じくらいの時期にネットで配信がスタートするんじゃないでしょうか？　漫画になったソロ神官を是非ともお楽しみください。

あとがき書いている時点ではまだネームしか見てないので、完成品がどうなっているのかを話せないのが残念。

最後に、この『ソロ神官のＶＲＭＭＯ冒険記　～どこから見ても狂戦士です本当にありがとうございました～』はこの巻を持ちまして完結となります。まだまだリュー君たちの冒険を書き綴《つづ》っていきたい思いはあるのですが、こればっかりはどうしようもありません。ＷＥＢ版の方はまだ更新を続ける気はありますので、リュー君たちのこれからが気になる方は是非そちらの方を覗《のぞ》いてみてください。

では最後にいつものように感謝の言葉を。この本を制作するにあたって尽力してくださった皆様。天元突破した素敵さのイラストを描いてくださったへいろー様。ＷＥＢ版から見てくださっている方々。そして、ソロ神官を手に取ってくれた貴方《あなた》に、最大級の感謝を込めて。

本当に、本当にありがとうございました！

またいつか、何処《どこ》かで皆さまに会えることを願っております。

ダッシュエックス文庫

ソロ神官のVRMMO冒険記6
～どこから見ても狂戦士です本当にありがとうございました～

原初

2020年7月27日　第1刷発行

★定価はカバーに表示してあります

発行者　北畠輝幸
発行所　株式会社　集英社
〒101−8050　東京都千代田区一ツ橋2−5−10
03(3230)6229(編集)
03(3230)6393(販売／書店専用) 03(3230)6080(読者係)
印刷所　株式会社美松堂／中央精版印刷株式会社

ISBN978-4-08-631370-4 C0193